Im Zentrum eines ultramodernen Leipziger Werks für Elektrotechnik unterhält dessen Leiter ein hochgeheimes Labor zur Entwicklung intelligenter Roboter. Für seine radikale Vision einer menschlichen Schöpfung ist er sogar bereit, alles um ihn herum zu opfern: seine Mitarbeiter, seine Frau, seine Tochter. Treibt ihn sein Traum in die kalte Einsamkeit des absoluten Bösen?

Ernst-Wilhelm Händler, 1953 geboren, lebt in Regensburg und München. Er ist Autor der Romane ›Der Überlebende‹, ›Welt aus Glas‹, ›Die Frau des Schriftstellers‹, ›Wenn wir sterben‹, ›Sturm‹, ›Fall‹ und ›Kongreß‹ sowie des Erzählungsbandes ›Stadt mit Häusern‹. Für seine von der Kritik hoch gelobten Romane erhielt Händler den Erik-Reger-Preis, den Preis der SWR-Bestenliste, den Kulturpreis der Stadt Regensburg und den Hans-Erich-Nossack-Preis. Zuletzt erschien von Ernst-Wilhelm Händler ›Versuch über den Roman als Erkenntnisinstrument‹.

Weitere Informationen, auch zu E-Book-Ausgaben, finden Sie bei www.fischerverlage.de

Ernst-Wilhelm Händler

Der Überlebende

Roman

FISCHER
Taschenbuch

MIX
Papier aus verantwortungsvollen Quellen
FSC® C083411
www.fsc.org

Erschienen bei FISCHER Taschenbuch
Frankfurt am Main, Dezember 2014

Satz: Dörlemann Satz, Lemförde
Druck und Bindung: CPI books GmbH, Leck
Printed in Germany
ISBN 978-3-596-19622-7

Es ist die Seele ein Fremdes auf Erden.

GEORG TRAKL, *Frühling der Seele*

ALS DU STARBST, ÜBERKAM MICH DIESE WUT ZU VERSTEHEN

Das neue Werk in Leipzig war ein Fanal: die größte Investition von D'Wolf in eine deutsche Fertigung seit Jahren!

Die POWERWOLF W-8 2000 sollte die eiserne Faust unter den speicherprogrammierbaren Steuerungen werden! Die Kapazität des Programmspeichers acht Megabyte, die Zykluszeit betrug vierzehntausend Anweisungen pro Millisekunde, die Anzahl der digitalen Ein- und Ausgänge zweitausendachtundvierzig, wir übten das Hersagen der technischen Spezifikationen wie einen Schnellsprechvers.

»Wer stellt jetzt das Manual fertig?!«

Peter stürmte auf mich zu und warf den geöffneten Brief neben mich auf das Sofa. Wir waren allein in der Lobby des Bürogebäudes, die Empfangsassistentinnen begrüßten die zur Einweihungsfeier geladenen Gäste am Werkseingang. Geschwächt von der Wut, der er sich hingab, ließ er sich in das Sofa gegenüber fallen und schlug sich mit der Hand gegen die Stirn.

»Das wird Burgi zerstören!«

Unglückswurm. Sein Kragen stand offen, die Krawatte hing weit herunter. Zwischen seinen nassen langen Haaren lugten die Ohren hervor, ein Regenschauer hatte das neue Werk flüchtig berührt. Peter kniff die Augen zu, das kam nicht vom Regen, er weinte.

Ich sagte mit charmierender Stimme: »Ich musste sie entlassen.«

Der Brief, über dem Peters Gesicht ununterbrochen Verzweiflungssignale abfeuerte, war ihr Entlassungsschreiben. Trotz wiederholter Ermahnung hatte sie nicht davon abgelassen, Aktennotizen an unser Hauptquartier in Berlin zu schicken, die ich nicht autorisiert hatte.

Wir lagen mit dem Werk voll im Plan, der Produktionsstart würde unmittelbar nach der Einweihung stattfinden, kein Fake. Nur die Anwendersoftware war noch nicht so weit. Das war keine Tragödie, die mit den Prototypen der neuen Steuerung ausgelieferten Testversionen wiesen keine Systemfehler auf. Burgi – Burglinde – hatte die Situation unnötig dramatisch dargestellt, ich wurde mit E-Mails und Anrufen aus Berlin bombardiert, alle glaubten, ich wolle den Produktionsstart verschieben und hätte das Softwarethema nur vorgeschoben, um von Anlaufschwierigkeiten bei der Produktion abzulenken.

Sie ist eine gute Forschungs- und Entwicklungsingenieurin, aber die Verantwortung für das Manual überforderte sie. Es ging ihr nicht darum, das Projekt zu sabotieren, sie wollte sich über Gebühr absichern. Als ich sie wegen der Aktennotizen zur Rede stellte, verteidigte sie sich, sie habe sie vorher Peter gezeigt und er habe keine Einwendungen gehabt.

Ich erklärte Peter, Burgi habe das Projekt gefährdet. Seither wurde jeder Schritt, den wir machten, von den Controllern in Berlin hinterfragt. Kaum hatte ich das Wort *wir* gesagt, sprang Peter auf und packte mich an den Schultern.

»Sag nicht *wir*! – Nie mehr wieder!«

Das Bemerkenswerteste an Burgi ist ihr Mund: Die Unterlippe zögernd vorgewölbt, die Oberlippe leicht aufgeworfen, der Ausdruck stets zu gleichen Teilen unterwürfig und vertrotzt, sich in aller Unschuld eine Zumutung für den Betrachter ausdenkend.

Ich ließ Peter gehen, ich rief ihm nach, er solle sich vor Beginn der Feier entspannen. Wir waren nicht mehr allein, das Fernsehen berichtete ausführlich über die Einweihung, als Werksleiter hatte ich zahlreiche Interview-Anfragen bekommen, die ich ausnahmslos an die mit der Pressearbeit betraute Assistentin weitergereicht hatte, sie betrat gerade mit einem Fernsehteam die Lobby. Peter gab keine Antwort, er hob nur, ohne sich umzudrehen, den rechten Arm. In diesem Moment schaltete ein Mitglied des Aufnahmeteams einen Scheinwerfer an, und Peters Hand warf einen übergroßen Schatten an die Wand neben der Kaffeebar. So hilflos Peter vorher gewesen war, so eindrucksvoll drohte mir jetzt seine riesige Hand.

Maren, du weißt, Small talk ist für mich Overload –

Ich hasse die nutzlos in sich selbst vergaffte Natur der menschlichen Beziehungen. Die Haare würden den Leuten zu Berge stehen, wenn sie wüssten, was ich anstellen muss, nur um mich mit ihnen über das Wetter oder über ihre Kinder zu unterhalten. Ich muss mich durch Berge graben und Täler aufschütten. Diese Einweihung bedeutete die größte anzunehmende Versammlung von Menschen auf dem Werksgelände. Der Stadtrat von Leipzig und die sächsische Landesregierung hatten sich nahezu komplett selbst auf die Liste gesetzt, wir hatten alle Lieferanten und jede Menge Kunden eingeladen. Die Politiker sprachen ein extremes Sächsisch, ich musste mich so stark konzentrieren, dass ich einmal nicht mehr wusste, wo ich war. Ich sah nicht gut in diesen Tagen. Dem Ministerpräsidenten erklärte ich nicht die Maschine, vor der wir standen, sondern eine andere, keiner merkte es.

Wegen des unerträglichen Echos in den Werkshallen hatte ich die eigentliche Feier draußen angesetzt, auf dem kurzgeschnittenen Rasen vor dem Bürogebäude waren zweihundertfünfzig Holzklappstühle aufgestellt. Nach dem kurzen und heftigen Regenguss war alles schnell wiederhergerichtet, wir mussten nicht in die kahle Lagerhalle für die zukünftigen Endprodukte umziehen. Nur eine Minderheit der Gäste kam in den Genuss des Schattens der alten Eichenbäume, die Mehrheit musste in der Sonne schmoren. Der Bereich vor dem Bürogebäude ist Vorratsfläche, das Rednerpult war vor einem Raster von großen Stromverteilerkästen aufgestellt, die unversehens an Grabsteine gemahnten.

In ihren Reden wetteiferten der Ministerpräsident, der Oberbürgermeister und der Marketingvorstand um den meisten Beifall, als ob es sich um eine Castingshow handelte. Der Vorstandsvorsitzende von D'Wolf war nicht gekommen. Wer steckte hinter der gigantischen Planung, die wir ausführten?

Als Hausherr fiel mir die Aufgabe zu, die Redner vorzustellen. Auf dem Weg zum Rednerpult und zurück ging ich jedes Mal an Sondra vorbei. Ihre türkisfarbene Seidenbluse mit dem Schalkragen changierte in der Sonne, die anderen Frauen trugen ausnahmslos gedeckte Farben. Es war kein Zufall, dass Peter neben ihr saß, später erzählte mir eine Teamassistentin, Sondra habe sich bei ihr nach Peter erkundigt und darum gebeten, dass sie einander vorgestellt würden. Sondra hatte die blondgefärbten, vorn zu einem Pony geschnittenen Haare zurückgebunden und die Augen stark schwarz geschminkt. Peter hörte den Reden überhaupt nicht zu und hatte keine Augen für seine übersüße Nachbarin. Später bekam ich jedoch mit, wie sie sich angeregt unterhielten.

Der Marketingvorstand hatte als Vertriebsbeauftragter für Zählerschränke angefangen, niemand hat je in einem Geschäftsjahr mehr Zählerschränke an den Großhandel verkauft als er. Jeden Monat schickte er seinen Kunden einen Kartengruß, in dem er zum Ausdruck brachte, wie sehr er sie schätzte. Wenn ein Abnehmer eine umfangreichere Bestellung platzierte, erklärte er ihm, dass er ihn mochte. Kam eine Großorder zustande, schrieb er dem Kunden: *Ich liebe Sie*. Der Marketingvorstand brüstete sich, er habe den Kunden einen unschlagbaren Service geboten. Gab es eine Reklamation, dann war der technische Support binnen Stunden oder sogar Minuten vor Ort. Alle zwei Wochen lud er die Mitarbeiter des technischen Supports zum Essen ein, um ihnen zu sagen, wie sehr er sie schätzte, ja sogar liebte. Einmal im Jahr veranstaltete er für die Mitarbeiter und ihre Familien einen großen Grillabend bei sich zu Hause.

D'Wolf sei so erfolgreich, weil D'Wolf seine Kunden liebe, behauptete der Marketingvorstand. Der Ministerpräsident hörte aufmerksam zu, sein Assistent schrieb eifrig mit, danach überlegten sie wohl, ihren potentiellen Wählern ebenfalls Liebeserklärungen zu machen. Es war unerträglich! Mit den Streifen seines Anzugs schraffierte ich den Marketingvorstand weg, seine schwarze Haartolle, seine breiten Schultern, seine gestikulierenden Hände. Gegen seine Stimme konnte ich nichts machen.

Nicht ein Redner deutete den Kraftakt an, den der Bau und die Fertigstellung des Werks erfordert hatten. Die Landschaft hatte dagegengesetzt, indem sie die Gründung immens erschwerte, wer weiß schon, dass sich Leipzig aus einem Sumpfboden erhebt, dass der Hauptbahnhof auf Holzpfählen steht. Die Baugenehmigung wurde unter Auflagen erteilt, die sich alle paar Tage kalamitös änderten. Die riesige Baustelle in Schlamm und Schutt hatte gedacht, sie brauche sich nur einmal aufzubäumen und könne uns so glauben machen, dass wir sie in alle Ewigkeit würden bändigen und aushalten müssen. Wir hielten noch den Atem an vor Anstrengung und bebten leicht, die Anspannung war unverkennbar. Es war doch gutgegangen! Wer hatte hier wen mit seinen Ängsten angesteckt, das Konzept die Ingenieure oder die Ingenieure das Konzept? Jetzt war kein Gedanke mehr an vorweltlichen träumerischen Schlamm, an renitenten Matsch. Beton, Metallpaneele, Glas und Asphalt bildeten eine verschließende, versiegelnde Oberfläche.

Keine Maschine war einfach eine Maschine. Keine Anlage war einfach eine Anlage. Alles in der neuen Fabrik hatte mit mir zu tun. Alles ging mich an, jedes Werkzeug, jede Vorrichtung. Ich ging alles an.

»Der Schöpfer ist der allein Existierende, alles andere Daseiende ist das Werk seines Willens und Wortes. Schöpfer bedeutet: Creator ex nihilo.«

Nur D'Wolf kann einen Chief Compliance Officer vorweisen, der ordinierter Geistlicher ist. Obwohl Mitglied des Vorstands, hat Pfarrer Grenzfurtner kein festes Büro, jedes halbe Jahr zieht er an einen anderen Standort, zur Werkseinweihung kam er aus Tokio. Der CEO der HSBC, Stephen Green, ist ebenfalls ordinierter Geistlicher. Die beiden mögen sich nicht und gehen sich aus dem Weg. Ist das ein Wettstreit zwischen zwei Heiligen, wer heiliger ist? Oder glauben sich beide in Wirklichkeit nicht heilig genug und fürchten die Entlarvung durch den anderen?

»Schöpfung, das bedeutet die Gegenüberstellung unserer und aller von Gott verschiedener Existenz mit dem Nichts, mit der Nicht-Existenz. Dass wir als seine Ebenbilder geschaffen sind, besagt, er hat uns dazu bestimmt, mit unserem Vorhandensein von seiner Wirklichkeit Zeugnis zu geben.«

In meiner Erinnerung steht Pfarrer Grenzfurtner nackt neben dem Rednerpult, die Beine breit, den Oberkörper vorgebeugt, die Hände auf die Knie gestützt, er hat sehr kräftige Arme und Beine, zagend horcht er, was ihm sein Gott verkündet.

»Kein Mensch kann Liebe einfordern. Wer außer Gott sollte dieses Recht haben?«

Und die Kunden?

»Die Bindung an Gott ist ein Befehl, der seine Rechtfertigung daraus bezieht, dass Gott der ist, den wir über alles lieben dürfen. An Gottes Wort gebunden sein heißt jedoch gleichermaßen, dass wir ihn, der dieses Wort zu uns spricht, über alles fürchten müssen.«

Pfarrer Grenzfurtner schreitet auf die Versammelten zu, den linken Arm hinter dem Rücken angewinkelt, in der rechten Hand das Mikrophon, als ob er in ein Megaphon sprechen würde.

Natürlich war er nicht nackt, Maren!

»Dass wir Gott erkennen, ist sein und nicht unser Werk.«

Die Gewissheit und die Klarheit, in der wir Gott erkennen, ist seine und nicht unsere. Wozu die Ebenbilder, warum wir, wenn Gott sich nur durch sich selbst erkennt?

Pfarrer Grenzfurtner führt einen paganen Triumphtanz auf. Sein Gott braucht uns nicht! Nackt hüpft er auf dem linken Bein um das Rednerpult herum, das rechte Bein winkelt er an, die rechte Hand wirft er hinter den Kopf, mit der linken greift er sich in den Schritt.

Natürlich tanzte er nicht, Maren! Es waren seine Gesten, die den Eindruck erzeugten.

Während der Predigt hatte Sondra angefangen, sich Notizen zu machen. Als wir später miteinander sprachen, sah ich, sie trug einen Pencil protector in der Blusentasche, ein schmales Plastikfutteral, in dem ein roter, ein gelber und ein blauer Kugelschreiber steckten. Früher verwendeten Ingenieure und Buchhalter in amerikanischen Firmen Pencil protectors, damit ihre Kugelschreiber und Bleistifte keine Spuren auf ihren weißen Bürohemden hinterließen. Niemand benutzt sie heute noch.

Sondra arbeitete als Research & Development Engineer im Entwicklungszentrum für Motion Control in Philadelphia. Ihr Feld war die Steuerung von Werkzeugmaschinen, sie sollte die Schnittstellen der neuen Steuerungen anpassen. Ich hatte Peter und den anderen Mitarbeitern eingeschärft, mit niemandem, aber wirklich mit niemandem über unser Roboterlabor zu sprechen.

Das Nichts, von dem Pfarrer Grenzfurtner sprach, gibt es nicht, nur als Gedankenexperiment. Im Weltall findet sich durchschnittlich in jedem Kubikmeter ein Wasserstoffatom. Ein völlig atomfreier Raum ist von elektromagnetischen Feldern und der kosmischen Hintergrundstrahlung erfüllt, dem Restleuchten des Feuerballstadiums nach dem Urknall. Jeder Kubikzentimeter wird von circa vierhundert Photonen durchflutet, die Temperatur des Alls liegt etwa drei Grad über dem absoluten Nullpunkt.

Man kann einen Raum gegen elektromagnetische Felder abschirmen, tiefere Temperaturen sind möglich. Im Bumerang-Nebel, fünftausend Lichtjahre entfernt im Sternbild Centaurus, gibt es einen Punkt, der zwei Grad kälter ist als die kosmische Hintergrundstrahlung, ein extrem rascher Gasverlust sorgt für den Kühleffekt. Im Labor können mit Hilfe von Magnetfeldern Atomkerne fast zum Stillstand gebracht werden. Neutrinos, die kaum mit der Materie wechselwirken, sind allerdings auch durch kilometerdicke Bleiplatten nicht aufzuhalten.

Selbst ein perfektes Vakuum ist von Quantenfluktuationen erfüllt. Virtuelle Photonen und Teilchen-Antiteilchen-Paare tauchen plötzlich auf und verschwinden sofort wieder. Sie lassen sich nicht direkt nachweisen, jedoch stoßen etwa virtuelle Photonen atomar gebundene Elektronen an, was kleine, aber messbare Unterschiede der jeweiligen Energieniveaus hervorruft. Das Vakuum brodelt und wabert, das Vakuum ist nicht nichts, sondern lediglich der energieärmste Zustand.

Die Wahrscheinlichkeit für die Entstehung unseres Universums mit seinen vierhundert bis sechshundert Milliarden weihelichen Galaxien, darunter die Milchstraße mit ihren zweihundert bis vierhundert Milliarden Sonnen, aus dem Nichts wird auf eins zu zehn hoch zehn hoch einhundertdreiundzwanzig geschätzt. Die doppelte Hochzahl kann man nicht ausschreiben, setzt man die Ziffern in der leseüblichen Größe, reicht der Platz im Universum nicht aus. Existiert ein Gott, der dem Zufall ein wenig nachgeholfen hat, damit es das Universum gibt? Aber damit ist das Problem ja nicht gelöst. Die Wahrscheinlichkeit für einen Gott, der das Universum geschaffen hat, ist kleiner oder bestenfalls gleich der Wahrscheinlichkeit für das Universum.

Ich existiere, das ist sicher, ich las es am Tag nach der Werkseinweihung in der Leipziger Volkszeitung. Ich bin nicht allein im Universum: Das Werk – mit dem Roboterlabor – hat ziemlich genau achthundert Mitarbeiter.

Ich habe einen befreundeten Physiker die Wahrscheinlichkeit ausrechnen lassen, dass sich eine Materieansammlung wie das Roboterlabor samt Inhalt spontan bildet. Sie liegt zwischen eins zu zehn hoch zehn hoch einundfünfzig und eins zu zehn hoch zehn hoch siebzig. Das Roboterlabor ist demnach zwar auch nicht gerade wahrscheinlich, aber immerhin sehr viel wahrscheinlicher als das Universum. Der Physiker fragte mich, warum ich ausgerechnet an der Wahrscheinlichkeit des Roboterlabors interessiert sei. Ich sagte, ich hätte meine Gründe.

Peter saß hinter dem Steuer. Seit der Werkseinweihung kämmte er die Haare hinter die Ohren. Das verlieh seinem angenehmen Gesicht mit der hohen glatten Stirn, der langgezogenen Nase und dem markanten Kinn bei schmalen Kiefern einen ätherischen Zug, der in ungeklärtem Gegensatz zu dem für einen Mann ungewöhnlich vollen Mund mit der ausgeprägten Oberlippenfurche stand.

Nachdem Burgi die Kündigung ausgehändigt worden war, hatte sie sich sofort krankgemeldet. Wenn ich Peter kommen ließ, um ihm eine Anweisung zu erteilen, machte er den Mund nicht auf, bei Besprechungen hielt er den größtmöglichen Abstand zu mir.

Ich deutete es als eine Versöhnungsgeste, dass er von sich aus das Thema OpTime anschnitt. Die Kampagne des Vorstands zielte darauf, alle Produkte der Firma schneller auf den Markt zu bringen. OpTime bedeutete ein Abrücken von der D'Wolf-Tradition, denn OpTime war der Musterfall einer riskanten Praktik: Ein früherer Markteintritt garantiert noch nicht den Erfolg, vor allem birgt er das Risiko überproportional hoher Kosten.

Peter dachte laut nach: »Wenn man die Performance riskanter Praktiken untersucht, dann muss die Stichprobe alle Firmen enthalten, die die Praktiken angewendet haben, diejenigen Firmen inklusive, die es nicht mehr gibt.«

Burgi war auch ein Opfer der Kampagne, ohne OpTime hätten die Controller in Berlin nicht so hysterisch auf die Aktennotizen über die Verzögerung bei der Software reagiert. Peter hatte begriffen, dass ich auf irgendeine Art und Weise den Druck von oben weitergeben musste. Schließlich konnte ich nicht ihn entlassen.

Im Roboterlabor kamen wir mit der Bildverarbeitung nicht voran. Die Bildsegmentierung, bei der die Objekte zunächst vom Hintergrund und danach in einem Silhouettenbild voneinander gesondert werden, gestaltete sich nicht genügend trennscharf. Schließlich hatte ich eine Idee. Loud Plane war der Name eines Bildverarbeitungsprogramms, das eine Dresdener Softwarefirma namens Phoenix für General Electric entwickelte. Es bereitete keine Probleme, das Projektteam für Loud Plane zu identifizieren, ich suchte mir einen Programmierer aus, dem ich an seine Privatadresse anonym eine Mail schrieb, ich würde eine Kopie von Loud Plane gut bezahlen, Cash ohne Nachweis.

Die Firma Phoenix traf ungewöhnlich scharfe Sicherheitsvorkehrungen: An bestimmten Projekten, zu denen auch Loud Plane gehörte, mussten die Mitarbeiter ausschließlich in der Firma arbeiten, sie durften Notebooks oder Speichermedien weder in die Firma mitbringen noch mit nach Hause nehmen, am Eingang gab es eine Besucherschleuse mit einem Körperscanner, in der Firma waren Mobiltelefone verboten, und der E-Mail-Verkehr wurde wirkungsvoll überwacht. Der Verkäufer der Kopie wollte auf keinen Fall mit dem Käufer gesehen werden, als Treffpunkt hatte er eine leerstehende Schule am Rand eines ehemaligen Industriegebiets vorgesehen. Der Verkäufer wusste nicht, wer ich war, das sollte auch so bleiben, Peter würde ihn treffen. Ich behauptete Peter gegenüber, die Operation geschehe mit stillschweigender Billigung von oben.

Maren, hörst du mich?

Wenn ich deinen Namen ausspreche, atme ich erst gar nicht und dann falsch.

Als wir uns dem Ziel näherten, es war früher Abend, fanden wir uns von Nebel eingehüllt. Peter hielt ein paar hundert Meter vor der Zieladresse, und wir stiegen aus. Weiße Flocken wirbelten in der Luft, es roch verbrannt. Ich zerrieb eine der Flocken zwischen den Fingern, eine graue Spur blieb zurück. Jetzt hörten wir auch die Sirenen von Feuerwehrfahrzeugen, offensichtlich war in der Nähe ein Brand ausgebrochen.

In Dresden, in der Dämmerung, umgeben von dem Aschengestöber, in der Straße mit den heruntergekommenen Backsteinbauten, auf der keine Menschenseele unterwegs war, als ich auf Peter wartete und er nicht zurückkam, habe ich überlegt, ob ich dir die Wahrheit sagen sollte, Maren –

Nach zwei Stunden, die Nacht war hereingebrochen, rief ich Peter an. Ohne Kennung, falls sein Telefon in andere Hände gelangt sein sollte. Er war nicht erreichbar. Ich versuchte es unablässig, ergebnislos, es musste einen Zwischenfall gegeben haben.

Nicht nur der Putz bröckelte von den Wänden, Teile der Decke hatten sich gelöst, denen man ausweichen musste, das Schulgebäude war akut einsturzgefährdet. Ich hatte keine Ahnung, wo ich Peter suchen sollte. Im Lehrerzimmer waren die Wände voller Graffiti und die Stühle nicht staubig. Das angrenzende Sekretariat diente als Müllkippe für Bier- und Schnapsflaschen. Als ich die Schulbibliothek betrat, entwich ein Schwarm von Fledermäusen durch die zerbrochenen Fenster nach draußen. In den Klassenzimmern, in die ich mit der Taschenlampe aus dem Auto hineinleuchtete, waren die Tische und Stühle akkurat aufgereiht, jedoch mit einer zentimeterdicken Staub- und Schmutzschicht überfangen. Wer auch immer hier Party machte, er betrat offenbar aus Prinzip kein Klassenzimmer.

Das Gebäude war von schaudererregenden Geräuschen erfüllt, Mäuse oder Ratten stoben durch die Gänge, Nachtschwalben schossen durch das Treppenhaus, irgendwo strömte Wasser aus einer geplatzten Leitung. Ich hatte nicht bemerkt, dass sich die alte Frau an mich herangeschlichen hatte, die mir plötzlich die Taschenlampe entwendete. Ihre grauen Haare reichten bis zur Taille, das Kleidungsstück, das sie anhatte, sah aus wie ein Sack. Ich erblickte sie nur ganz kurz, denn sie schaltete die Taschenlampe sofort aus, nachdem sie sie in ihre Gewalt gebracht hatte. Ich lauschte, wie sie leichtfüßig davonlief.

Unmittelbar darauf rief mich Peter an, er sei eingeschlossen. Er beschrieb einen Raum im dritten Stock, den ich rasch fand, mein Telefon spendete mir Licht. Die Tür war verschlossen, kein Schlüssel steckte. Ich wollte Werkzeug aus dem Wagen holen, um das Schloss zu öffnen, aber Peter wies mich durch die Tür hindurch an, auf dem Gang zu suchen, tatsächlich lag der Schlüssel in einer Ecke.

Erschöpft, aber nicht sichtbar verletzt, saß Peter auf dem Boden, vor einem raumhohen Haufen von Aktenordnern. Er hatte sein Notebook dabeigehabt, um das Programm zu testen, das der Programmierer auf einem Memory stick mitgebracht hatte. Bei zwei einfachen Bildern funktionierte es anstandslos.

»Als ich ein drittes, komplizierteres Bild analysieren wollte, wurde der Bildschirm plötzlich dunkel. Der Programmierer hat mir das Notebook entrissen und ohne ein Wort aus dem Fenster geworfen. Ich war so überrascht, dass ich gar nicht an Widerstand dachte. Dann stürmte er aus dem Raum, schlug die Tür hinter sich zu und sperrte sie ab.«

Ich fragte Peter nach dem Geld, wortlos zog er den Umschlag aus seiner Jacke.

Das war seltsam. Ich wollte wissen, warum ich ihn die ganze Zeit nicht erreichen konnte. Das Telefon habe keinen Empfang gehabt. Erst habe er vergeblich versucht, die Tür einzutreten, dann habe er ein Wandregal demontiert, um mit den Einzelteilen die Tür aufzubrechen, auch das sei ihm nicht gelungen. Schließlich sei ihm der Gedanke gekommen, das Telefon aus dem Fenster zu halten. Es habe sich eingewählt, er habe mich angerufen und den Arm ganz langsam zurückgezogen, die Verbindung sei nicht zusammengebrochen.

Es sah so aus, als ob der Programmierer mit der Kopie ein Virus installiert hatte, das das Programm nach wenigen Anwendungen löschte. Aber wenn er sich schon so weit vorgewagt hatte, den Käufer zu treffen, warum hatte er dann keinen Versuch unternommen, sich des Geldes zu bemächtigen? Hatte das Virus nicht richtig funktioniert und das Programm zu früh gelöscht?

Alles außerhalb des Werks ist der Schrecken.

Uns blieb nichts anderes übrig, als unser eigenes Bildverarbeitungsprogramm weiterzuentwickeln, ich setzte dafür alle Programmierer ein, die ich im Roboterlabor hatte.

Unmittelbar nach der Einweihung hatte Peter eine Rundreise zu Pilotkunden unternommen, die den Prototyp der neuen Steuerung anwendeten. Bei einem Kunden war er Sondra wiederbegegnet. Danach hatte sich ein reger E-Mail-Austausch zwischen den beiden entwickelt, sie hatte ständig weitere Fragen zu den technischen Spezifikationen der neuen Steuerung, die ihr Peter bereitwillig und ausführlich beantwortete.

Das Nichts, in dem das Roboterlabor wieder verschwinden würde, hatte mich lange Zeit aus schönem Auge betrachtet. Jetzt bestarrte es mich mit vermaledeitem Grinsen. Peter und den anderen Mitarbeitern gegenüber hatte ich immer behauptet, das Roboterlabor werde aus einem Etat finanziert, über den der Vorstand für Forschung und Entwicklung direkt entscheide. Das Projekt unterliege der Geheimhaltung, weil es eine Parallelaktivität sei. Als Mitglied mehrerer Arbeitsgruppen war Sondra in Kontakt mit der zentralen Roboterentwicklung in Philadelphia. Der Vorstand für Forschung und Entwicklung hatte ein Büro in Philadelphia. Wenn Peter im Zorn über die Kündigung Burgis oder einfach aus Unbedachtheit Sondra gegenüber das Roboterlabor erwähnt hatte – sie brauchte nur zwei oder drei Kollegen anzusprechen, um herauszufinden, dass weder der F&E-Vorstand noch irgendjemand sonst von dem Roboterlabor wusste.

Maren, ich weiß, du hörst mir zu.

Du hörst alles, du siehst alles.

Es ist das Gegenteil des Von-der-Welt-Abgeschnittenseins. Du bist eins mit der Welt. Du und die Welt, das ist *eine* zusammenhängende Menge von Gefühlen und Wahrnehmungen, so hast du es beschrieben.

Es ist unvorhersehbar, es kann ständig eintreten. Du weißt nicht, wodurch es ausgelöst wird. Du siehst Muster von Gegenständen, die sich in verschiedene Richtungen bewegen, sich formieren und wieder zerstieben. Du bist wehrlos dagegen, dass die Erde unter dir dahinjagt –

Ich habe dir die Wahrheit gesagt, Maren. Aber viel zu spät.

Keine ihrer E-Mails enthielt auch nur das geringste persönliche Detail, es lag nahe, dass Peter und Sondra eine zweite Korrespondenz über die privaten Accounts führten. Hatten sie den Ehrgeiz herauszufinden, woher die Mittel für das Roboterlabor kamen? Belauerten sie mich, und hatte Peter dafür gesorgt, dass der Deal mit dem Programmierer platzte, weil er sich sonst etwas hätte zuschulden kommen lassen? Das Nichts, das es gar nicht gab, brüllte mich markerschütternd an.

Das Werksgelände wurde seit jeher industriell genutzt. Die alten Fertigungshallen durften wir komplett abreißen, die unter Denkmalschutz stehende Direktorenvilla sollte als Schulungszentrum dienen und war mit Ausnahme des historischen Granitbodens saniert. Dank seiner großzügigen Ausstattung mit Rundbogenfenstern sammelte der große Salon im halbkreisförmigen Vorbau der Villa so viel Tageslicht wie irgend möglich. In dem leeren Raum hallte jedes Geräusch sehr lange nach, ich erkannte meine eigene Stimme kaum wieder.

Nachdem wir das Schulungskonzept besprochen hatten, begann ich mit dem Verhör. Ich lehnte mich zurück und legte beide Hände auf den Tisch, Peter spielte mit seinem Kugelschreiber.

Bei jedem Erfolg dachte Peter: Wann merken die anderen, dass ich gar nicht das Zeug für meinen Job habe? Nach einem durchschnittlichen Ingenieursexamen hatte er in einem anderen Geschäftsbereich angefangen und war im Begriff gewesen, das Versagen heraufzubeschwören, vor dem er solche Angst hatte. Er hatte zu einem Abendessen eingeladen, das mit einem Verkehrsunfall endete, zwei Kollegen wurden schwer verletzt. Es war viel Alkohol im Spiel gewesen. Ich holte ihn in die Qualitätssicherung und sorgte dafür, dass er eine schnelle Six-Sigma-Ausbildung absolvierte. Mit dem Green Belt machte ich ihn zum Leiter der Qualitätssicherung, mit dem Black Belt zum Produktionsleiter. Seine Ängste wichen, er hielt sich nicht mehr für einen Hochstapler wider Willen, der schließlich irgendwann entlarvt werden würde. Als Jugendlicher hatte er ein regelmäßiges Boxtraining absolviert, das nahm er wieder auf.

Bei Lügendetektortests stellt man am Anfang unverfängliche Fragen, auf die der Getestete gar nicht anders antworten kann als mit der Wahrheit. Ich ging mit Peter die technischen Spezifikationen der Endversion unserer neuen

Steuerung durch, dabei gab ich vor, einige nicht präsent zu haben, so dass er sicheres Wissen wiederholen musste. Ich kalibrierte keine Maschine, sondern mich selbst.

Ich fragte Peter nach Burgi. Sie hatte den Stand des Manuals nicht dokumentiert, das Team wusste nicht, welche Maßnahmen sie schon eingeleitet hatte und welche noch veranlasst werden mussten, um das Manual endgültig fertigzustellen. Sie beantwortete keine E-Mails und rief nicht zurück. Ihr Verhalten gab mir nachträglich recht und ihm unrecht. Er sagte, er habe keinen Kontakt mehr zu Burgi. Er wolle über sie nicht mehr reden. Das Abenteuer ihrer Herzen war weit schneller vorbei gewesen, als er es sich hatte vorstellen können.

Peter hat fast keinen Bartwuchs, die Poren seiner völlig glatten Gesichtshaut sind unter und über den Augen in kurzen senkrechten Linien angeordnet, neben dem Mund und neben der Nase sowie in der Mitte der Stirn in waagerechten Linien. Jetzt kamen neue Linien dazu, senkrechte, wo vorher nur waagerechte Linien gewesen waren, und waagerechte, wo es zuvor nur senkrechte gegeben hatte.

Ich fragte Peter, wie oft er von Sondra höre. Philadelphia strapaziere uns mit ständig neuen Auflagen bezüglich der technischen Spezifikationen. Ich fügte hinzu, wenn wir nicht aufpassten, würden wir womöglich mit Sondra das gleiche Problem bekommen wie mit Burgi.

Das Nichts, das keins war, schüttelte sich in ostentativem Gelächter: Peters Gesicht explodierte. Die Porenlinien gruppierten sich zu konzentrischen und segmentierten Kreisen wie auf einer Dart-Scheibe mit der Nasenwurzel als Mittelpunkt. Sein rechtes Auge schien pupillenlos weiß, sein linkes im Schein der untergehenden Sonne blutunterlaufen. Die roten und weißen Segmente im Zentrum der Dart-Scheibe waren von schwarzen und roten Kreisen umgeben.

Der führt mich nicht hinters Licht, dachte ich. Der doch nicht! Oh, wie es feixte, das Nichts, in Vorfreude auf das erhoffte Schauspiel.

»Sie sind an einem Punkt angekommen, an dem Sie entschieden haben: So soll Ihr Leben nicht weitergehen.«

Das neueröffnete Werk war Gastgeber für eine Tagung des Kandor Clubs. Die Personalabteilungen der Geschäftseinheiten scannen ihre juvenilen Human ressources und filtern besonders vielversprechende Begabungen heraus. Die Mitglieder des Kandor Clubs absolvieren spezielle Fortbildungsprogramme, sie halten Konferenzen ab und werden mit besonderen Aufgaben betraut, die nichts mit ihrer eigentlichen Tätigkeit zu tun haben. Bis auf eine Ausnahme kommen alle Mitglieder des gegenwärtigen Vorstands aus dem Kandor Club. Zwar war Sondra auf der Liste der Tagungsteilnehmer, aber sie befand sich nicht unter den Zuhörenden.

Der Personalvorstand hielt den Eröffnungsvortrag im großen Salon der nun eingerichteten Jugendstilvilla. Auf der Terrasse davor standen als Dekoration die aus dem Vollen herausgefrästen Karosserien eines Porsche 911 und eines McLaren F1, der McLaren aus gelbem, der Porsche aus lila Kunststoff. Der Hersteller der Fräsmaschinen war ein Pilotkunde für die POWERWOLF W-8 2000.

»Viele Menschen können nur schwer erklären, warum eine Veränderung für sie sinnvoll ist und was sie als Nächstes tun möchten. Aber es gibt Menschen, die es in allen Situationen fertigbringen zu wissen, was sie wollen, und die das anderen Menschen verständlich machen können.«

Die Terrassentür ging auf, und Sondra trat ein. Sie hatte ein iPhone zwischen das rechte Ohr und die rechte Schulter geklemmt, in der linken Hand hielt sie ein iPad, auf dem sie mit der rechten tippte. Irritiert hielt der Personalvorstand inne. Er setzte seinen Vortrag erst fort, nachdem sie an ihm vorbeigegangen war und die Sitzreihen erreicht hatte.

»Wir wollen, dass unsere Pläne sinnvoll sind. Wir möchten einen Weg fortsetzen, den wir eingeschlagen haben, auch wenn der nicht gerade ist. Ohne eine Geschichte, die unserem Leben einen Zusammenhang oder einen Sinn verleiht, fühlen wir uns verloren.«

Ich wandte mich um, ich saß ganz außen, Sondra ebenfalls. Sie hatte die Beine übereinandergeschlagen, der Rock war hochgerutscht. Niemand befand sich hinter ihr, die Augen der neben ihr Sitzenden waren auf den Vortragenden gerichtet. Sie trug Stayups, deutlich konnte ich ein in das Strumpfband eingestecktes Futteral erkennen und die Farben Rot, Gelb und Blau ausmachen. Als sie aufblickte und sah, dass ich sie fixierte, zog sie den Rock hastig herunter.

»Haben wir uns selbst besser verstanden, ist es auch für die anderen leichter, uns zu verstehen. Wenn wir eine gute Geschichte erzählen, dann lernen die anderen uns besser kennen. Eine Geschichte, die bewirkt, dass wir an uns selbst glauben, erhöht auch die Wahrscheinlichkeit, dass andere an uns glauben.«

Man kann sich für eine Geschichte entscheiden. Aber kann man sich auch aussuchen, wie sie endet?

Bei dem gesetzten Abendessen in der Kantine hatte ich dafür gesorgt, dass Peter und Sondra weit voneinander weg platziert waren, damit sie sich nicht austauschen konnten. Unmittelbar nach dem Essen sollten sie in einer Zweier-Besprechung die noch offenen Fragen bezüglich der Schnittstellen klären, die anderen Mitglieder des Kandor Clubs besuchten ein bestelltes Konzert in der Thomaskirche. Eine Assistentin holte Peter und Sondra ab und brachte sie in einen Besprechungsraum, wo ich an einem Bildschirm eine Kamera und ein Mikrophon installiert hatte. Die Assistentin war angewiesen, die beiden nicht aus den Augen zu lassen, bis sie im Zielraum angelangt waren. Ich wollte wissen, wie sich Sondra und Peter verhielten, wenn sie sich endlich unbeobachtet glaubten.

Kurz nachdem die Assistentin die beiden übernommen hatte, verließ ich ebenfalls die Kantine. Die Kamera in dem Besprechungszimmer war mit einem Monitor im Roboterlabor verbunden. An dessen Eingangstür erwartete mich jedoch eine böse Überraschung: Meine Schlüsselkarte funktionierte nicht, was noch nie vorgekommen war.

Außer Peter hielt sich keiner der Mitarbeiter des Roboterlabors mehr im Werk auf. Beim Pförtner war für Notfälle eine neutral bezeichnete Reserve-Schlüsselkarte hinterlegt, das Roboterlabor gab es ja offiziell nicht. Ich eilte zu der provisorisch in einem Container untergebrachten Pförtnerloge. Dort, wo das Pförtnerhaus errichtet werden sollte, war man bei den Erdarbeiten auf vorzeitliche Gräber gestoßen, bis die Funde ausgewertet waren, griff ein Baustopp. Besucher mussten sich durch das gelblich leuchtende Fenster neben der Tür anmelden. Mit der flachen Hand schlug ich auf das Glas, niemand kam. Ich wischte die verschmierte Scheibe mit dem Ärmel ab und presste die Stirn dagegen. Vor einem uralten Holzschreibtisch ein schiefstehender, mit brüchigem dunkelbraunem Leder überzogener Drehstuhl. Auf dem Schreibtisch ein Karteikasten, darin vergilbte und verschrumpelte Karteikarten, und ein Röhrenradio mit riesigen Bedienelementen, die Senderskala glomm rot. Neben dem Schreibtisch ein Holzregal voller Telefonbücher. Wer benutzt noch Telefonbücher? Wütend pochte ich mit der geballten Faust an der Tür. Die Pförtnerloge musste doch besetzt sein, es gehörte nicht zu den Aufgaben des Pförtners, auf dem Gelände zu patrouillieren, dafür war ein externes Sicherheitsunternehmen zuständig.

Schließlich öffnete ein älterer Mann in einem schlechtsitzenden grauen Anzug, einem weißen Hemd mit Schmutzrand und einer Krawatte voller Flecke. Er hatte eine altmodische Brille mit einer oben schwarzen und unten durchsichtigen Kunststofffassung auf. Ich bin auch ein älterer Mann. Ich sagte dem Pförtner, er solle mir schnellstens die Ersatz-Schlüsselkarte geben, sein Hemd waschen und seine Krawatte in die Reinigung bringen.

Er rührte sich nicht. Hilfesuchend blickte er zu der Frau auf dem abgeschabten Sofa in der Ecke des Raums. Zwar älter als er, musste sie jedoch einmal eine attraktive Erscheinung gewesen sein, ihr Gesicht wirkte lebendig, die dauergewellten roten Haare leuchteten im Halbdunkel des Containers. Neben dem Sofa surrte ein großer Ventilator in einem Drahtkäfig. Freundlich sagte sie zu mir, es sei ein sehr warmer Tag gewesen. Sie nickte dem Mann zu, der in eine Schublade des Schreibtisches griff und mir die Schlüsselkarte reichte.

Ich hatte mich bereits zum Gehen gewandt, als auf einmal ein Blitz den Raum erhellte, begleitet von einem Klackgeräusch, gefolgt von einem mechanischen Surren. Hinter dem Sofa und dem Ventilator trennten zwei Vorhänge den Raum, sie ließen einen Spalt frei, durch den jemand mich fotografiert hatte. Zornig stürmte ich auf den Vorhang zu, der Fotograf drückte erneut auf den Auslöser, das Blitzlicht war so hell, dass ich geblendet innehalten musste.

Als ich wieder sehen konnte, waren die beiden Vorhänge übereinandergezogen. Ich riss sie auseinander und stand vor einem Zwergwüchsigen in einem Rollstuhl, der eine alte Polaroidkamera auf mich gerichtet hielt. Seine Stirn war verformt, sein linkes Auge wie zugeschwollen. Er lachte, dabei entblößte er kleine, weit auseinanderstehende Zähne. Im Vergleich zum Körper schien der Kopf riesig groß, die Schultern befanden sich auf Höhe der Oberkante der Lehne, die ausgestreckten Beine mit den nackten Füßen erreichten gerade die vordere Kante der Sitzfläche. Der Zwergwüchsige schien sehr jung zu sein. Er wartete, bis ich ihn ausgiebig gemustert hatte, um noch einmal die Kamera zu betätigen und mich diesmal so stark zu blenden, dass ich minutenlang nichts mehr richtig erkennen konnte.

Ich kann darauf verzichten, den Schrecken von außerhalb auch noch auf dem Werksgelände zu haben.

Die Frau, ich hörte es am Geräusch ihrer Absätze,

nahm mich an der Hand und führte mich aus dem Container hinaus. Als ich mich noch einmal umblickte, sah ich den Türausschnitt von Blitzlicht erhellt. Das Wesen in dem Rollstuhl fotografierte weiter.

Die Schlüsselkarte funktionierte, die Leitung vom Besprechungsraum mit Peter und Sondra zu meinem Büro im Roboterlabor stand. Ich war nicht zu spät gekommen, ich hatte die Assistentin angewiesen, mit Peter noch das Protokoll einer anderen Besprechung gründlich durchzugehen, damit er und Sondra auf keinen Fall allein wären, bis ich meinen Posten eingenommen hatte.

Mein Bild spiegelte sich in der Fensterscheibe, nur das Licht des Monitors beleuchtete mich in dem dunklen Raum. Ich sah älter aus, als ich dachte. Lag es an meinem Mehrtagebart? Meine Mitarbeiter und Vorgesetzten haben sich daran gewöhnt, dass ich mich nur einmal in der Woche rasiere. Als Kind wollte ich nicht zum Friseur gehen, denn das Haareschneiden tat weh, meine Haare waren keineswegs leblos, wie meine Mutter behauptete. Ähnliche Schmerzen bereitete es, als ich meine ersten Barthaare abrasierte. Mittlerweile habe ich gelernt, mit den Schmerzgefühlen umzugehen. Zwar ist meine Stirn ziemlich hoch, aber meine Haare sind noch nicht völlig ergraut. Ich lasse sie sehr kurz schneiden, obwohl das meine abstehenden Ohren betont. Sei's drum. Noch habe ich mehr schwarze als graue Bartstoppeln. Als Ausgleich für meinen Bart bin ich immer tadellos angezogen. Ich trage nur dunkelgraue oder dunkelblaue enge Anzüge, weiße, blaue, blau-weiß oder rot-weiß gemusterte Hemden und schmale dunkle Krawatten. Ich habe versucht, Jeans und Polos oder T-Shirts anzuziehen, jedes Mal fühlte es sich so an, als würde jemand mit Sandpapier auf meiner Haut reiben.

Ich wusste nicht mehr, wann ich das letzte Mal etwas so intensiv beobachtet hatte wie das Zusammentreffen von Peter und Sondra. Ich stützte die Ellenbogen auf den Schreibtisch und verschränkte die Hände ineinander. Eigentlich war es unsinnig, die Hände derart in mein Gesichtsfeld zu halten, dass ich den unteren Teil des Bildschirms gar nicht sehen konnte. Als sich die Assistentin verabschiedet und den Raum verlassen hatte, richtete ich mich weiter auf und streckte den Kopf in die Höhe, anstatt die gefalteten Hände herunterzunehmen.

Zum ersten Mal, seit sie sich im Werk aufhielt, war Sondra mit Peter allein. Wenn die beiden die Beziehung hatten, die ich mir – nicht ausmalte, dann mussten sie sich jetzt, da sie sich unbeobachtet glaubten, offenbaren. Sie sprachen über die technischen Daten der neuen Steuerung, über die Timer, über die Zähler, über die Merker und die Adressbereiche sowie die Register. Sie diskutierten die Konnektivität, die Schnittstellen CANopen, Profibus, Profinet.

Entfernte Supernovae werden aufgespürt, indem man Bilder desselben Raumabschnitts immer wieder miteinander vergleicht und nach Veränderungen sucht. Ich verglich ihr Gespräch mit den unzähligen anderen über dieselben Themen, denen ich beigewohnt oder deren Protokolle mich erreicht hatten, und suchte nach Abweichungen, nach Anomalitäten. Der Gedanke schoss mir durch den Kopf, dass sie mich in unverschämter Weise täuschten. Aber sie konnten doch nicht wissen, dass ich sie beobachtete!

Vorher war mir noch nie aufgefallen, dass Sondra légèrement schielte. Nicht, wenn sie geradeaus oder nach links sah, nur wenn sie ihren Blick auf einen Gegenstand rechts von sich richtete. Dann befand sich die rechte Pupille im rechten Augenwinkel, aber zwischen der linken Pupille und dem rechten Augenwinkel des linken Auges schien noch das Weiß auf. Ich fragte mich, ob die schwarze Schminke um ihre Augen herum die Asymmetrie unterstrich oder ob sie sie herunterspielte. Einerseits betonte der Kontrast zwischen dem Weißen in ihren Augen und dem schwarz geschminkten Unterlid die Fehlstellung der linken Pupille, andererseits verschmolzen die Pupillen mit den Oberlidern und den niedrigen Augenbrauen. Ich konnte mich nicht entscheiden.

Nach einiger Zeit lockerte Sondra das türkisfarbene Band, mit dem sie ihre Haare zurückgebunden hatte, sie schüttelte den Kopf und bauschte die Haare auf. Die Deckenbeleuchtung war nicht eingeschaltet, Peter und Sondra unterhielten sich im Schein von zwei Tischlampen. Peter öffnete den Mund, um etwas zu sagen, in diesem Moment leuchtete einer der patrouillierenden Mitarbeiter des Sicherheitsdienstes mit einer Taschenlampe durch das Fenster des ebenerdigen Besprechungszimmers im Bürogebäude. Ich musste an die Aufnahme eines Raumabschnitts im All denken: das Licht der Taschenlampe im Fenster eine weit entfernte gelbe, scheibenförmige Galaxie, daneben die punktförmige Widerspiegelung des LEDs vom Bildschirm im Besprechungszimmer als rote Supernova eines um Größenordnungen näheren Sterns. Der Wachmann sah, dass alles in Ordnung war, und ging weiter.

Ich schaltete den Bildschirm aus und gab mich einem passenderweise schnell verebbenden Siegesrausch hin. Da war nichts Wonniges zwischen den beiden. Sie hatten sich nicht gegen mich verlobt.

Als ich auf der Fußgängerbrücke zwischen dem Hauptgebäude und den Satellitenterminals von Berlin Brandenburg Willy Brandt auf Peter wartete, dachte ich: Ich lebe in einem perfekten Augenblick.

Der Swarm-bot war in die Wirklichkeit gesprungen! Zehn beliebig im Raum verteilte S-bots hatten sich zu einer nicht vorprogrammierten Form zusammengesetzt und eine dreißig Zentimeter lange Eisenstange transportiert. Aus dem jovial beauftragten und nachsichtig kontrollierten Hin und Her, dessen Unschlüssigkeit jedoch Anlass zur Sorge gegeben hatte, war eine perfekt funktionierende Folge in Zeit und Raum geworden! Es war, als habe jeder Roboter etwas Bestimmtes in der Ferne entdeckt, das er ungläubig wiedererkannte. Mit zusammengekniffenen Augen bemühten sich die S-bots, ein bisschen deutlicher zu sehen. Sie zwinkerten einander zu!

Maren – das Roboterlabor ist mein Leben! – Bitte teile mein Leben mit mir! – Ich weiß, dass du zuhörst!

Die S-bots sind nicht groß, mit dem turmartigen Aufbau etwa fünfundzwanzig Zentimeter. Der Korpus hat die Form eines abgeflachten Zylinders, er ist drehbar auf einem Fahrgestell mit zwei Walzen und zwei Raupenketten montiert. Sie sind robust, die kleinen Kerle. Verblüffend flott zuckeln sie durch die Gegend! Im Turm ist eine nach allen Richtungen drehbare Kamera installiert. Besessen mustern sie ständig ihre Umwelt. Wonach halten sie Ausschau? Über die Oberfläche sind Laser-Scanner und Ultraschall-Sensoren verteilt. So bunt: Alle Konturen sind durch farbige LEDs nachgezeichnet. Mittels der Sensoren und der Kamera orientiert sich der S-bot im Raum und erkennt andere S-bots. Nie schmollen die kleinen Schreihälse. Immer wechseln sie ein paar nette Worte mit ihrer Umgebung!

Jeder S-bot hat einen starren Greifarm, der um dreihundertsechzig Grad in der Horizontalen bewegt werden kann, und einen flexiblen Greifarm. Wenn sie Aufgaben allein erledigen, benutzen sie beide Greifarme. Arbeiten sie zusammen, dient der starre Greifarm der Koppelung, mit dem flexiblen wird der Arbeitsauftrag ausgeführt.

Von weitem wirkt es ungeschlacht, aber aus der Nähe sieht man, wie delikat das Skelett des Swarm-bots aus den einzelnen S-bots gebildet wird.

Ständig ändert sich etwas: nicht vorhergesehene Schwierigkeiten auf dem Untergrund, nicht vorhersehbare Verschiebungen des Schwerpunkts des zu manipulierenden Gegenstands. Scheinbare Unmöglichkeiten, vor denen die S-bots auf keinen Fall kapitulieren dürfen! Die Unterlassungssünde des Sich-nicht-Koppelns kann nicht bestraft werden, und sie wird es doch. Alle zusammen verkörpern sie das beständig einstürzende, aber sich unaufhaltsam jedes Mal wieder neu aufrichtende Selbstvertrauen von uns allen.

Die erste Aufgabe, die wir den S-bots gestellt hatten,

war einfach die Fortbewegung. Indem sie sich entsprechend zusammenklinken, werden sie mit Geländeunebenheiten fertig, die für den einzelnen S-bot unüberwindbar sind. Auf diese Weise können sie sogar Treppen steigen. Mehrere S-bots sind imstande, einen größeren Gegenstand zu bewegen, es helfen jeweils so viele, dass die Kraft ausreicht. Bestimmte elementare Operationen wie das Wahrnehmen der Umgebung, das Erkennen eines anderen S-bots, das Ankoppeln, wenn sie ankoppeln wollen, führen sie automatisch durch. Alles andere müssen sie lernen. Sie bekommen eine Aufgabe gestellt, und es gibt – sagen wir: Lösungsvorschläge. Aber nicht mehr. Die Erziehungsarbeit wird noch Jahre dauern. Die wunderbare Arbeit, für die ich lebe, für die wir leben!

Meine gewöhnliche Arbeit langweilt mich nicht, ich mache sie nicht nebenbei und vernachlässige sie nicht. Mit den S-bots weiche ich nicht aus, ich lenke mich nicht ab. Aber die Steuerungen sind kein Experiment, ihre Entwicklungspfade sind erwartbar. Die Steuerungen sind – logisch. Was die S-bots bedeuten oder nicht bedeuten? Es ist wohl eine Art gesellschaftliches Experiment. Die S-bots bewältigen ihr Leben, indem sie Gemeinschaftsarbeit lernen. Das Experiment findet auf einem anderen Planeten statt. Ich lebe nicht in Leipzig, ich lebe im Universum.

Die S-bots haben keine Seele. Sie sind nicht logisch. Wenn sie es sind, dann auf eine Art, die ich nicht verstehe.

Peter und ich sollten zu einem BOC-Meeting nach Philadelphia fliegen. Ich gehe immer spät zum Terminal, weil ich so viel Zeit wie möglich auf der Fußgängerbrücke verbringen möchte. Die Brücke ist ein nach oben gebogener gläserner Schlauch, aufgehängt in der Mitte eines halbkreisförmigen Stahlgerüsts, die Segmente des Schlauchs werden von Stahlbügeln gehalten. Der Boden und der Handlauf des Geländers sind aus Holz, ich fasse den Handlauf nie an, ich habe Angst, mir einen Splitter einzuziehen. In der Mitte der Brücke muss man ein paar Meter zu Fuß zwischen den Laufbändern zurücklegen. Ich ziehe meinen Kugelschreiber hervor, nicht den schwarzlackierten, sondern den eloxierten, und klopfe damit gegen den Metallbügel, der die Verglasung hält.

Schon als Kind habe ich am liebsten metallische Klänge gehört. Ich hätte Stunden damit verbringen können, den Klingelknopf zu drücken. Als meine Mutter das verbot, schlich ich mich an ihr Nähkästchen und nahm mir alle Sicherheitsnadeln, ich kettete sie zusammen und versteckte sie in einem Spielzeuglastwagen. Wenn meine Mutter das Haus verließ, zog ich die Kette heraus und schüttelte sie an meinem Ohr.

An dem Tag, als ich auf Peter wartete, war der Himmel fast wolkenlos. Mit meinem Kugelschreiber klopfte ich auf den Stahlbügel, der sich genau am höchsten Punkt der Brücke befand. Nur ganz weit am Horizont waren drei oder vier Lagen von flachen, langgezogenen Wolken zu erkennen, es sah aus, als habe ein Illustrator die Linien der Flughafengebäude aufgenommen und am Himmel weitergeführt.

Ich war eins mit der Welt, Maren, und die Welt stand vollkommen still.

Alles war ein Versprechen! Die S-bots hatten die ihnen gestellte Aufgabe gemeistert. Die Produktion der neuen

Steuerung war ohne Probleme angelaufen, das Manual immer noch nicht fertig, aber wir hatten den Kunden eine Vorabversion zugestellt, der Bestelleingang übertraf alle Erwartungen. Das war sogar dem Vorstandsvorsitzenden aufgefallen, der in einer knappen E-Mail allen Mitarbeitern des Werks seine Anerkennung aussprach. Ich war so froh, dass sich mein Verdacht in Bezug auf Peter und Sondra nicht bewahrheitet hatte. Ein metallischer Tag, die Welt ein glimmerndes Gewebe unter einem flutenden Himmel! Ich würde mit Peter nach Philadelphia fliegen, wir waren allein auf dem Flug, es gab keine anderen Mitarbeiter von D'Wolf, das hatte ich gecheckt, wir würden viel Zeit haben, um die nächsten Schritte im Roboterlabor zu diskutieren.

Der Luftzug wehte Bruchstücke von Unterhaltungen in meine Richtung. »Dann haben sie mir das Zweihundert-Gramm-Senfglas weggeschmissen. Trotzdem hatte ich ein gutes Gefühl. Es war ja besser so, als wenn sie auf Toleranz gemacht hätten …«

Ich war so entspannt, dass ich Peter nicht erkannte, als er auf mich zukam. Keiner weiß, dass es mir die allergrößten Schwierigkeiten bereitet, einen Menschen an seinem Gesicht wiederzuerkennen. Als Kind war das kein Problem. Der Lehrer, der in der Schule Formeln an die Tafel schrieb, war eben der Mathematiklehrer. Zu meinen Klassenkameraden hatte ich wenig Kontakt, zu anderen Kindern überhaupt keinen, wer keine Freunde hat, muss sich auch keine Gesichter merken. Später im Beruf half ich mir mit Kriterien, die sich an Kleidung, Frisur und Stimme orientierten, und logischen Schlussfolgerungen, an einem bestimmten Ort, zu einer bestimmten Zeit, das konnte nur der und der oder die und die sein. Auf die Einweihungsfeier des Werks hatte ich mich akribisch vorbereitet. Von jedem der Eingeladenen hatte ich mir zahlreiche Bilder geben lassen, so dass ich mein Kriteriensystem anwenden konnte. Die Leute, die nicht auf der Gästeliste standen, waren nicht wichtig, sie musste ich nicht erkennen oder wiedererkennen.

Wenn ich ein Gesicht zuordnen muss, für das ich keine Kriterien habe, dann zeichne ich es im Geiste auf einem Karoblock. Wo es gilt, Linien abzubilden, schraffiere ich die Kästchen, wo es keine Linien gibt, bleiben die Kästchen leer. Je besser ich in Form bin, desto kleiner sind die Kästchen auf dem Block in meinem Kopf. Dann vergleiche ich die Skizzen nicht mit Erinnerungsbildern, sondern mit Fotografien, an die ich mich entsinnen kann. Ich habe ein sehr gutes Gedächtnis – handelt es sich nicht um jemanden, den ich nur einmal getroffen habe oder der völlig unwichtig ist, komme ich auf den Namen.

Ich musste Peters Gesicht nicht im Kopf zeichnen. Er telefonierte, ich erkannte ihn an seiner Stimme. Während er sprach, sah er mich abwägend an. Denke ich jetzt daran zurück, war es ein Blick, der mich schlussendlich verurteilte. Aber auf der Brücke nahm ich das nicht wahr.

Als ich Peter erkannt hatte, musste ich mich zurückhalten, damit ich ihm nicht rundheraus verkündete: »Ich habe nie wirklich geglaubt, dass du mich verrätst!«

Ich streckte beide Hände aus und lächelte ihn an. Er legte seine Hände in meine. Aber er lächelte nicht zurück.

Vor meinem geistigen Auge tauchte die Szene auf, wie die S-bots gelernt hatten, zusammen einen Spalt zu überqueren. Der Spalt war etwas breiter als der Umfang eines

S-bots. Die einzelnen S-bots fielen einfach in den Spalt. Verkoppelt, neigte sich der erste S-bot in den Spalt hinein, die anderen schoben ihn weiter, seine Raupenbänder berührten die gegenüberliegende Wand, die anderen drückten ihn gegen die Wand, an der er schließlich aus eigener Kraft hochkletterte. Hatte er die Kante überwunden, zog er die anderen nach, so dass die mittleren S-bots den Spalt überbrückten. Die letzten S-bots fielen wieder in die Kluft, aber sie wurden von den anderen S-bots hochgezogen.

Obwohl ich so glücklich war, fühlte ich, dass ich in eine Kluft fallen würde. Dabei gab es nichts, worauf sich diese Vorahnung gründen konnte. Es schien für alle Zeiten ausgeschlossen, dass ich Peter mit Sondra in einer verfänglichen Situation überraschen würde.

Maren, nichts, gar nichts wies darauf hin, dass du die Diagnose bekommen würdest.

Wir ertrinken in Wahrheiten. Wir streben an, dass wir alles zugleich ab- und aufrufen können, dass alles immer Gegenwart ist. Du hast protestiert, es gibt Inseln im Meer der Wahrheiten. Ich fragte dich, welche, doch du antwortetest nicht. Ich weiß, was du meintest. Du wolltest es nicht aussprechen. Auf keinen Fall sollte es so wirken, als ob deine Gobelins *die* Wahrheit sind.

»Wir arbeiten daran, dass uns das Meer verschluckt, ehe wir dazu kommen, es zu betrachten.« Was ich meinte, war der Effekt unserer Steuerungen.

»Wir sind nicht da und sehen trotzdem.«

Maren, hast du gewusst, was kommt?

Ich kann mich nicht mehr an den genauen Tag entsinnen, an dem wir über diese Dinge sprachen, ich weiß nur noch, es war zwischen dem Termin in der Universitätsklinik und dem Essen, dem letzten, zu dem wir einluden. Professor Jangor hatte einen dichten Oberlippenbart und einen spitzen Kinnbart, in dem trotz seines fortgeschrittenen Alters nur wenige graue Haare aufschienen. Ich habe vom ersten Moment des Kennenlernens an geglaubt, er bringe Unglück. Das hat sich bestätigt.

Ich fand es deplatziert, dass er uns in einen Hörsaal bestellte. Er lehnte sich an das Katheder, wir durften in der ersten Reihe Platz nehmen. Auf unbequemen Sperrholzsitzen hinter dem ersten von vier konzentrischen Kreissegmenten aus rötlichem Holz, die den Studenten als Schreibunterlage dienten und die die gesamte Breite des Hörsaals ausnutzten. Die einzelnen Plätze waren mit schwarzen, auch aus der Ferne deutlich erkennbaren Ziffern gekennzeichnet. Zu meiner Irritation konnte ich auf den Tischplatten keine Fugen erkennen, die Maserung des Holzes schien sich ewig fortzusetzen.

Die Beine hatten dir den Dienst verweigert. Zuerst glaubte ich, du wolltest nur nicht zugeben, dass du im Bad ausgerutscht warst. Du hattest dir die Hände aufgerissen, du versuchtest noch, dich an der Eiche festzuhalten. Später habe ich mit dem Gedanken gespielt, die Eiche fällen zu lassen. Ich habe schließlich davon Abstand genommen, unseren um den Baum im Bad herumgebauten Bungalow in Markkleeberg zu verstümmeln.

Du erzähltest, wie es begonnen hatte. Du warst in der Nacht aufgewacht, ich war nicht da, du wolltest nach dem Radiowecker auf dem Bord über dem Kopfende des Betts greifen. Aber du konntest den rechten Arm nicht heben. Du dachtest, du träumst. Du machtest die Augen zu und öffnetest sie wieder. Nach wie vor warst du nicht dazu fähig, den Arm anzuheben. Du bist in Panik geraten, dir schoss durch den Kopf, dass du vielleicht einen kleinen Schlaganfall gehabt hattest. Deine Gedanken waren blockiert, du kamst nicht darauf, einen anderen Körperteil zu bewegen, den Kopf zu drehen oder ein Bein anzuziehen, es musste der rechte Arm sein. Du hast dich unglaublich angestrengt, und es schien dir schließlich doch zu gelingen, den rechten Arm zu heben. Doch du warst nicht in der Lage, nach etwas zu greifen. Du sahst, wie dein Arm krampfhaft zuckte, dabei spürtest du ihn nicht. Im bläulichen Licht des Radioweckers konntest du nicht entscheiden: Hobst du den Arm zur Decke – oder kam die Decke herunter?

Später standest du auf, du warst fähig zu laufen. Du irrtest im Haus umher. Danach schliefst du wie ein Stein, und am nächsten Morgen war alles in Ordnung. Du wachtest auf und griffst sofort hinter dich nach dem Wecker. Du glaubtest, du hättest alles nur geträumt, denn auf deinem Irrgang durch das Haus warst du auch ins Esszimmer geraten, du hattest gesehen, dass unser schwarzer Esstisch einen Riss hatte, er war in zwei Hälften geteilt, wenn du hingefasst und die Teile, die sich gegenseitig stützten, verschoben hättest, wären sie umgefallen. Am Morgen war der Tisch völlig unversehrt. Du erklärtest Professor Jangor, dass du sonst nie Albträume hast.

Ich mochte die Art nicht, wie Professor Jangor dir zuhörte. Er zeigte nicht die geringsten Anzeichen von Eile oder Ungeduld, niemals blickte er die große eckige Uhr auf der Rückwand des Hörsaals an. Aber es geschah nicht aus Anteilnahme oder weil er dir seine ganze Aufmerksamkeit widmete. Dein anspruchsvoller Fall diente ihm dazu, seinen Geist zu schärfen.

Professor Jangor wusste von deinen Gobelins, er konnte sich an das Plakat einer Galerie erinnern, in der du eine Ausstellung gehabt hattest. Er fragte dich, ob du beim Weben eine Veränderung spürtest. In diesen Tagen hattest du den großen Gobelin beendet, der mich auf einem Stuhl sitzend zeigt. Unentschlossen spreize ich die Beine, die Hände halte ich ratlos im Schoß, ich blicke aufmerksam, aber nicht fixiert, wie es sonst meine Art ist. Du hast mich mit lauter Gegenständen umgeben, mit denen ich nie etwas zu tun habe: ein Kohleeimer und eine Kehrschaufel, Bugholzstühle um einen Tisch mit ebensolchen Beinen, Blumenstöcke in Töpfen, Modelle von Segelschiffen, Spielzeughäuser, eine hölzerne Katze, kleine Staffeleien mit kleinen Portraits, große Bilder von schneebedeckten Bergen und der Akropolis. Ich selbst suche die Nähe eines Kanonenofens. Mein rechtes Hosenbein scheint eine nächtliche Straßenszene abzubilden, mein linkes Hosenbein lässt an Felder oder Wolken denken, die Ärmel meines schwarzglänzenden Jacketts sind ein Säulenbau, der Kragen eine weiße Schachtel, die Schulterpolster ebenfalls weiße Schachteln.

Du hast nie ein Selbstportrait angefertigt. Nicht ein einziges.

Einmal habe ich versucht, dich zu überreden, doch

ein Portrait von dir selbst zu weben. Da bist du unwirsch geworden. Es werde kein Selbstportrait geben. Niemals. Du wolltest nicht erklären, warum. Am liebsten wäre dir, wenn überhaupt kein Bild von dir existierte.

Ich habe deswegen auch keine Fotografie von dir aufgestellt, weder in der Firma noch zu Hause.

Der große Webstuhl in unserem Aufenthaltsraum, man sagt ja nicht mehr Wohnzimmer, war nicht zu übersehen. Aber du hast Sorge getragen, dass dich – außer mir – nie jemand antraf, während du daran arbeitetest. Der Webstuhl stand an der Betonwand, wenn du webtest, blicktest du immer die Wand an, niemals hinaus auf die Terrasse, zum Schwimmbad. Du bist mit dem Webstuhl verschmolzen, er war die Fortsetzung deines Körpers. Es schien, als ob deine Hände am Webstuhl in ein Unendliches griffen.

Nach einigem Überlegen fragte Professor Jangor, ob sich an dem Tag, der dem Albtraum vorausgegangen war, etwas Besonderes zugetragen hatte.

Ich hatte Peter schon lange gebeten, nach unserem Schwimmbad zu sehen. Während seines Studiums hatte er in einer Firma gejobbt, die Umwälzanlagen für Schwimmbecken herstellte. Der Chlorgehalt des Wassers stimmte nicht, was nicht weiter schlimm war, wir benutzten den Pool nur selten. Leipzig liegt nicht auf einem Breitengrad, der ein Freiluftbecken unbedingt erforderlich macht. Peter kam ohne Anmeldung, du hörtest die Klingel nicht, er stieg über den Zaun. Während du bei der Arbeit warst, vernahmst du ein leises Pochen, das du gar nicht einordnen konntest und zunächst verdrängtest. Erst als es langsam lauter wurde, kamst du auf den Gedanken, dich umzuwenden. Peter klopfte an die gläserne Terrassentür, er musste dich schon eine Weile beobachtet haben. Niemand, auch ich nicht, durfte dir zusehen, wenn du an dem großen Webstuhl arbeitetest. Betrat doch jemand den Raum, hörtest du sofort auf zu weben. Du machtest erst weiter, wenn du wieder allein warst.

Peter hielt sich eine Zeitlang im Keller mit der Umwälzanlage auf, er überprüfte die Pumpen, sie taten ihre Schuldigkeit, aber die Dosieranlage war falsch programmiert, er stellte sie richtig ein. Aus der Druckmessung im Keller war zu folgern, dass die Filter im Becken verstopft waren. Peter erläuterte, er müsse sie reinigen, dann sei der Pool wieder völlig in Ordnung. Schon band er sich die Krawatte ab und zog die Anzugjacke aus. Du wusstest nicht, was du sagen solltest, als er sich auch noch der Schuhe und Strümpfe entledigte. Aber dabei beließ er es, er krempelte die Hosenbeine und die Ärmel seines weißen Hemds hoch, sprang mit dem Kopf voran ins Wasser und tauchte lange unter, um den ersten Filter loszuschrauben. Er holte nur kurz Luft und brachte auch den zweiten an die Wasseroberfläche. Mit Hilfe des bereitliegenden Gartenschlauchs reinigte er die Filter und setzte sie wieder ein.

Du reichtest ihm ein großes Badehandtuch, mit dem er sich abtrocknete. Die nasse Hose und das nasse Hemd behielt er an, er weigerte sich, das Handtuch mitzunehmen. Du hast ihn zum Gartentor begleitet, lachend setzte er sich mit seinen nassen Kleidern in den Wagen, er winkte dir aus dem offenen Fenster heraus zu, du winktest zurück und sahst ihm lange nach.

Die Tage nach dem Albtraum, den du mir gegenüber nicht erwähntest, hast du von früh bis spät vor dem Webstuhl verbracht. Du wolltest unbedingt das Portrait fertigstellen. Ich kann mich nicht erinnern, dass du jemals vorher mit mir über einen Gobelin, an dem du gerade arbeitetest, gesprochen hast. Du erzähltest, wie du es erreichen konntest, dass die schwarzen hohen geschnürten Lederschuhe glänzten: Du hast die schwarzen Fäden ganz sparsam mit grauen und weißen gemischt. Ich besitze keine solchen Schuhe. Du hast überlegt, ob du das Rot der Wollkrawatte, die unten ausfransen sollte – eine solche Krawatte würde ich nie anziehen –, im Sonnenuntergang auf dem Bild im Bild aufnehmen solltest.

Während der Fahrt nach Hause beschriebst du ein zweites Erlebnis. Du nahmst ein Schaumbad. Du wusstest nicht mehr, wie lange du in der Wanne geschlafen hattest, du wachtest auf, weil dein Kopf tiefer gesunken war und du schon Wasser im Mund hattest. Du wolltest dich mit den Händen auf dem Wannenrand aufstützen und dich hochziehen, aber du brachtest die Arme nicht aus dem Wasser. Ebenso wenig gelang es dir, die Beine anzuziehen und den Oberkörper aufzurichten. Im Gegenteil, du versankst, die Wanne war der Einstieg zu einem riesigen unterirdischen See. Lautlos glittst du nach unten ins Dunkle, ganz oben blieb ein heller Lichtschein sichtbar.

Als du aus dem Traum aufwachtest, konntest du, wie im Traum, die Arme nicht heben und die Beine nicht anziehen. Es glückte dir jedoch, den Stöpsel herauszuziehen, so dass das Wasser abfloss und die Gefahr zu ertrinken gebannt war. Du begannst zu frieren, als du immer stärker zittertest, gewannst du die Kontrolle über deine Arme und Beine zurück.

Du warst sicher, dass in deinem Körper etwas vorging.

Er kündigte dir an, dass er dich im Stich lassen wollte. Du würdest nicht mehr weben können.

1) Supply a (real) manual.
2) Explain the problem to be solved.
3) Present the concepts, not just the features.
4) Give 'em more than they deserve.
5) Make it enjoyable to read.

Die Krankheit hatte dich nicht vergarstigt. Du lächeltest, als du den Gästen die Tür aufmachtest, man sah dir nichts an. Allerdings hattest du deine Brille aufgesetzt. Du bist kurzsichtig, das kommt dir am Webstuhl und beim Lesen entgegen. Sonst trugst du die Brille nur beim Autofahren, aber nicht, wenn du dich unter Menschen begeben hast.

Du wolltest dich bei Peter dafür bedanken, dass er den Pool in Ordnung gebracht hatte. Seit dem Termin bei Professor Jangor war eine Woche vergangen, ich hatte sämtliche Reisen abgesagt, um abends zu Hause zu sein. Jeden Tag habe ich dich gefragt, ob sich Professor Jangor gemeldet hatte. Du hast immer nur stumm den Kopf geschüttelt.

Am Nachmittag hattest du auf der Terrasse alte Zeitungen nachgelesen und auf der Bank neben dem Schwimmbecken liegengelassen. Mit der Abenddämmerung kam Wind auf, ich schloss mehrere Fenster im Haus und wollte auch den Zeitungsstapel bergen, da klingelte es, und ich musste an die Tür. Während wir den Apéritif einnahmen, wurde aus dem Wind ein Sturm, der die Zeitungen über den ganzen Garten verteilte. Bevor sie im Schwimmbecken untergingen, bedeckten sie fast die gesamte Wasseroberfläche. Als ich die Terrassentür öffnen wollte, um die Zeitungsblätter einzusammeln, hielt ich inne. Unmittelbar neben dem Griff klebte an der Glasscheibe außen ein nasser Zeitungsausriss. Es regnete nicht, das Blatt war wohl ins Becken geweht worden und auf andere nasse Blätter gefallen, weil es nicht untergehen konnte, war es wieder weggeweht worden. Es war eine Seite aus dem naturwissenschaftlichen Teil der Frankfurter Allgemeinen oder der Süddeutschen, ich kann mich nicht mehr erinnern. Ein Artikel über ALS, amyotrophe Lateralsklerose. Eine Schädigung oder Degeneration der Nervenzellen führt zu Muskelschwäche und Muskelschwund.

Es war, als habe die Zeitungsseite jemand hingeklebt, damit ich sie in diesem Augenblick lesen sollte. Der Artikel beschrieb den neuesten Forschungsstand, alle bisher vorgeschlagenen Hypothesen über die Ursache der Krankheit waren demnach zu verwerfen. Es gab keine Heilung. Der Tod trat meist als Folge von Lungenentzündungen auf, die durch zunehmende Schluckstörungen und die Lähmung der Atemmuskulatur hervorgerufen wurden. Der Artikel war etwa drei bis vier Wochen alt, du hattest das Zeitungsblatt gezielt beiseitegelegt.

Ich hatte gar nicht bemerkt, dass du den Raum betreten hattest und zu mir hingegangen warst. Erst als ich die Terrassentür öffnen wollte, sah ich dein Spiegelbild in der Glasscheibe. Stumm hattest du hinter mir gestanden und mir zugesehen, wie ich las, die Hände hinter dem Rücken. In dem Artikel stand auch, dass sich der Muskelschwund an den Händen besonders schnell vollzog.

Ich weiß, ich hätte etwas sagen müssen! – Aber ich lief schweigend in den Garten hinaus und sammelte die Zeitungsseiten ein.

A dead-tree manual necessary for the use of the program is the ultimate piracy-defeater. Pirates will blissfully copy your CD-ROM, they will blissfully upload your code to the newsgroups, but they won't xerox the manual. It's not that they can't; they just won't. If you scrimp on the manual, you may still retain market share, but you won't be selling a lot of software.

Nach einer kurzen Schonfrist saßen mir wieder die Controller aus Berlin im Nacken. Ich hatte angeordnet, das Manual für die Steuerung völlig neu zu konzipieren, das verursachte natürlich Kosten. Ich musste meine Entscheidung in zahlreichen E-Mails und noch zahlreicheren Telefongesprächen verteidigen. An jede Mail hängte ich ein Zitat aus einem Ratgeber zur Verfassung von Manuals aus dem Internet an. Unsere Steuerungen konnte man nicht klauen, aber man konnte andere Steuerungen kaufen, wenn man sich über das Manual von D'Wolf zu sehr ärgerte.

Zu unserem Essen hatte Peter eine Japanerin mitgebracht, Eihi, sie war Mitglied des Katalogteams. Im Büro horte ich Kataloge. Mittlerweile gibt es ja alle Kataloge online, nur Einkäufer, die den ganzen Tag nichts anderes tun, als etwas zu bestellen, benutzen noch Papierkataloge. Es beruhigt mich, in Katalogen zu blättern, weil sie so vorhersehbar sind. Wie Sondra gehörte Eihi zum Kandor Club. D'Wolf ist in China stark, aber in Japan und Korea schwach, die dortigen Konkurrenten haben die Märkte fest in der Hand. Die japanischen und koreanischen Mitarbeiter und Mitarbeiterinnen werden besonders gefördert. Eihis Englisch war unzureichend, sie sprach nicht ein Wort Deutsch, nach europäischen beziehungsweise amerikanischen Maßstäben wäre sie nicht für den Kandor Club ausgesucht worden. Sie war groß und hatte dünne Beine, sie trug einen weißen Rock, eine weiße Bluse und eine weiße Jacke, die sie nur mit dem obersten Knopf über der mit einem Reißverschluss bis oben geschlossenen Bluse zugeknöpft hatte. Ihre Haut war so weiß wie ihre Kleidung und völlig faltenlos, ihre langen schwarzen Haare gingen fast bis zur Taille hinunter. Als du sie und Peter begrüßt hast, verbeugte sie sich mehrere Male, dabei fiel mir auf, sie hatte sehr große Füße.

Es war, als hättest du gerade mit Professor Jangor gesprochen und er hätte dir die gute Nachricht überbracht, du habest nichts zu befürchten. Keine Rede von einer ernsthaften Krankheit, nur ein allgemeiner Erschöpfungszustand. Tatsächlich war es die schlechte Nachricht gewesen. Schon vor Tagen hatte dir Professor Jangor seine Diagnose mitgeteilt. – Warum hast du mir nichts gesagt, Maren? Ich glaube, ich weiß die Antwort: Die beiden Möglichkeiten Krankheit und Nicht-Krankheit überlagerten sich für dich weiterhin. Sie mussten sich noch zu einer Eindeutigkeit verdichten. Eine winzige Schwankung, ein unbedeutender Anlass würde genügen. Darüber zu reden war ein solcher Anlass.

Du hast nicht mehr gelächelt, als ich Peter beiseitenahm und dich mit der Japanerin allein ließ. Ich war abends regelmäßig früher nach Hause gekommen und schon seit Tagen nicht mehr im Roboterlabor gewesen. Nach dem Transport der geraden Eisenstange hatten die S-bots keine weiteren Fortschritte gemacht. Sie nahmen die Stange nicht schneller auf und bewegten sie auch nicht schneller. Wir hatten sie mit verschiedenen neuen Sensoren ausgestattet, ihre Lern-Algorithmen geändert, aber sie organisierten sich nicht so, wie wir erhofften. Es dauerte einfach zu lange, mit der Hardware zu experimentieren, ich hatte beschlossen, alle Ressourcen in die Entwicklung eines S-bot-Simulators zu stecken. Wir begannen mit einem Standardprogramm, einem dreidimensionalen Simulator eines Multiagentensystems. Zu simulieren waren die Sensoren und die Aktoren der S-bots sowie die Algorithmen. Das Programm erlaubte es, eine Gruppe von S-bots entweder als unabhängige Einheiten oder als übergeordnete Einheit zu behandeln. Um zu überprüfen, ob die Simulation adäquat war, mussten wir zuerst die Experimente wiederholen, die wir mit der Hardware erfolgreich durchgeführt hatten.

Ich ging mit Peter in den Aufenthaltsraum zu meinem Schreibtisch, dabei fiel mir auf, dass der Webstuhl leer war. Sofort überkam mich ein schlechtes Gewissen. Ich hatte gar nicht bemerkt, dass du den großen Gobelin fertiggestellt hattest, bestimmt war er schon nicht mehr da gewesen, als ich die Zeitungen eingesammelt hatte.

Mein gläserner Schreibtisch war das Gegenteil von aufgeräumt, der PC nicht abgeschaltet, in der alten elektrischen Brother-Schreibmaschine ein Blatt eingespannt, ich wollte meine Steuererklärung ausfüllen. Peter quittierte das aufrecht stehende Holzei und den Obelisken aus Marmor, die ich von unserer letzten Reise aus Venedig mitgebracht hatte, mit einem fragenden Blick. Er berichtete, die Simulationsexperimente seien erfolgreich gewesen, die simulierten S-bots waren eine Treppe hochgestiegen, sie hatten eine Kluft überwunden und eine gerade Eisenstange transportiert. Auch den simulierten S-bots war es nicht gelungen, eine gebogene Stange zu ergreifen. Peter vermutete, dass der Fehler mit den Sensoren für das Drehmoment an den Gelenken der S-bots zu tun hatte. Entweder zeigten die Sensoren zu hohe Drehmomente an, oder die Regelung war fehlerhaft, die Bewegung orientierte sich an einem Messwert, der nicht mehr aktuell war.

A lot of bad manuals out there are actually good feature specs that companies have just translated from engineeringese into a human language, then shipped. The problem with this approach is that you end up with a manual that explains every feature in depth, while keeping secret why anyone would ever want to use them. The human mind doesn't work from disembodied specs. Humans find it extremely difficult to store free-floating information.

Peter und ich kehrten ins Esszimmer zurück, du brachtest gerade die Suppenschüssel aus der Küche. Eihi ging hinter dir, den Blick auf den Boden gerichtet wie eine Dienerin, die von ihrer Herrin absichtlich beschämt wurde – die Herrin verrichtete eine Tätigkeit, die Aufgabe der Dienerin gewesen wäre.

Als Kind habe ich alles, was auf dem Teller war, immer zuerst mit den Fingern berührt. Ich musste wissen, wie es sich anfühlte, vorher konnte ich es nicht in den Mund nehmen. Das war natürlich ganz schlechtes Benehmen, und meine Mutter bestrafte mich. Aber wenn ich das Essen vorher nicht anfassen durfte, aß ich gar nichts. Meine Mutter konnte mich nicht zwingen zu essen. Natürlich versuchte sie trotzdem, mir andere Tischmanieren beizubringen, aber ich nahm ab und war andauernd erkältet, sie musste den Erziehungsversuch einstellen. Ich hasste es, wenn eine Mahlzeit aus verschiedenen Dingen bestand, wenn ich etwa Nudeln zusammen mit Gemüse essen sollte oder Brot mit Käse oder einem Aufstrich. Ich konnte die Dinge nicht zusammen in den Mund nehmen. Versuchte ich es doch, wurde mir sofort schlecht. Ich aß erst die Nudeln oder das Brot, dann wartete ich, um später das Gemüse oder den Käse zu verzehren. Seit der Kindheit habe ich kein Fleisch und keinen Fisch mehr gegessen. Ich mag einfach den Tiergeschmack nicht.

Am Tisch saß Eihi mit gesenktem Kopf. Nur wenn sie selbst etwas sagte, blickte sie manchmal dich oder Peter an, niemals mich. Hatte sie einmal den Kopf gehoben, senkte sie ihn danach besonders tief. Das Essen lobte sie überschwänglich. Peter gab unserer Überraschung darüber Ausdruck, dass sie Rotwein trank. Errötend und stotternd erklärte sie uns in ihrem unzulänglichen Englisch, SIRT1, das Protein des SIRT1-Gens, entferne im Zellkern und im Zellplasma Acetylgruppen, die es der Zelle erschweren, ihr eigenes Genom zu verdoppeln. Das Enzym reguliere die Aktivität weiterer Schlüsselproteine, darunter p53, Fox04 und Ku70, die entweder die Selbstmordschwelle beeinflussen oder die Zellreparatur anstoßen. Auf diese Weise überlebten manche Zellen Stress, bei dem sie sonst schon ihr Selbstmordprogramm eingeleitet hätten. Das Enzym SIRT1 werde durch Fasten aktiviert, aber auch im Rotwein gebe es eine Substanz, die die Produktion des Enzyms anrege. Der Verlobte der Japanerin war Biochemiker und arbeitete in der Altersforschung. Das Enzym SIRT1 verlangsame den Alterungsprozess.

Du hast dich bemüht, stumm tief durchzuatmen, aber dann begannst du, ganz leise zu schluchzen. Deine Gesichtszüge ausgegraben und umgepflügt, deine Stirn klaffte in wüster Menschenleere. Die Brille keine Klammer. Ich weiß, ich hätte zu dir hinübergehen und den Arm um dich legen sollen!

Gleich hattest du dich wieder in der Gewalt. Mit einem gequälten Lächeln entschuldigtest du dich: »I'm fine. I'm sorry.« Du nahmst die nutzlose Brille ab, legtest sie auf den Tisch und rührtest sie für den Rest des Abends nicht mehr an.

Du hattest ein Manual im Kopf für den Umgang mit deinem Tod, Maren. Ich hatte kein Manual für den Umgang auch nur mit dem Gedanken daran.

Nach dem Hauptgang räumtest du den Tisch ab. Eihi stand auf und wollte dir helfen, du legtest die Hände auf ihre Schultern und drücktest sie sanft auf ihren Stuhl zurück. Während du in der Küche hörbar das Geschirr in die Spülmaschine einsortiertest, erhob sie sich noch einmal und stellte sich in den Kücheneingang, die Arme angelegt, den Rücken an den Türstock gelehnt. Ich hatte ein

Fenster im Esszimmer gekippt, du hattest in der Küche ein anderes geöffnet, Windstöße zogen an ihrem weißen Rock und an ihrer weißen Jacke. Sie blickte nicht auf die Türeinfassung gegenüber, sondern in eine Ferne, die es für uns nicht gab, auf ein Meer oder auf ein Gebirge.

Keiner der Zurückgebliebenen sprach ein Wort. Jedenfalls so lange nicht, bis Eihi Nasenbluten bekam. Sie merkte es nicht sofort. Weil sie den Kopf vorgebeugt hielt, lief das Blut nicht die Lippen herunter, sondern tropfte auf den Boden. Peter machte sie darauf aufmerksam, sie zog ein Papiertaschentuch hervor und presste es an die Nase, bleicher als bleich, entschuldigte sie sich, sie habe öfter Nasenbluten, vielleicht eine Folge der häufigen Interkontinentalflüge.

Professor Jangor hatte dir zu verstehen gegeben, dass die Krankheit bei dir besonders schnell voranschritt. Du hattest uns eine Frage gestellt, ohne sie auszusprechen: Könnt ihr euch vorstellen, dass euch jemand sagt, ihr werdet bald sterben? – Plötzlich ist euer Leben völlig verändert. Wenn ihr am Morgen im Bett aufwacht, wenn ihr euch für das Büro, für das Labor fertigmacht: Ihr seht alles anders. – Ihr hört alles anders. – Alles fühlt sich anders an. – Du hast uns den Vorwurf gemacht: Ihr lebt eure Leben nicht wirklich. Wer es nicht schätzt, dass ihm seine Glieder gehorchen, der verdient nicht, dass sie es tun. Wer sein Leben nicht schätzt, der verdient nicht zu leben –

Du hast uns im Esszimmer allein gelassen, und es war, als hättest du uns eingesperrt, als wolltest du ein Spiel mit uns spielen. Du stelltest uns eine Aufgabe, und wenn wir sie nicht lösten, würden *wir* sterben, nicht bald, ganz schnell. Denn wir mussten für etwas büßen. Ich wusste wofür: für das Roboterlabor. Auch Peter und Eihi hatten kein reines Gewissen. Von der Verfehlung der Japanerin konnte ich mir keine Vorstellung machen, aber Peter – spähte er mich doch aus, zusammen mit Sondra, tarnten sie sich geschickt, bis sie alles aufgedeckt hatten, missbrauchte er mein Vertrauen, um mir dann – was genau heimzuzahlen? Dass ich Burgi gekündigt hatte? Warum half ihm Sondra dabei?

Reglos blieb ich sitzen, auch Peter stand nicht auf. Es war, als ob wir ein Nervengas einatmeten, das uns zuerst langsam lähmte und schließlich tötete. Wenn wir die Aufgabe, die wir nicht kannten, nicht rechtzeitig lösten. Das Nasenbluten der Japanerin war ein Vorbote.

Das Nasenbluten hörte nicht auf, Eihi war jetzt krebsrot im Gesicht, ihre Hände zitterten. Peter schlug vor, sie solle sich neben dem Tisch auf dem Boden ausstrecken. Sie legte sich mit dem Rücken auf das Parkett, die Beine zusammengepresst, mit der rechten Hand hielt sie weiter das Taschentuch vor die Nase, den linken Arm streckte sie aus, als ob sie auf mich zeigen wollte. Du hast ihr ein Handtuch unter den Nacken geschoben.

In diesem Augenblick meldete sich Peters Telefon, neben Eihis Kopf. Als er die Stühle weggerückt hatte, um Platz für sie zu schaffen, war seine Aktentasche umgefallen und das Telefon herausgeglitten. Zur Melodie von ›Pop! Goes the weasel‹ simulierten die den Bildschirm einrahmenden LEDs eine Bewegung im Uhrzeigersinn, was Eihi für einen Augenblick irritierte, das Telefon war ein japanisches Fabrikat. Peter rief laut: »Hallo Herr Taube!«, das war ein lästiger Controller. Ich war froh, wenn ich von ihnen verschont blieb und Peter ihre Fragen beantwortete. Hastig stand er auf und presste dabei das Telefon gegen seine Brust – damit ich nicht hören sollte, was der Anrufer sagte? Falls der etwas sagte. Auf dem Gang erläuterte Peter überlaut, er müsse sein Notebook aus dem Wagen holen, um die Fragen zum Investitionsbudget des Werks für das nächste Geschäftsjahr zu beantworten.

Als du wieder in das Esszimmer gekommen bist, erhob sich Eihi. Das blutige Taschentuch vor die Nase gepresst, wollte sie sich verbeugen, du hieltest sie zurück. Sie flüsterte, sie wolle uns nicht länger zur Last fallen und bitte darum, sofort gehen zu dürfen. Ob du ihr nicht ein Taxi rufen könntest. Du sagtest, das komme gar nicht in Frage, sie solle sich entspannen und warten, bis Peter zurückkomme. Eihi führte ein neues Taschentuch erst zur Nase und hielt es dann vor sich, das Nasenbluten hatte aufgehört.

Peter sah mich nicht gleich. Ich hatte eine neue Weinflasche geholt und war, ohne dass ich einen Grund dafür angeben könnte, in den unbeleuchteten Aufenthaltsraum gegangen. Ich mag keine bequemen Stühle bei der Arbeit. An meinem Schreibtisch hatte ich lange einen dreibeinigen Hocker benutzt, die hölzerne Sitzfläche über den verrosteten Metallbeinen war entzweigebrochen, unmittelbar vor dem Essen hatte ich noch bei einem Möbelgeschäft vorbeigesehen, aus Sicherheitsgründen gibt es keine dreibeinigen Hocker mehr, ich musste einen vierbeinigen nehmen. Die auseinanderstrebenden Beine waren in der Mitte unter der kreisförmigen Sitzfläche befestigt, auf halber Höhe umschlossen sie eine zweite, schwarze Holzplatte, dort konnte man sich mit den Füßen abstützen. Ich hatte den neuen Hocker noch gar nicht eingeweiht. Gebückt, mit nach vorn gestreckten Armen, umkreiste Peter den Hocker wie ein Raubtier seine Beute. Ein Fahrzeug wendete auf der Straße und leuchtete den Raum hell aus. Peters Gesicht war von einem Schweißfilm überzogen, seine Stirn, seine Wangen und auch seine Hände glänzten im grellen Scheinwerferlicht. Auf dem dunklen Schirm meines PCs erzeugten die Lichtstrahlen Muster wie diejenigen, die sich ergeben, wenn die Stoßwelle einer Supernova auf eine Gaswolke trifft.

Peter erklärte mir, er habe sich nicht getraut, auf meinem Schreibtisch zu schreiben, also habe er die Sitzfläche des Hockers als Unterlage genutzt, um sich die zahlreichen Fragen des Controllers zu notieren. Ein Zettel sei ihm heruntergefallen. Er zog mehrere sehr kleine Zettel aus seiner Jackentasche, um mir zu zeigen, wie der vermisste aussehen sollte. Beide ließen wir uns auf die Knie nieder und suchten unter dem Schreibtisch nach dem Zettel, wir fanden nichts.

An diesem Tag hatte ich zwei Dutzend Memory sticks aus dem Büro mitgebracht, sie lagen am Rand der Glasplatte. Ich schob sie zur Mitte, nicht, weil ich den Zettel darunter vermutete, sondern um sie vor dem Herunterfallen zu bewahren. In dem Moment, in dem ich das tat, veränderte sich Peters Augenpartie auf eine Art und Weise, die ich nicht beschreiben kann. Ich wusste nicht mehr: War das das Weiß in seinen Augen oder die Haut darum herum? Seine durchsichtigen Wimpern würden weggeweht werden, wenn man ihn anhauchte. Waren das die Pupillen oder schon die Augenbrauen?

Schließlich fand Peter den Zettel, er hob die Schreibmaschine hoch, und darunter lag er. Schon im Flur, fasste Peter mich an der Schulter, er würde gern noch heute Nacht anfangen, die Fragen zu bearbeiten. Er habe keine Memory sticks mehr, ob er sich ein paar mit nach Hause nehmen könne. Ich sagte natürlich ja, ich dachte, er würde sich zwei oder drei nehmen, aber er steckte gleich ein Dutzend ein.

Ich wickle den gesamten Zahlungsverkehr, in dessen Zentrum das Roboterlabor steht, von zu Hause aus ab, niemals im Büro. Am Tag danach entdeckte ich beim Vergleich von Peters und Sondras Spesenabrechnungen: Sie hatten auf einer Dienstreise ein gemeinsames Hotelzimmer bezogen.

Ich legte mir das Geschehen am Abend unserer Einladung so zurecht: Sondra hatte Peter dazu überredet, bei unserem Essen die entsprechenden Dateien von meinem Computer herunterzuladen. Sie und nicht der Controller hatte Peter angerufen, während wir zusammensaßen. Peter wusste, ich würde es nicht überprüfen, weil ich mit den Controllern nichts zu tun haben wollte. Peter hatte am Tag mit dem Controller gesprochen und sich die Fragen sofort notiert. Im Gang sind Granitplatten ausgelegt, Peter musste hören, wenn ich mich näherte. Wäre ich gekommen, bevor er mit dem Download fertig war, er hätte einfach den Stecker herausgezogen. Ich hätte nichts bemerkt, später hätte er seine Spuren beseitigt oder versucht, den Download abzuschließen. Zwar kannte er mein Passwort nicht, aber ich weiß selbst am allerbesten, wie man diese Hürde nehmen kann. Tatsächlich war er mit dem Download fertig, kurz bevor ich eingetreten war. Den fehlenden Zettel hatte er natürlich selbst unter die

Schreibmaschine geschoben. In seiner Aufregung legte er den Memory stick mit den Dateien zu den anderen und wusste nicht mehr, welcher der richtige war. Am Schluss steckte er einfach die Hälfte der Memory sticks ein und hatte Glück, der richtige war darunter.

Als ich Peter und Sondra nach der Tagung des Kandor Clubs in dem nächtlichen Besprechungszimmer beobachtet hatte, da hatte ich dem Nichts in die Augen gesehen. Stumm und sich ennuyiert gebend, hatte es zurückgeblickt. Aber es hatte mich genarrt. Peter und Sondra waren keine weit voneinander entfernten Galaxien, sie waren sich so nahe, wie sie es nur sein konnten. Ich hatte nichts wahrgenommen.

Was hatten sie vor, Peter und Sondra?

Wie entmutigt, gedemütigt ich jedes Mal das Krankenhaus verlassen habe. Nie fand ich auf Anhieb dein Zimmer, nie glückte es mir, die Klinik durch den Eingang zu verlassen, durch den ich sie betreten hatte. Die einzelnen Abteilungen erstreckten sich über mehrere Gebäude und waren durch Farben gekennzeichnet. Die Farben waren Spektralfarben, aber nicht wie diese angeordnet – die violette Abteilung für Neurologie, in der du lagst, grenzte direkt an die rote Thoraxchirurgie. Zwar wusste man, in welcher Abteilung man sich aufhielt, aber man konnte nicht angeben, in welchem Gebäude man sich befand. Die Glasscheiben der Flügeltüren waren mit einem umgekehrten farbigen U bedruckt, der Tunneleffekt der auf den Kopf gestellten Us machte die Gänge lang und dunkel.

Noch niemals hatte ich so viele Rollstühle in einer Klinik gesehen. Nicht nur in der Aufnahme und in den Wartezonen, neben jedem Lift, auf allen Gängen standen sie herum, sie gähnten vor Langeweile und schnitten Fratzen aus freudiger Erwartung, wenn sich eine Pflegekraft ihrer bemächtigte.

Nachdem Professor Jangor seine Diagnose gestellt hatte, meldetest du dich erst einmal nicht mehr bei ihm. Ich weiß nicht, wie du die Tage verbracht hast, der Webstuhl jedenfalls blieb verwaist. Jetzt, als ich darauf achtete, nahm ich wahr, wie langsam du dich bewegtest, wie du immer wieder innehieltest. Ich sah das Zittern in deinen Armen und dass du manchmal willkürliche Bewegungen machtest, um ein Zucken in den Beinen zu überspielen.

Erinnerst du dich an den Kometen? Wenn du abends ins Bett gingst, hast du das Licht im Schlafzimmer nicht angeschaltet, du machtest die Fenster weit auf, strecktest dich auf dem Bett aus und hast den Himmel beobachtet. Einmal, die Grillen zirpten lauter als üblich, nahmen wir in der Gegend des Abendsterns eine kleine weißliche Wolke wahr, die sich bewegte. Wir haben tatsächlich einen Kometen gesehen, der die Erde aufsuchte! Man liest oft, in der Erdatmosphäre verglühende Kometen ziehen einen Nebelschweif hinter sich her, das stimmt nicht. Man sieht überhaupt nur den Nebel. Eine winzige Nebelbank bewegt sich so, wie es Nebelbänke nie könnten, nämlich sehr schnell. Den Kometen selbst ahnt man nur: Dort, wo die Wolke spitz ist, leuchtet sie. Plötzlich war sie weg, der lichte Punkt reiste weiter, als Zentrum eines erhellten Kreises, umgeben von Dunkelheit. Der Komet erlosch nicht langsam, sondern von einem Augenblick auf den anderen. Der Kreis, dessen Mitte er gebildet hatte, blieb noch eine ganze Zeit sichtbar.

Du hast mich gebeten, das Fenster zu schließen, wir sollten jetzt schlafen. Als ich den Rollladen herunterlassen wollte, hast du stumm den Kopf geschüttelt, auch den Vorhang sollte ich nicht zuziehen. Ich schlafe schlecht, wenn es hell ist, ich wusste, ich würde mit der Morgenröte aufwachen, aber natürlich habe ich deinem Wunsch entsprochen. Am nächsten Morgen konnte ich dich dazu überreden, dass du zur Beobachtung und zur Behandlung ins Krankenhaus gingst.

Als ich dich ins Krankenhaus brachte, fragte ich dich, ob du die Diagnose jemand anderem mitgeteilt hattest. Niemandem. Ich habe auch gefragt, ob du wolltest, dass ich jemandem Bescheid sagte. Du hast nur stumm den Kopf geschüttelt –

In der Abteilung, in der du lagst, standen überall mobile elektronische Diagnosegeräte herum. Alle waren ständig eingeschaltet, auch wenn sie gar nicht benutzt wurden, die Bildschirme zeigten Testbilder, die LEDs flackerten. Maren, natürlich ist es nicht das Übliche, dass der Ehemann im Krankenzimmer der Ehefrau eine Kamera und ein Mikrophon installiert. Bitte glaube mir: Ich habe es nicht gemacht, um dich zu beaufsichtigen. Ich wollte bei dir sein, ich wollte, dass du nicht allein bist.

Ich weiß, wie es ist, wenn man allein ist. In der Schule quälten mich zwei Jungen unablässig. Sie leerten den Inhalt meines Ranzens auf dem Gang aus und warfen meine Windjacke in den Schmutz. Sie sagten, ich sei schwul – ich habe nichts gegen Schwule, aber ich bin nicht schwul. Vor den Mädchen zeigten sie auf mich und machten dabei obszöne Gesten. Einmal habe ich mich nach der Schule im Umkleideraum der Turnhalle versteckt, weil sie angedroht hatten, mich auf dem Nachhauseweg zu überfallen. Sie fanden mich, sie schlugen mich und zogen mich aus, meine Kleider nahmen sie mit. Ich zog die Hose und das Hemd eines Jungen an, dessen Klasse gerade Turnunterricht hatte. Am nächsten Tag legte ich die Hose und das Hemd zurück. Wenn ich daran dachte, dass du in der Klinik warst, hatte ich jedes Mal den dunklen Ankleideraum in der Schule vor Augen.

Wir waren unüberbrückbar einsam, jeder an eine andere großartige Idee von Erschaffung geschmiedet. Wolltest du jemals einen Abstand zwischen dich und deine Hervorbringungen legen? Wollte ich meine Wesen anderen Händen überlassen? Wir wussten, dass wir nicht ohne unsere Schöpfungen sein konnten, du nicht ohne deine stillen, ich nicht ohne meine wimmelnden Leben.

Woher kam es, dass uns die frappantesten Vorgänge so enttäuschten, woher die exzeptionellen Erwartungen? Hatte ich dir etwas Ungeheures ins Ohr geflüstert oder du mir?

Wir wurden hinter unserer Vision hergeschleift, wir haben gar nicht gemerkt, wie zerschlissen wir waren. Wir mussten uns in unserer Substanz ändern. Ein Materialaustausch bedeutete die einzige Chance für das, was angeschmiedet war, für uns.

Die Krankheit, die sich anschickte, deinen Körper zu verwüsten, der Verdacht gegen Peter und Sondra, der meinen Geist zerstrahlte – das waren die Agenten dieser Transformation. Aber in was würden wir verwandelt werden?

Als ich die Kamera, das Mikrophon und den Sender in den altmodischen Röhrenfernseher an der Wand gegenüber von deinem Bett eingebaut hatte, war *ich* nicht mehr allein. Du warst bei mir. Du schliefst viel mehr und viel ruhiger, als ich gedacht hatte. Deine Atemzüge klangen gesund, fast stählern. Ich atmete synchron mit dir, und es war ein Gefühl, als ob wir uns beide bis zum Horizont erstrecken würden, den du von deinem Zimmer aus nicht sehen konntest. Um uns wortlos mit ihm zu vermischen, die Vergangenheit bereitwillig drangebend, gelassen auf die Zukunft verzichtend zugunsten einer niemals endenden wunschlosen Gegenwart.

Einmal hatte ich einen Traum. Du warst ein Kind. Du kamst aus einem Fluss inmitten einer verdorrten südlichen Landschaft und ranntest auf ein Dorf zu. Zerzauste Palmen spendeten heruntergekommenen Häusern Schatten, eine nicht beschnittene Zypresse bedrohte die Stromleitung, an deren Masten die Ansätze der Äste noch sichtbar waren. Als du dich nach mir umblicktest, wachte ich auf. Ich bin sicher, dass du es warst.

Mit deiner Erlaubnis hatte ich Peter schließlich doch alles über deine Krankheit erzählt. Peter brachte dir Wagner-Pralinen mit, du bedanktest dich, die Ärzte hätten dir Süßigkeiten verboten, du würdest sie verstecken. Du sagtest an diesem Tag, es gehe dir nicht gut.

Reglos lagst du im Bett. Trotzdem hatte ich das Gefühl, als ob du um etwas kreisen würdest. Als ob du unter Wasser wärst, in dem Fluss, von dem ich geträumt hatte.

Du batest Peter, er solle dir etwas Nettes erzählen. Nach einer langen Pause berichtete er stockend, dass er nächste Woche Urlaub habe. Ja, er mache tatsächlich eine Woche Urlaub auf Mallorca. Den Urlaub hatte er schon vor einem halben Jahr beantragt, ich hatte ihn genehmigt, aber völlig vergessen.

»Ich weiß, wie schwierig es für meinen Mann ist, und für dich, Peter, dass ihr das Roboterlabor nicht offiziell betreiben dürft. Ihr müsst es geheim halten. Haben diejenigen, die euch decken, genug Macht? – Was ist, wenn es auffliegt? – Könnt ihr euch schützen?«

Von einem Moment auf den anderen waren meine Augen ausgetrocknet. Mein Kopf wurde mir zu eng, der Puls dröhnte derart in meinen Ohren, dass ich kaum mehr verstand, was ihr sagtet, du und Peter.

»Was hat – er«, Peter traute sich nicht, meinen Namen auszusprechen, »dir erzählt?«

»Er hat nichts erzählt. Es gab Anrufe, ich habe E-Mails auf dem Bildschirm gesehen. Er will mich nicht belasten. Ich soll mich nicht aufregen.«

Am nächsten Tag besuchte ich dich zweimal. Erst fuhr ich in die Klinik und dann zum Flughafen, ein Tagestrip nach Brüssel. Am Morgen lagst du auf der Seite, du hattest den Mund weit offen und atmetest laut, als ob du keine Luft bekommen würdest. Deine Nase war spitz, dein Ohr lag am Kopf an und wirkte durchsichtig, als wäre es geschmolzen und verformt. Deine regelmäßig zuckenden Finger – an deinen Händen zeichneten sich alle Knochen ab – versuchten, deine kämpfenden Atemzüge zu unterstützen. Machtest du einen Krankheitsschub durch, oder hattest du es bisher vor mir verborgen, wenn es dir elend ging?

Nachdem ich mit Verspätung kurz vor Mitternacht wieder in Leipzig gelandet war, fuhr ich erneut ins Krankenhaus. An den Decken der Gänge brannte die Nachtbeleuchtung. Die farbigen Markierungen der Glastüren saugten das gesamte vorhandene Licht auf, für die Flure war keins mehr übrig. Wenn sich die Doppeltüren öffneten, erzeugten die Reflexionen der Deckenbeleuchtung in den Glasscheiben den Eindruck, als ob zwei schwachbeleuchtete Züge gleichzeitig in einen Tunnel einfahren oder aus ihm herauskommen würden, je nachdem, ob sich die Türflügel zum Betrachter hin oder von ihm weg bewegten.

In der Nacht hast du auf dem Rücken geschlafen, völlig ruhig, mit unangestrengten, kaum hörbaren Atemzügen. Den Kopf in einem riesigen bequemen Kissen, warst du mit dem einen Arm an eine Infusion angeschlossen, der andere war mit blutigen Pflastern beklebt.

Dein Zimmer ging auf einen quadratischen Innenhof hinaus, in dessen Mitte eine riesige Linde die Klinikgebäude überragte. Der Trakt war um den alten Baum herum errichtet, so wie unser Bungalow um unseren Baum herumgebaut ist. Bei uns ist der Baum Teil des Hauses, der Stamm wird auf halber Höhe von einer Glasscheibe eingefasst, aber der Hof des Klinikbaus war nicht überdacht. Bereits kurz über dem Boden verzweigte sich die Linde ungeheuer, die Äste berührten an allen Seiten die Fassaden. Starke Scheinwerfer strahlten die Linde an, der Vollmond beleuchtete schmale, unbewegte Wolkenstreifen. Wo hörten die in weißliches Licht getauchten Äste auf, wo begannen die Wolkenstreifen? Still stand ich am Fenster, ich wollte dich nicht aufwecken. Gehörte ich zu den Ästen des Baums oder zu den Wolken? Ich fühlte eine nie gekannte, neutrale Schwerelosigkeit.

Ich weiß nicht, wie viel Zeit ich zwischen Himmel und Erde verbrachte. Vom Gefühl der Gewichtslosigkeit beklommen, verfolgte ich, wie in dem Gebäudeteil rechts von mir auf derselben Etage in einem Zimmer nach dem anderen das Licht ein- und ausgeschaltet wurde. Entweder hatte es ein Ereignis gegeben, das die Nachtschwester nicht zuordnen konnte, oder sie kontrollierte die Zimmer routinemäßig. Mir war so, als durchlebte ich binnen kurzer Zeit einen ganzen Tag – je nach ihrem Stand spiegelte sich die Sonne in einem anderen Fenster.

Du warst schon längere Zeit wach. Als ich zu dir eilte, richtetest du dich behänd auf, du stütztest dich nicht einmal mit den Armen ab. Dein Mund war der schmale Mund eines Kindes, die Oberlippe hochgezogen, man sah nur die beiden oberen Schneidezähne, deine Stirn war groß und wurde immer größer. Du blicktest mich neugierig an – deine Neugier galt nicht mir, sondern dem Leben. Deine Kraft flutete, wogte durch das Zimmer!

Du hast mir über das Gesicht gestrichen und erklärt, Professor Jangor habe neue Untersuchungen angeordnet.

Ich habe nicht gefragt, welche, sondern nur deinen Arm festgehalten.

Jäh war das Kind verschwunden. Deine Nase wurde spitz wie schon einmal, deine Ohren formlos, dein Mund breit, das Kinn trat zurück. Das Leben hatte nur einen Scheinsieg errungen. Der Tod wartete heirätig.

Ich umarmte dich. Du klammertest dich an mich. Ich konnte dich nicht loslassen. Kraftlos wärst du zurückgefallen.

Danach brachte ich es nicht fertig, in unser Haus zurückzukehren. Der Pförtner mit dem zwergwüchsigen

Sohn hatte Dienst, ich fuhr schnell an die Schranke heran und bremste scharf. Er spurtete über die regennasse Fahrbahn, eine Kamera überwachte die Einfahrt, er hätte auch in seinem Container bleiben und die Schranke von dort aus öffnen können. Als ich anfuhr, salutierte er. Er wollte unbedingt verhindern, dass ich noch einmal den Container betrat.

Am Tag darauf hattest du hohes Fieber. Die Schwestern setzten dir eine Art Turban auf, damit dir die schweißnassen Haare nicht ins Gesicht hingen. Deine Augen glänzten dunkel unter den geschwollenen Lidern, dein Gesicht war rosig und voll. Professor Jangor erklärte, du hättest dir eine Infektion zugezogen, deren Natur noch unklar sei. Nach seiner Meinung habe die Infektion nichts mit deiner Krankheit zu tun. Bis jetzt sei es nicht gelungen, das Fieber zu senken, allerdings seien wegen deiner Krankheit noch keine wirklich schweren Mittel eingesetzt worden. Er versicherte, dein Zustand sei nicht bedrohlich. Ich glaubte ihm nicht. Die Krankheit war das arglistige, übergeordnete Prinzip. Sie grimassierte und verhöhnte dich und mich. Du würdest nicht mehr angeschmiedet sein. Aber du solltest sehen, was du von diesem Materialaustausch, von dieser Transformation haben würdest.

Um mich zu sammeln, ich hatte nur eine Stunde geschlafen, ging ich zum Fenster. Wenn ich nicht gewusst hätte, es ist unmöglich, einen alten Baum dieser Größe durch einen anderen gleich großen Baum zu ersetzen, ich hätte geschworen, das war ein anderer Baum. Bis zur Mitte des Stamms waren alle Äste entfernt, die oberen so gestutzt, dass die Baumkrone einem flachen Konus glich.

Helle, regelmäßige Regenwolken verdeckten den Abendhimmel, sie umgaben ihn wie eine Aura.

Kann man im Stehen einschlafen? Wenn ja, dann hast du mich aufgeweckt. Ich verlor das Gleichgewicht, strauchelte kurz, fing mich jedoch, ohne zu stürzen.

Entschieden und unvertraulich sagtest du: »Ich möchte zu Hause sein, wenn –. Nicht im Krankenhaus.«

Ich konnte die Quietschlaute des Filzstifts auf der Metalltafel nicht ertragen und hielt mir die Ohren zu. Peter bemühte sich bereits, mit weniger Geräusch zu schreiben, er wusste, dass ich manchmal alle Töne um ein Vielfaches lauter höre, er hätte den Filzstift zeitlupenhaft langsam führen müssen, um jeden Laut zu vermeiden.

Die S-bots sollten eine flache, auf dem Boden liegende Metallplatte aufheben und transportieren. Zu diesem Zweck hatten wir ihre Greifglieder scharfkantiger gestaltet, damit sie sich zwischen die Platte und den Boden schieben konnten. Das war eine schmutzige Aufgabe: Um die plan auf dem Boden liegende Platte anzuheben, mussten etwa zehn S-bots mit dem unteren Teil ihres Greifglieds zwischen den Boden und die Platte gelangen. Im Fall der Eisenstange gelang es jedem S-bot, die Stange zu umfassen, jeder S-bot versuchte dann für sich, die Stange hochzuheben, waren es genügend viele, hatten sie Erfolg. Einem einzelnen S-bot konnte es jedoch niemals glücken, den unteren Teil des Greifwerkzeugs zwischen die Platte und den Boden zu bringen. Eine Chance bestand nur, wenn mehrere es gleichzeitig versuchten und sie von einer leichten Unebenheit des Bodens oder der Platte begünstigt wurden. Natürlich hätten wir den S-bots eine simultane Aktion einprogrammieren können. Aber wir wollten erreichen, dass sie sich in einem kollektiven Trial-and-error-Prozess abstimmten.

Peter wollte die Sensorenkonzeption ändern, ich war strikt dagegen, die Hardware der S-bots weiter umzubauen, mehr oder andere Sensoren zu verwenden. Ich betonte, unser Ziel sei gerade nicht, für jede Aufgabe eine Ad-hoc-Lösung zu finden, dann könnten wir auch gleich eine Liste erstellen und den S-bots die Lösung für jede Aufgabe fest einprogrammieren. Peter konterte, die Aufgaben, die wir den S-bots stellten, seien keine beliebig ausgedachten, sondern gewissermaßen logische. Wir schickten die S-bots in eine bestimmte Umwelt, wir sorgten dafür, dass sie sie verstünden und manipulierten. Die Aufgabenliste der S-bots, verbunden mit dem Imperativ der Abstimmung und Zusammenarbeit, sei die Conditio robotica. Wenn wir den S-bots durch mehr oder andere Sensoren das Leben leichter machen könnten, dann sollten wir das tun.

Die Reinigungsbrigade beendete die Diskussion. Wenn ich das Geräusch eines Staubsaugers höre, kann ich nicht mehr denken. Es klopfte, und die Tür öffnete sich, obwohl Peter laut nein gesagt hatte. Der Arbeiter schien neu zu sein, als er das Chaos in Peters Büro sah, blieb er mit offenem Mund reglos stehen.

Es gab kein Büro auf der Welt, das mit mehr Dingen vollgestopft war und das unordentlicher sein konnte als das von Peter. Mitarbeiter überlebten bei mir nur, wenn sie imstande waren, an ihrem Arbeitsplatz Ordnung zu halten. Dass Peters Büro so aussehen durfte, bezeichnete sein besonderes Verhältnis zu mir. Auch wenn er nicht mein Stellvertreter war, alle wussten, der Weg zu mir führte über Peter. Es blieb ein Rätsel, wie er an seinem Schreibtisch überhaupt arbeiten konnte. Sein Bildschirm und die Tastatur waren von antiken Transistorradios, von Magnetspulen- und Kassettengeräten und von historischen Kleinfernsehern umzingelt. Er hatte mir das Versprechen abgenommen, eines Tages würden wir den S-bots beibringen, die Geräte zu bedienen. Eventuelle Lücken in dem Belagerungsring um den Bildschirm wurden durch angebrochene Medikamentenpackungen gesichert. Die Tabletten gaben keinen Anlass zur Besorgnis, er probierte alle menschenmöglichen Darreichungsformen von Aspirin aus, der Rest waren andere Arten von Kopfschmerztabletten. Gegenüber dem Schreibtisch hatte er eine Pyramide aus roten und schwarzen Boxhandschuhen errichtet, in allen Ecken lagen Boxsäcke, das Fenster seines Büros konnte er nicht öffnen, weil es durch eine Boxbirne verstellt war. Er saß vor einem bis zu künstlerischer Unschärfe vergrößerten Schwarz-Weiß-Fernsehbild, das den legendären Auftritt des Boxers Norbert Grupe im ›Aktuellen Sportstudio‹ Ende der sechziger Jahre des letzten Jahrhunderts zeigte. Wegen eines vorangegangenen kritischen Beitrags über ihn hatte der Boxer mit dem Kampfnamen Prinz von Homburg vor den laufenden Kameras einfach nicht auf die Fragen des Moderators geantwortet.

Nachdem die Reinigungskolonne weitergezogen war, diskutierten wir, ob wir uns dem Peer-to-peer-Netzwerk ›Catch that Rabbit‹ anschließen sollten, über das Roboterentwickler auf der ganzen Welt Erkenntnisse austauschen. Alle melden Patente an, nicht nur die Firmen, auch die Universitäten. Man lässt andere einen Blick in die eigenen Karten werfen – natürlich bekommen sie nur das zu sehen, was sie sehen sollen –, um woanders etwas zu finden, das einem weiterhilft. Im Grunde genommen ist es eine Art Schachspiel. Es kam nicht in Frage, das Labor anzumelden, ein Strohmann hätte vorgeben müssen, in seinem Hobbykeller Roboter zu entwickeln. Peter weigerte sich rundweg – ›Catch that Rabbit‹ sei eine Plattform für Gossip und sonst gar nichts, wir würden auf nichts stoßen, was für uns nützlich sein könnte. Ich teilte Peters Einschätzung nicht, ich hielt sie für eine Ausrede. Er hatte mit Sondra verabredet, alles zu unterlassen, was ihn tiefer in die Aktivitäten des Roboterlabors verstrickte.

Ich eilte in die Klinik, um mich dort zu verlaufen wie nie zuvor. Der Haupteingang wurde vergrößert und umgestaltet. In einer Luftschleuse lenkten mannshohe, noch nicht mit Zwischenfächern bestückte Vitrinen den Besucher ab. Die Verspiegelung erzeugte den Eindruck, als liege hinter jeder Vitrinentür ein langer dunkler Gang, dessen Boden in einem Zickzackmuster ausgeleuchtet war, das sich in der Ferne verlor. Hinter der Luftschleuse führte eine Bildschirmwand den Besucher in die Örtlichkeit ein, eine Reihe von Terminals ersetzte die Pförtnerloge. Ich gab deinen Namen ein und erhielt eine unverständliche Wegbeschreibung, die mich nicht zu deinem Zimmer, sondern in den ältesten Teil des Krankenhauses führte, der ebenfalls umgebaut wurde. Die Fassade war herausgebrochen, ein Panoramafenster sollte eingesetzt werden. Es gab keine

Absperrung oder Sicherung, das Loch in der Fassade war lediglich mit einer durchsichtigen Plane verhängt, die im leichten Nachtwind gravitätisch schwang. Ich stieg auf die untere Einfassung. Die Plane war nur oben befestigt, hätte ich das Gleichgewicht verloren, ich wäre an der Plane entlanggeglitten und in die Tiefe gestürzt.

Die grobkörnige Struktur der Plane schaltete Erde und Himmel gleich, die Bewegung der Plane erzeugte einen Halo um jeden Lichtpunkt. Alle Lichtquellen schienen zu brennen, zu lodern. Während ich verfolgte, wie zwei Flugzeuge mit ihren Positionslichtern die Einheit aus Erde und Himmel vermaßen, schaltete sich ein Kompressor auf dem Dach ein, und ich kam mir vor wie in der Kanzel eines Raumschiffs, das über einem fremden Planeten schwebte.

Zum ersten Mal, seit ich dich im Krankenhaus besuchte, lagst du nicht im Bett. Du standest mitten im Raum, die Beine zusammengepresst, mit beiden Händen hieltest du eine Dessertschale vor dich, darin eine grünliche Flüssigkeit. Das an den Seiten offene Kliniknachthemd war heruntergerutscht und gab die Schultern frei, deine Augen waren auf die Schale gerichtet. Ich brauchte eine Zeitlang, um zu begreifen, was du tatest. Du wolltest ausprobieren, ob du still stehen konntest und ob es dir gelang, die Schale mit dem Kompott waagerecht zu halten, so dass nichts überlief.

Du musstest bemerkt haben, dass die Tür aufgegangen war, aber du nahmst mich nicht zur Kenntnis. Reglos blieb ich stehen und wagte kaum zu atmen. Als sich meine Augen an das Funzeldunkel gewöhnt hatten – die Nachtbeleuchtung in deinem Krankenzimmer war besonders schwach –, sah ich, dein linkes Bein zitterte leicht, aber du vermochtest deinen Oberkörper und deine Oberarme ruhig zu halten. Deine Hände zitterten ebenfalls, doch gelang es dir, die Bewegung – nein, nicht zu kontrollieren, eher sie zu nutzen, aber auch das ist nicht richtig, mir fällt kein besserer Ausdruck ein. Jedenfalls brachtest du es fertig, keinen Tropfen aus der bis zum Rand gefüllten Schale zu verschütten.

Plötzlich war es vorbei. Deine Hände zitterten ganz stark. Du musstest dich ergeben. In dem Augenblick, als die Flüssigkeit überschwappte, neigtest du die Schale nach vorn, überraschend vermochtest du das Zucken in deinen Händen noch einmal zu beherrschen. Als ob nie etwas anderes in deiner Absicht gelegen hätte, hast du den Inhalt der Schale ruhig auf den Boden gegossen. Der blaue Kunststoffboden des Krankenzimmers eine Wasseroberfläche, die grüne Flüssigkeit Gift. Du wolltest die Welt vergiften. Wer in deine Welt eintauchte, sollte in ein Monster verwandelt werden.

In diesem Moment taumelte eine Gestalt in einem weißen Kittel und mit langen schwarzen Haaren an mir vorbei in das Zimmer hinein. Sie konnte sich nur auf den Beinen halten, indem sie sich an der Türklinke festklammerte, dabei schleuderte sie eine Schreibunterlage mit dem darauf festgeklemmten Block in den Raum.

»Entschuldigen Sie, ich bin über meine eigenen Beine gestolpert … Ich habe in dem Bericht gelesen …«

Die Ärztin hatte Nachtdienst, sie war mit dem Fall nicht befasst. Professor Jangor besuchte einen Kongress – nicht, dass ich seinen so kalt interessierten Blick vermisst hätte.

In ständigem Kontakt mit der Station, habe er sich die Ergebnisse der neuen Untersuchungen schicken und der Ärztin ausrichten lassen, sie solle uns schnell Bescheid geben.

Ein heller Horizont! Die Sonne würde aus dem Boden schießen! Ihre Strahlen würden die Äste des Baums vor dem Krankenzimmer versengen, die Plane vor dem Loch in der Fassade würde schmelzen und herabtropfen, keine kleinen Feuer mehr, nur noch ein großes, tosend! Wenn die neuen Untersuchungen lediglich die vorangegangenen bestätigt hätten, dann wäre das doch kein Anlass für diese halsbrecherische Eile gewesen?

Du aber frösteltest. Mit der linken Hand rafftest du das Nachthemd, als sei es ein langes, wallendes Kleid, in dem du über unwegsames Gelände gingst, die Finger der rechten umschlossen noch die leere Dessertschale wie eine große gepflückte Blüte.

Die maximal ungeschickte Ärztin – hatte man sie deswegen zum Nachtdienst eingeteilt? Was war, wenn eine Krankheit nicht schlief? – balancierte Block und Bericht auf ihrer Schreibunterlage. Deine und meine Augen wanderten hin und her mit ganz verschiedenen Blicksorten. Die Ärztin kicherte zerstreut. Ich: wortloses Wittern. Du: ratloses Wittern. Die Todesangst davongeflogen – oder entschlafen?

Mein Brustkorb viel zu klein für das, was jetzt drin wohnte. Deine Hoffnung flatternd, zappelnd.

Ein paar ganz schnell gehaspelte Worte. Aha, das Stolpern war der Lebensmodus der Ärztin. Wir merkten uns nur zwei, die anderen hörten und verstanden wir ebenfalls, aber wir beschlossen, sie sofort zu vergessen.

Das eine Wort: ALS.

Das andere Wort: Irrtum.

Du sahst sie noch nicht, die andere Welt, spürtest nur ihren Anhauch, hattest eine vage Vorstellung davon, wie groß der Raum sein musste, damit er den hellen Horizont beherbergen konnte und die Sonne samt Sommerblumen.

Du gingst in die Knie, nein, du knietest dich hin. Die Ärztin, aus ihrem Taumelkonzept gebracht, stierte dämlich. Du nahmst den Kopf zurück, strichst dir die Haare nach hinten und fasstest dir, die Ellenbogen hoch erhoben, in den Nacken. Du spiegeltest dich in dem, was kommen würde.

»Die Symptome sind die gleichen.«

Entgeistert biss sich die Stolperin auf die Lippen, hatte sie es doch tatsächlich fertiggebracht, einen ganzen, geraden Satz zu äußern. Sie führte eine Hand zum Grübeln an die Stirn, damit ihr der Schreibblock wieder von der Unterlage fiel.

»Wir haben gedacht ...« – ein deutscher Professor namens Jangor hatte gedacht. Es ist ja nur zum Spaß gewesen. Natürlich sagte sie das nicht, aber sie sprach in einem Ton, als ob sie eine Anekdote erzählte. Du hattest gar nicht ALS, du hattest TSP, tropische spastische Paraparese. Sie wird durch ein Retrovirus, HTLV-1, verursacht. In Deutschland hatte es seit Jahren keinen Krankheitsfall mehr gegeben, nur ein Prozent der HTLV-1-Infizierten erkrankt im Laufe des Lebens, man steckt sich auf die gleiche Weise an wie mit HIV, dem Erreger von AIDS.

»Die Symptome unterscheiden sich nicht von denjenigen bei ALS.«

Die Ärztin lächelte verzeihungsheischend.

»Aber es gibt einen Unterschied: TSP ist behandelbar, ALS nicht.«

Die Ärztin gab sich jetzt schreiend gut gelaunt.

»HTLV-1 spricht auf dieselben Medikamente an wie HIV.«

Schwungvoll klappte die Ärztin ihren Bericht zu. Amüsiert euch!

Wir hätten als Sieger paradieren, mit den Lebensaussichten schäkern können. Doch es lag uns fern, eine pompöse Wiedersehensfeier mit deinem Leben zu veranstalten. Jeder von uns richtete seinen eigenen frugalen Festakt aus.

Plötzlich, vor dem Hintergrund aller erneut möglich gewordenen Möglichkeiten, waren wir wieder scharf geschnittene Figuren. Kein Materialaustausch, keine Transformation, die Substanz war unverändert. Nachdem wir uns gerade noch im Gedanken der Auflösung gewiegt, das Leben nur mehr in homöopathischen Dosen an uns herangelassen hatten. Alt und unnütz waren uns unsere Umrisse vorgekommen, der Bereitstellungsaufwand schien uns unangemessen hoch, das Abschaffen der Errichtungsmühsal der täglichen Kontur versprach eine ungeheuere Erleichterung. Befristet hatten wir uns schon von uns befreit. War da nicht sogar die Idee aufgekeimt, das Wertvollste überhaupt, das Gedächtnis, zu verlieren? Kein Äußeres, keine Maske, kein Charakter und auch kein Inneres mehr zu sein?

Es kam eigentlich nur eine Möglichkeit in Frage, wie du dir die exotische Krankheit zugezogen haben konntest. Kurz nach unserer Hochzeit hatte ich einen geschäftlichen Termin in San Diego mit einem Kurzurlaub in Mexiko verbunden. Wir gingen zu Fuß über die Grenze, mieteten in Tijuana einen Wagen und fuhren durch Baja California, Sonora und Chihuahua nach Ciudad Juárez, wo wir den Wagen abgaben und wieder zu Fuß die Grenze überquerten und in El Paso ein Flugzeug nahmen.

Kurz vor Nogales rostete der Kühler des Mietwagens endgültig durch, das restliche Kühlwasser kochte. Ein Kleinlaster schleppte uns zu einer Werkstatt in einer Wellblechhütte an der Landstraße. Der Mechaniker, der keiner war, musste erst eine Elektrode für sein Schweißgerät besorgen, ehe er den Kühler flicken konnte. Er gab uns den Tipp, während der Wartezeit ein Wachsfigurenmuseum in einem nahen Außenbezirk von Nogales zu besuchen.

Du hast mich nicht begleitet, sondern in einem Restaurant auf mich gewartet. Du wolltest die Wachsfiguren nicht sehen. Einmal seist du in einem Wachsfigurenkabinett gewesen. Die Figuren hätten jeden deiner Blicke eingesaugt, jedes Geräusch, jeden Gedanken.

Die Figuren in dem aufgelassenen Kloster waren keine Wachsfiguren, sondern Menschen, deren Haut man mit einer Mischung aus Wachs und anderen Substanzen überzogen hatte – die Mittel waren in die Körper eingedrungen und hatten sie über hundertfünfzig Jahre konserviert. Ein wächserner Pfarrer hielt einen Gottesdienst ab. Ein reicher mexikanischer Bürger gab auf seinem Gut einen Empfang. Ein Arzt in weißem Kittel vernähte die große Schnittwunde im Arm eines Landarbeiters. Ein junger Mexikaner vergnügte sich mit zwei Prostituierten, sein halbbekleideter und die beiden völlig nackten Körper der Frauen waren bestens erhalten, die Bettdecke, die die drei bei ihrem Spiel bedeckt hatte, war zu kleinen Stofffetzen zerfallen.

Der Bewahrer dieser Stätte war ein in Nogales praktizierender Hausarzt, alle seine Vorfahren waren Ärzte gewesen. Die Apparaturen, mit deren Hilfe der Urahn aus frischen Leichen Figuren produziert hatte, war in einem Keller zu besichtigen. Der Arzt hatte seine Tätigkeit durch einen Maler dokumentieren lassen. Ein Bilderzyklus zeigte, wie ein etwa zwanzigjähriger Mann in eine Wachsfigur verwandelt wurde. In einer Art Käfig wurde sein Körper horizontal und vertikal von Eisenstangen in sitzender Position gehalten. Schmale, in Stahlbügeln verankerte Stäbe fixierten den Kopf von der Mitte des Haaransatzes bis zum Genick und zu den Ohren, ein außen am Käfig befestigtes Feld mit ganz dünnen Stäben, die das Gesicht abzutasten schienen, sorgte für den Gegendruck. Die Augen des jungen Mannes waren weit aufgerissen. Auf dem nächsten Bild schürte ein Mann in einem weißen Kittel, er war nur von hinten zu sehen, das Feuer unter einem großen Kessel. Als dessen Inhalt die entsprechende Temperatur erreicht hatte, drehte er eine Reihe von Ventilen auf. Aus Auslässen, die wie Duschköpfe aussahen, spritzte eine dampfend heiße, zähe Flüssigkeit, die den Körper des jungen Mannes von allen Seiten bedeckte. Ein späteres Bild zeigte den jungen Mann in seiner sitzenden Haltung am Boden auf der Seite liegend, von der Masse bedeckt, als ob er eine grob geformte oder gegossene, unbehandelte Skulptur wäre. Danach trug der Mann im Arztkittel mit einem Skalpell die Wachsmischung ab. Das vorletzte Bild zeigte den nackten jungen Mann, er schien völlig unversehrt, wieder in sitzender Haltung, aber ohne Sitzgelegenheit, den Hintern und die Füße auf dem Boden, den Oberkörper mit dem Kopf an die Wand gelehnt. Ausdrucksvoll blickte er über den Betrachter hinweg. Auf dem letzten Bild saß er in einem schwarzen Anzug auf einem Sofa, einer Dame in einem weißen Kleid zugewandt. Die Dame erzählte gestikulierend, der junge Mann hörte ihr gelassen lächelnd zu.

Ein paar Tage später hatten wir dann nicht weit vor Ciudad Juárez eine Reifenpanne. Ich bockte den Mietwagen am Straßenrand hoch, aber der verrostete Wagenheber brach entzwei. Ich konnte mich rechtzeitig in Sicherheit bringen, du warst durch einen Eselskarren abgelenkt, die Stoßstange des herunterplumpsenden Fahrzeugs brachte dir eine tiefe Schnittwunde an der Wade bei. Ein äußerst freundlicher gutsituierter Mexikaner fuhr uns in den nächsten Ort zu einem Arzt. Dessen Praxis sah allerdings nicht viel anders aus als das verstaubte Arrangement im Wachsfigurenmuseum. Wir hatten keine Wahl, deine Wunde blutete stark, sie musste versorgt werden. Wahrscheinlich hast du dich an den verunreinigten Instrumenten angesteckt.

Natürlich ließ ich nach der neuen Diagnose mein Blut ebenfalls untersuchen, ich war kein Virusträger.

Six Sigma für Ärzte … Ich schickte Peter eine SMS mit der neuen Diagnose. Er schrieb unverzüglich zurück *Das ist doch wunderbar!*

Maren, du hast nie nach dem Grund für mein besonderes Verhältnis zu Peter gefragt. Peters Mutter war mit Pfarrer Grenzfurtner verlobt. Der kommt aus einem kleinen Dorf in Oberösterreich, sein Vater, ein größerer Bauer und im Zweiten Weltkrieg Stuka-Pilot, lag in ewigem

Streit mit dem einzigen Sohn. Nach dem Abitur auf einem Stiftsgymnasium trat der Sohn aus der katholischen Kirche aus und studierte protestantische Theologie. Ursprünglich wollte er den Pfarrerberuf ausüben, aber dann ging er in die USA und bewarb sich letztendlich bei D'Wolf America als Personalsachbearbeiter. Meine erste Station nach dem Studium war D'Wolf America, so haben wir uns kennengelernt. D'Wolf America wuchs atemberaubend, und Father Eric, bald nannte ihn keiner mehr anders, wurde Chief Personnel Officer. Als das Amt des Chief Compliance Officers auf Vorstandsebene eingeführt wurde, war klar, mit wem es besetzt werden musste.

Pfarrer Grenzfurtner watschelte wie eine Ente. Er brachte es nicht fertig, auf einer geraden Linie zu gehen. Nachdem wir vertrauter miteinander geworden waren, erzählte er mir den Grund: Sein Vater hatte ihm verboten, die Arme zu Hilfe zu nehmen, als er laufen lernte. Sein Oberkörper blieb steif, mit den Armen wie an der Seite festgewachsen.

Seine Verlobte hieß Dakota und kam aus dem Mittleren Westen, sie hatte gleichzeitig mit uns bei D'Wolf America angefangen. Wir waren oft zusammen, Dakota, Pfarrer Grenzfurtner und ich, bis sie einen Ölingenieur von Halliburton kennenlernte, den sie sofort heiratete.

Pfarrer Grenzfurtner ging zu einem alten Schauspieler, der ihm seinen Watschelgang abgewöhnen sollte. Der Schauspielunterricht war ein durchschlagender Erfolg und hatte eine überraschende Nebenwirkung: Schon vorher hatte er gute Reden gehalten, auf einmal wurde aus ihm ein stupender Orator mit einer spektakulären Gestik.

Ein halbes Jahr nach Dakotas Hochzeit – Pfarrer Grenzfurtner und ich waren eingeladen, ich ging hin – wurde Peter geboren. Nach einem Jahr reichte Dakota die Scheidung ein, die Firma hatte den Ölingenieur nach Abu Dhabi geschickt, er gab kein Lebenszeichen mehr von sich. Dakota suchte einen Psychotherapeuten auf, der sich plötzlich entschloss, nach Hawaii zu ziehen. Sie heiratete ihn und folgte ihm. Ihr Kind interessierte sie nicht mehr, sie ließ es bei ihrem Ex-Verlobten zurück.

Father Eric kümmerte sich aufopferungsvoll um Peter. Als Peter ins schulpflichtige Alter kam, entschied Pfarrer Grenzfurtner, er solle in einem deutschen Internat aufwachsen. Die engen Bande zwischen den beiden wurden locker.

Ist Peters Vater vielleicht Pfarrer Grenzfurtner und nicht der Ölingenieur? Ich weiß es nicht –

Zwei Wochen medikamentöse Therapie, und du schienst geheilt. Keine Lähmungen und keine Krämpfe mehr, weder in den Beinen noch in den Armen, keine Kopfschmerzen, keine Schlafstörungen, keine Müdigkeit während des Tages, keine Unruhe, keine Luftnot mehr. Kein zu niedriger Sauerstoffgehalt, kein zu hoher Kohlendioxidgehalt im Blut. Da wuchs etwas über den Knochen, über den Sehnen, deine Hände wurden wieder glatt.

Du hattest sterben wollen, ohne eine Miene zu verziehen. Du ertrugst es nicht, wenn die Menschen in deiner Gegenwart interessiert ihre Köpfe hoben. Nachdem du die Klinik verlassen hattest, erlegtest du dir ein nicht minder unerbittliches Regime auf. Jäh wechseltest du in der

Haltung deines Körpers und in deinem Gesichtsausdruck zwischen klassischer Grazie und gekonnt dosierter Lässigkeit. Der abrupte Übergang aus purem Gutdünken sollte jeglichen Argwohn gegen deinen Gesundheitszustand zerstreuen, er sollte für das dir unmögliche schneidende Lachen stehen, das zur Routineausstattung der fraglos Gesunden gehört.

Ich dagegen drückte mich unentschlossen zurück in ein Leben, das mich schon abgesondert hatte. Als hätte dich ein geistesabwesender Engel gerettet, dem meine Reverenz ich dadurch glaubte erweisen zu müssen, dass ich danach strebte, ihn an Geistesabwesenheit weit zu übertreffen.

Am Tag der Ankunft in unserem Sommerhaus hatte ein verheerendes Gewitter den Rennsteig heimgesucht. Die Vorderfront der Hütte sah aus, als habe jemand eine Maschinengewehrsalve gegen sie abgeschossen, die Schindeln an den Wänden waren abgerissen und um die Hütte herum verstreut, die blaue Farbe an der Eingangstür und den Fensterläden war abgescheuert. An mehreren Stellen hatte Hagel die Schindeln auf dem Dach zerstört und die morsche Unterkonstruktion durchschlagen. Die Sonne überlegte und entschloss sich, das Innere nicht mit Lichtmasse aufzufüllen, sondern säuberlich getrennte, fein dosierte Strahlen zu senden. Es war, als ob Fäden gespannt wären zwischen den Löchern im Dach und dem Boden – ich schreckte zurück wie vor einer Sperre.

Im Abstellraum lagerte eine genügende Anzahl von Reserveschindeln, unser Nachbar Hermann reparierte das Dach noch am selben Tag. Er maß die zu ersetzenden Deckenbretter aus, schnitt zu Hause neue Bretter mit der

Kreissäge und setzte sie sofort ein. Dabei fragte er uns, ob wir wüssten, woher das Wort Nachbar komme. Er erklärte es uns: Der Nachbar ist der nächste Bauer.

Du hast den kleinen Webstuhl auf dem Esstisch aufgebaut und dich auf die Eckbank gesetzt, mit dem Rücken zum Fenster. Nur im Urlaub, in der Hütte, durfte man dir zusehen, während du webtest. Auf den anderen Teil der Eckbank hattest du den großen, noch vor der Krankheit fertiggestellten Gobelin mit den vier Ansichten gelegt, der den Genius loci abbilden sollte: Links oben die Hütte auf dem Fundament aus Bruchsteinen, mit den blauen Fensterläden und der blauen Tür, ein Ast des blühenden Kastanienbaums berührte die Dachrinne. Rechts oben die Wegkehre in der Wiese oberhalb der Hütte, links unten mein Arbeitszimmer in der Hütte mit der kahlen, in der Ecke des Raums befestigten Schreibplatte und leeren Bücherborden. In Wirklichkeit lagen darauf die Bücher, die ich zum Lesen mitgenommen hatte, auf der Schreibplatte waren aus dem Internet heruntergeladene und aus Fachzeitschriften herauskopierte Papers verstreut, auf dem im Bild ebenfalls leeren Stuhl neben der Platte hatte ich mein Notebook aufgeklappt. Rechts unten glänzte der Teich unterhalb der Hütte in der Sonne.

Die meiste Zeit hast du an einem ganz kleinen Portrait von mir gearbeitet. Ich sah älter aus: Meine Gesichtszüge waren eingefrorene Brandungswellen mit Furchen, Schrunden, Wirbeln und Schaum. Meine Haut ist ziemlich glatt, aber ich habe starke Falten um den Mund und zwischen den Augenbrauen. Die Falten zwischen den Augen suggerieren eine Kraft, die den oberen Teil meines Schädels zusammenpresst, meine Augen näher zueinander rücken will. Die Falten um die Mundwinkel machen meine Backen größer, sie legen den Gedanken nahe, etwas ziehe den unteren Teil meines Gesichts auseinander. Ich sah jünger aus: Die dicken schwarzen Bartstoppeln ließen meinen Mund voller erscheinen, als er tatsächlich ist. Das Braun meiner Augen milderte den Gegensatz zwischen den weißen und schwarzen Haaren und zwischen den weißen und schwarzen Stoppeln ab. Ich sah zugleich jünger und älter aus als sechzig – also war ich sechzig.

Du hast immer erklärt, die Gobelins seien Ausweitungen deines Nervensystems. Solange du in der Lage seist, deine Hände zu benutzen, könntest du nicht nicht weben. Nur mit dem Weben könntest du Distanz zur Welt gewinnen. Ich habe überlegt, ob ich dich bitten sollte, das nicht mehr zu sagen, aber ich ließ es. Du hast das jedes Mal in einem sehr nachdenklichen Ton geäußert, der die Welt, von der du dich distanziertest, sichtlich nicht beleidigen wollte.

In der Hütte, als ich diese und mein Gesicht auf den Gobelins betrachtete, machtest du mir ein Geständnis. Du hättest niemals an das geglaubt, was du erzählt hattest. Du wolltest dich nur interessant machen. Die Wahrheit sei, du hättest auch zeichnen oder malen können, wie du es gelernt hattest, aber das taten ja viele, also fingst du mit den Gobelins an, weil das etwas Besonderes war. Aber dann – nachdem du das Weben beherrschtest – sei es für dich nicht mehr vorstellbar gewesen, etwas anderes zu tun. Ohne dass du einen Grund dafür angeben konntest. Du hättest so geredet, um die Leute zu beeindrucken. Du hättest kein schlechtes Gewissen dabei gehabt. Die Leute hatten es geglaubt, das konnte ich dir bestätigen.

Ich habe die Gelegenheit benutzt, um herauszufinden, warum es keine Selbstportraits von dir gab. Du hättest es versucht, aber sie seien nicht gelungen. Die Selbstportraits seien immer so verwaschen gewesen. Du hättest die Versuche vernichtet.

Am Vormittag waren wir spazieren gegangen, den Weg, der auf den gegenüberliegenden Hügel führt. Wir waren auf den Hochstand geklettert, von dem aus man die Hütte sehen kann. In einem uralten Stoffrucksack mit Lederverschlüssen hatte ich belegte Brote in einer Blechschachtel und eine ebenfalls uralte, mit einem Fell umhüllte Feldflasche mitgenommen. Wir machten in der Sonne Brotzeit. Den Nachmittag verbrachten wir dösend in den Liegestühlen vor der Hütte. Deren mottenzerfressene Bespannung musste ich tackern, ich war mir nicht sicher, ob der Stoff unser Gewicht aushalten würde, aber er riss nicht. Am Abend arbeitetest du dann an dem kleinen Gobelin, während ich meine E-Mails checkte.

Als ich die Tür zur Schlafkammer öffnete, lagst du auf dem Bauch und zündetest die Kerzen auf den Nachttischen an. Ich habe mich immer geweigert, Strom zur Hütte legen zu lassen. Weil der Generator so laut ist, schalte ich ihn nur an, um Strom für den Computer zu bekommen. Ich legte mich auf den Rücken und verschränkte die Arme hinter dem Kopf. Du hast dich im Bett hingesetzt, eine Bierflasche in der Hand. Zum ersten Mal seit deiner Genesung trankst du Alkohol.

Es war ein Déjà-vu. Wir kannten uns seit einem Jahr, ich hatte gerade bei D'Wolf America angefangen, du hattest das Studium an der Kunstakademie beendet und versuchtest, dich in Berlin als Zeichenlehrerin durchzuschlagen. Wir trafen uns in Los Angeles, nahmen dort einen Mietwagen und machten eine Woche Urlaub an der kalifornischen Küste. Das erste Mal übernachteten wir in Carmel in einem Motel. Auf jedem der beiden Nachttische brannte eine Kerze, du erwartetest mich im Bett, du trankst Bier aus der Flasche.

Damals in Carmel fragte ich dich schüchtern: Bist du froh, dass wir zusammen sind? Du lachtest: Was denkst du denn? Mehr zu mir selbst als an dich gerichtet, sagte ich: Bestimmt bist du in Berlin auf vielen Festen gewesen, während ich in Philadelphia war … Du unterbrachst mich: Ich bin brav gewesen!

In der Hütte fragtest du mich, ob ich froh sei, dass wir zusammen seien. In der Hütte sagte ich: Was denkst du?

Beide Male wurden wir gestört, damals in dem Motel und jetzt in der Hütte. In Carmel klopfte der Nachtportier rabiat an der Tür und wollte unbedingt einen von uns beiden sprechen. Der Schichtwechsel hatte nicht funktioniert, der Nachtportier dachte, wir hätten unser Zimmer noch nicht bezahlt, und ich musste die Quittung heraussuchen, die der Tagesportier ausgestellt hatte.

In der Hütte war es auf einmal taghell – das durch die Ritzen zwischen und in den Fensterläden eindringende Licht aufgeblendeter Autoscheinwerfer leuchtete jede Einzelheit des Raums aus, dazu ertönte dröhnend ›Amazing Grace‹. Die spukhafte Erscheinung dauerte nur ein paar Sekunden, dann war es wieder dunkel und still wie vorher.

Beide Male erschrakst du sehr. In Carmel trankst du die Bierflasche leer. In der Hütte sprangst du auf und nahmst im Essraum, ich konnte es vom Bett aus sehen, mehrere Tabletten ein. Ich hatte vergessen, für die Nacht noch einmal Wasser vom Brunnen zu holen, du spültest die Tabletten mit Fruchtsaft hinunter.

Danach erzähltest du, es beunruhige dich, wie abhängig du von den Medikamenten geworden seiest. Nicht im Sinne einer Sucht. Aber ständig hättest du Angst, die Packungen seien leer oder du hättest eine verlegt. Als das Schlafzimmer so hell erleuchtet war, sei deine erste Befürchtung gewesen, der oder die Eindringlinge seien nur gekommen, um dir deine Tabletten wegzunehmen.

Die unmittelbare Wirkung der neuen Medikation waren Schmerzen in Armen und Beinen gewesen. Professor Jangor hatte gesagt, das komme davon, dass deine Muskeln wuchsen. Zwar hattest du nicht den Eindruck, aber mit einem Mal konntest du deine Arme, deine Beine wieder ganz leicht bewegen, deine Hände und Füße waren bereit, dem geringsten, schwächsten Impuls zu folgen. Die Arme und Beine taten an einzelnen, genau bestimmbaren Punkten weh, als ob jemand daran ziehen würde.

Professor Jangor hatte darauf bestanden, dich noch eine Zeitlang in der Klinik zu behalten, er wollte sichergehen, dass sich bei der neuen Medikation nicht doch noch Unverträglichkeiten einstellten. Während einem deiner nächtlichen Spaziergänge auf den Krankenhausfluren gerietst du ebenfalls auf die Baustelle, zu der ich mich einmal verirrt hatte. Die Scheiben des Panoramafensters waren nach wie vor nicht eingesetzt, die Befestigung der Plane hatte nicht gehalten, sie war in die Tiefe gefallen. Wie ich ein paar Tage vorher, stelltest du dich an den Rand und ließt den Blick schweifen. Im Nachthimmel über dir glaubtest du dein Gesicht zu erkennen, deinen Körper, deine Hände. Die Finger am Himmel vollführten eine kaum wahrnehmbare Bewegung, und du hobst deine Arme. Die Finger machten eine andere Bewegung, und du strecktest ein Bein vor.

Im Gegensatz zu mir verirrtest du dich niemals. Wohlbehalten fandest du in dein Zimmer zurück.

Als ich in der Hütte aufwachte, war ich allein im Bett. Der Webstuhl stand nicht mehr auf dem Esstisch. Ich trat vor die Tür, du hattest den Campingtisch mit dem Webstuhl darauf und den Korbsessel in den Schatten der großen Kastanie gestellt.

Es würde ein heißer Tag werden. Du gingst zum Brunnen, zogst dein T-Shirt aus und beugtest dich über den ausgehöhlten Baumstamm, der den Brunnentrog bildet. Du wuschst dich unter dem laufenden Wasser, das aus der waagerechten Eisenrinne floss. Du brachtest das Gesicht ganz nahe an die Eisenrinne heran und verlorst das Gleichgewicht, du stolpertest nach vorn und musstest dich an dem Pfosten mit der Rinne festhalten. Du zögertest, dich wieder aufzurichten. Aus der Ferne sah es aus, als habe die schmale Eisenrinne deine Stirn über den Augen durchbohrt und deinen Kopf durchstoßen. Erst das Geräusch eines Wagens beendete deine Starre. Ohne dich abzutrocknen, streiftest du dein T-Shirt über.

Peter entschuldigte sich wortreich für die nächtliche Störung. Es war ausgemacht gewesen, dass er mir an diesem Morgen mehrere Unterschriftsmappen vorbeibringen sollte. Am Tag davor hatte er einen Kunden in der Nähe besucht, das Abendessen war schneller zu Ende gewesen, als er gedacht hatte, und er war noch kurz bei uns vorbeigefahren. Wäre in der Hütte Licht gewesen, hätte ich die Unterschriften gleich leisten können, und er hätte noch in der Nacht den Heimweg angetreten. Mit Standlicht war er vor die Hütte gefahren. Beim Zurückstoßen betätigte er aus Versehen den Lichtschalter, vor Schreck drehte er auch noch den Lautstärkeregler des Radios in die falsche Richtung. Es war ihm unendlich peinlich, uns derart belästigt zu haben.

Auf den Eingangsstufen sitzend, erledigte ich die Unterschriften. Peter sollte bleiben, du schlugst einen Spaziergang vor, danach wolltest du uns eine Brotzeit bereiten. Ich fragte ihn, ob er nicht ein Bad im Teich nehmen wolle. Seine Antwort wartete ich gar nicht ab, sondern ging in die Hütte und brachte ihm eine Badehose von mir.

Im Sommer liegt der Teich am frühen Morgen ganz in der Sonne, zieht sie ihre Bahn, wirft der Wald seinen Schatten auf das Wasser. Peter hielt sich genau auf der Schattengrenze. Zum Abschluss brachte er das ruhige Gewässer in laute Unordnung, indem er Butterfly schwamm. Rhythmisch strebte sein Oberkörper aus der im Zwielicht liegenden aufgewühlten Wasseroberfläche zum Sonnenlicht hin. Seine Stirn glänzte, seine Haare wirkten wie ein schmaler, hinten spitz zulaufender schwarzlackierter Helm.

Du warst an deinem Webstuhl, während Peter sich verausgabte. Plötzlich – ich glaubte meinen Augen nicht zu trauen – sah ich dich mit wehenden Haaren durch die Wiese auf den Teich zulaufen. Erst kurz vor dem Steg verlangsamtest du deinen Schritt. Du setztest dich auf das Ende des Stegs und ließt, tief atmend, die Beine im Wasser baumeln. Peter kraulte noch ein paar Runden vor deinen Augen, ehe er sich verabschiedete. Es war nicht die Zeit und er nicht der Typ für einen Spaziergang.

Kaum war er gegangen, stiegst du in das Ruderboot, das am Steg vertäut war. Ich sollte es für dich losmachen. Ich wollte ebenfalls ins Boot kommen, aber du sagtest, du wolltest selbst rudern. Jetzt setzte ich mich auf den Steg und ließ die Beine ins Wasser hängen. Kraftvoll rudertest du zum anderen Ende des Teiches. Es kam mir vor, als würdest du Peter mit dem Boot nachfahren.

Am Abend waren dein Gesicht und deine Arme rot, deine Lippen aufgesprungen, die Haut darum herum war wund. Du hattest den ganzen Nachmittag am Webstuhl verbracht, der Schatten der Kastanie war weitergewandert, dich selbst züchtigend, hattest du dich ohne Schutz der Sonne ausgesetzt. Du trugst ein durchsichtiges Gel auf die Lippen auf, um es einzumassieren, presstest du die Lippen aufeinander.

Abends konnten wir nicht einschlafen, ich wälzte mich hin und her, du lagst still auf dem Rücken. Ich schwitzte derart, dass das Laken nass wurde. Wenn ich die Augen schloss, hatte ich das Gefühl, das Bett setze meinem Körper keinen Widerstand mehr entgegen, ich sank erst und fiel dann in eine unbekannte Tiefe. Ich flüsterte, ich könne es in der Hitze nicht aushalten, und ging nach draußen. Stumm folgtest du mir. Am Brunnen wuschen wir uns, du setztest dich in den Korbsessel und blicktest auf den silbernen Teich, ich hockte mich neben dich auf den Boden und erzählte dir alles. – Fast alles.

»Was ist eigentlich Ihr Ziel mit dem Roboterlabor?«

An zahlreichen Stellen auf der Haut spürte ich stechende Schmerzen, die sich sofort tief in meinen Körper hinein fortpflanzten.

Cathleen Nebe war die stellvertretende Leiterin der Unternehmensplanung. Unmittelbar nach dem Baubeginn des neuen Werks in Leipzig hatte sie sich zu einem Besuch des alten Werks in Frankfurt angemeldet, in dem speicherprogrammierbare Steuerungen und Industrieroboter hergestellt wurden. Sie wollte mit mir die Modalitäten des Übergangs absprechen. Die Steuerungen würden zukünftig in Leipzig produziert werden, die Industrieroboter in Piacenza. Das Frankfurter Roboterlabor sollte geschlossen, die Mitarbeiter sollten freigesetzt werden. Ein internes Gutachten war zu dem Ergebnis gekommen, das Roboterlabor habe nur unnütze Parallelentwicklungen hervorgebracht, alles, worauf man gekommen war, sei schon in der zentralen Roboterentwicklung in Philadelphia oder bei anderen Firmen erfunden worden.

Als ich – völlig eigenmächtig – den Mitarbeitern verkündet hatte, das Roboterlabor werde weiterbestehen und mit den speicherprogrammierbaren Steuerungen nach Leipzig ziehen, wären sie mir fast um den Hals gefallen. Es sei sinnvoll, die im Werk produzierten Steuerungen in unseren Robotern auszuprobieren. Das war ein völlig lächerliches Argument, man konnte unsere Roboter mit beliebigen Steuerungen ausrüsten, und aus den Experimenten mit unseren Robotern folgte nichts für die Steuerungen. Froh, dass ihre Abteilung erhalten blieb, hüteten sich die Leute, das Argument zu hinterfragen. Ich führte aus, es gebe Probleme mit dem Controlling. Ich hätte jedoch die Rückendeckung eines wichtigen Aufsichtsrats. Die Abteilung dürfe nicht offiziell aufscheinen, sie werde als Kostenstelle für den technischen Support der Steuerungen geführt. Gegenüber allen anderen Beschäftigten des Werks sollten die Mitarbeiter über ihre wahre Tätigkeit unbedingt schweigen. Wenn man sie fragte, sollten sie angeben, sie arbeiteten beim technischen Support. Im eigenen Interesse hielten sie sich an die Anweisung, die ich ihnen gegeben hatte. Ich handelte völlig auf eigene Faust. Niemand würde mich eine Abteilung unter falscher Etikettierung führen lassen.

Geheimnisse verleihen Macht. Aber Geheimnisse zu bewahren kostet Kraft. Manche Geheimnisse nutzen den Bewahrer ab, verschleißen ihn: Das sind diejenigen, die damit zu tun haben, wer man ist.

Was war mein Ziel mit unseren Robotern? – Die Schmerzen durchfuhren mich auf allen dafür vorgesehenen Nervenbahnen, ich nahm meinen Körper nur noch als ein Gespinst von Schmerzwegen wahr.

Ich hätte Cathleen Nebe gern erzählt: Bei jedem neuen Experiment, von dem wir nicht wissen, ob es so ausgeht, wie wir uns das vorgestellt haben, kommt immer alles ins Vibrieren, der Raum, die Zeit, aber auch die Menschen, Peter, ich. Wenn das Experiment gelingt, dann schwingen der Raum und die Zeit, die S-bots und die Menschen synchron. Es hat nichts mit Harmonie zu tun. Es geht um Konzentration. Ist das unser Geist, der da in der Materie, in den Robotern schwingt? Es gibt keinen Geist. Es gibt nur uns und die Roboter. Manchmal denke ich, die Arbeit im Labor besteht darin, alle möglichen Schwingungen auszuprobieren … Wenn wir alle denkbaren Möglichkeiten realisiert haben, dann sind die Roboter – nein, nicht wie Menschen – nein, nicht perfekt. – Dann haben die Roboter ihren Lebensspielraum ausgeschöpft.

Aber das zu sagen konnte ich nicht riskieren. Ich sagte einfach gar nichts.

Cathleen Nebe hatte ihre Agenda durchgepeitscht, wir waren eher fertiggeworden als geplant. Anstatt sich sofort zum Flughafen bringen zu lassen, hatte sie die anderen weggeschickt, um mit mir das Roboterlabor zu besichtigen.

Durch einen Zufall war sie auf das Roboterlabor gestoßen, mehr gab sie nicht preis.

Das erste Büro nach dem Eingang war dasjenige von Carl und Debbie. Wenn sie bemerkten, dass ein Fremder allein im Labortrakt auftauchte, wurden sofort alle Aktivitäten in den Experimentierräumen eingestellt, und die Mitarbeiter begaben sich in ihre Büros. Dieselbe Regel galt, wenn ich ohne vorherige Ankündigung in Begleitung eines Fremden den Labortrakt betrat, denn dann konnte es sich nur um eine ungeplante Situation handeln. Carl hatte mich und Cathleen Nebe gesehen.

Die Deckenbeleuchtung im Laborraum war nicht eingeschaltet, lediglich ein am Boden aufgestellter Scheinwerfer beleuchtete die abgeschalteten, eingefrorenen Vorgänger der jetzigen S-bots. Der Boden, die Wände und die Decke gingen ineinander über, die einzigen Konturen waren die Roboter und die Hindernisse, die sie überwinden sollten. Cathleen Nebe trug einen schwarzen Hosenanzug und ein schwarzes T-Shirt, ihr Körper verschmolz völlig mit dem Hintergrund. Nur die rechte Gesichtshälfte war beleuchtet, ein stilisierter Halbmond schwebte in der Dunkelheit. Über einem Hals, dessen Konsistenz nicht zuließ, dass sich seine Inhaberin noch als junge Frau ausweisen konnte.

Dort, wo sich die Schmerzbahnen trafen, schien mein Körper zu implodieren. Ich glaubte zu wissen, was jetzt kommen würde. Cathleen Nebe war nicht Kauffrau, sondern Ingenieurin. Ein Kaufmann hätte sich nicht die Mühe gemacht, mit mir über den Hof zum Roboterlabor zu gehen und es in Augenschein zu nehmen. Die Tatsache, dass ich unter falschem Etikett eine Kostenstelle betrieb, die keinen rechenbaren Nutzen für das Werk oder die Geschäftseinheit erbrachte, hätte völlig hingereicht. Die Ingenieurin wollte mir zusätzlich beweisen, dass meine Roboterexperimente keinen technologischen Nutzen brachten.

Ich rührte mich nicht, meine Glieder waren gelähmt. Ich sagte nichts, mein Gehirn war stillgestellt. Den Dämon nicht durch Worte oder durch Bewegung reizen. Vielleicht hielt er mich für gestorben?

»Sie haben nicht das Ganze im Blick.«

Seit ich denken konnte, hatte ich überlegt, welchen Sinn das Leiden haben könnte. Ich war zu dem Schluss gekommen: Nur der leidet wirklich, der keinen Überblick hat. Ihm kommen Pein und Qual tatsächlich wie Pein und Qual vor. Der den Überblick hat, leidet nicht, wenn er leidet. Er weiß: Eine starke Gefühlsregung ist genauso unpersönlich wie eine Sinnesempfindung. Er kann es sich aussuchen: Ist sein Schmerz violett, blau, grün, gelb, orangefarben oder rot? Oder weiß? Es gibt kein Leiden. Ich hatte den Überblick, aber trotzdem litt ich wie ein Hund. Es gab das Leiden.

»Sie können das Labor weiterbetreiben.«

Das konnte doch nicht sein! Von einem Augenblick auf den anderen kein Todeskampf mehr? Eben noch hatte mein Gehirn gegen die Aussicht auf eine sinnlose Verlängerung meines Lebens gestreikt. Koppelte es mich jetzt von der Realität ab und präsentierte mir die Schimäre einer stellvertretenden Leiterin der Unternehmensplanung, die nicht das tat, was sie unfehlbar tun musste?

»Ich erteile Ihnen einen Auftrag.«

Heimlich prüfte ich die Fähigkeiten meiner Gliedmaßen und meines Gehirns. Keine wesentliche Funktion war beeinträchtigt, ich war nicht mehr mattgesetzt. Ich konnte meinen in alle Winde verwehten Mut zusammenraffen und losrennen, blindlings. Doch ich lief nicht mit zunehmender oder schwindender Hoffnung um mein Leben, nicht im Zickzack und nicht im Kreis. Meine Zerrüttetheit und ich, wir begaben uns in die Klauen des Dämons.

Noch zwei Jahre, und der Vorstand für Forschung und Entwicklung würde in Pension gehen, die Altersgrenze von fünfundsechzig Jahren wird bei D'Wolf strikt eingehalten. Die Kandidaten brachten sich in Position, einer der aussichtsreichsten war der Leiter der Geschäftseinheit Industrieroboter. Erst Mitte dreißig, natürlich Mitglied des Kandor Clubs, hatte er unglaublich ambitionierte Pläne: Das geplante Wachstum seiner Einheit sollte die Zuwachsraten aller anderen in den Schatten stellen. Das neue Werk für Industrieroboter in Piacenza war doppelt so teuer wie unser Werk für speicherprogrammierbare Steuerungen in Leipzig. Er schmiedete internationale Allianzen mit Anwendern und übernahm Firmen, die Komponenten fertigten oder Spezialroboter herstellten. Die Unternehmensplanung stand diesen Aktivitäten äußerst skeptisch gegenüber, aber der Kandidat hatte den amtierenden F&E-Vorstand in die Tasche gesteckt. Es werde nicht funktionieren, sagte Cathleen Nebe. Die Deals würden schlampig gemanagt, er setze sich rücksichtslos über die Interessen seiner Partner hinweg. Die Endausbaustufe des neuen Werks für Industrieroboter werde erst in etwa zwei Jahren erreicht sein, bis dahin werde es ihm gelingen, seine Umsatzpläne mehr oder weniger zu erfüllen. Dann wäre er Forschungsvorstand und könnte die weitere unbefriedigende Entwicklung der Einheit seinem Nachfolger in die Schuhe schieben. D'Wolf könne es verkraften, wenn die Sache mit den Industrierobotern schiefgehe, aber als F&E-Vorstand habe er die Möglichkeit, die ganze Firma zu ruinieren. Seine Strategien seien Blendwerk, er habe kein Gefühl für Risiken und starte grandiose Projekte, die von Anfang an zum Scheitern verurteilt seien.

Cathleen Nebe redete sehr leise, sie lächelte mit dem Mund und mit den Augen. Sie war nicht viel jünger als ich, ihre Stirn völlig glatt, aber sie hatte Falten um die Mundwinkel, die sich kreuzten. Ich dachte: Ihre Gegenwart stiftet Harmonie zwischen den Gedanken der Menschen.

Die Unternehmensplanung hatte sich mit ihren Argumenten gegen den Favoriten nicht durchsetzen können, jedoch stellte man ihm einige wohldefinierte Entwicklungsaufgaben, die er in einem bestimmten Zeitraum lösen musste. Die Ergebnisse würden dann von DWMC, den internen Consultants von D'Wolf, evaluiert werden. Unter den Entwicklungsaufgaben sollten von jetzt an auch die S-bots sein. Der Kandidat würde die Entwicklungen im zentralen Roboterlabor in Philadelphia durchführen oder Firmen dafür kaufen, auf keinen Fall würde er sie outsourcen, das lief seinem Kontrollbedürfnis zuwider. Meine Aufgabe sollte es sein, bessere S-bots schneller und billiger zu entwickeln. Cathleen Nebe genehmigte mir die Laborausrüstung und die Mitarbeiter. Aber es musste dabei bleiben, dass das Roboterlabor im Verborgenen arbeitete. Die Finanzierung erfolgte nicht mehr durch das Werk, die Mittel flossen jetzt direkt von der Unternehmensplanung, offiziell für das Pilotprojekt eines völlig neuartigen technischen Supports. Der Schriftverkehr würde sich ausschließlich auf den technischen Support beziehen. Falls bekannt würde, dass ich das Roboterlabor betrieb, wäre das mein Problem.

Ich berichtete Cathleen Nebe unregelmäßig drei oder vier Mal im Jahr, wir trafen uns in Kanada. D'Wolf hatte einen Netzwerkausrüster mit Zentrale in Toronto gekauft, die Fertigungsstätten waren über das Land verstreut. Cathleen Nebe versuchte, die Preisgestaltung mit Six Sigma zu verbessern, ich sollte ihr dabei helfen.

Maren, was ich dir nicht erzählte: Nach getaner Arbeit gingen wir abends immer in ein Restaurant außerhalb von Toronto, es hieß Howlin' Wolf. Hinter dem Blockhaus dräute ein dichter, mächtiger Wald. Als wir im Winter hinkamen, stellte sich heraus, das Blockhaus war einem leicht ansteigenden Hügel vorgelagert, die dünnen Baumstämme mit den kahlen Ästen stocherten hilflos im Nebel herum. Das Restaurant versank im Schnee, der Zugang war aus dem Schnee herausgefräst, die Wände waren ebenfalls freigelegt, sonst wäre die Schneedecke bis über die Oberkante der Fenster gegangen.

In Toronto hatte es minus fünfundzwanzig Grad, außerhalb der Stadt minus fünfunddreißig. In dem durch mehrere Kaminfeuer sehr gut beheizten Blockhaus geriet man ins Schwitzen, Cathleen Nebe hatte einen leichten Pullover an. Wir benutzten einen Landrover aus dem Fahrzeugpark des Werks, den man nicht vorheizen konnte. In dem geparkten Wagen war es klirrend kalt. Als ob es das Natürlichste auf der Welt wäre, zog Cathleen Nebe erst den Anorak und dann den dünnen Pullover aus. Darunter trug sie nur einen hellen BH mit einem stilisierten Blüten- und Blättermuster, deutlich zeichneten sich ihre Rippen ab, sie musste regelmäßig ein Fitnessstudio besuchen. Sie drehte sich um und griff zu einem dicken Pullover, der auf dem Rücksitz lag, doch hielt sie inne, als sie meinen überraschten Ausdruck sah. Ich fror und zitterte, sie hatte nicht einmal eine Gänsehaut. Ihre Augen waren ganz und gar schwarze, spiegelnde Pupillen.

Der Himmel überzog sich schwarz, ein Gewitter drohte. Wir hatten die Liegestühle zusammengeklappt und an die Wand unserer Hütte gelehnt. Du entzündetest Feuer im Herd, um Teewasser aufzusetzen, gewöhnlich tranken wir Pfefferminztee, wenn es heiß war. Durch das Herdfeuer wurde es in der Hütte noch heißer, dir stand der Schweiß auf der Stirn. Das Wasser in dem Teekessel kochte, er tanzte auf dem Rand der Herdplatte und fiel zu Boden.

Dein Blick weitete sich. Du hattest den Zeigefinger und den Ringfinger der linken Hand gespreizt und die anderen Finger nach hinten abgebogen, mit den beiden gestreckten Fingern hast du dich auf dem Stapel Brennholz neben dem Herd abgestützt. Du schwanktest nicht, auch deine Finger zitterten nicht. Es schien, als müsstest du viel Kraft aufwenden, um stehen zu bleiben, aber auch, als bereite es dir keine Mühe, diese Kraft zu mobilisieren. Dein

Blick war der eines Menschen, der so viel sieht, wie er nur will.

Als es vorbei war, fragtest du mich, bleich unter deinem Sonnenbrand: Wann hast du Cathleen Nebe das letzte Mal gesehen?

Ich antwortete wahrheitsgemäß: Vor Weihnachten.

Die neue Preispolitik des kanadischen Netzwerkausrüsters war äußerst erfolgreich gewesen, jedes Mal, wenn die Firma die Listenpreise erhöhte, stieg der erlöste Durchschnittspreis um einen höheren Prozentsatz als der Durchschnitt der Listenpreise. Aber plötzlich brach der Umsatz ein, obwohl der Gesamtmarkt nicht nachgab. Ein Team von DWMC war ratlos, Cathleen Nebe und ich sollten Feuerwehr spielen.

Am Abend wollten wir wieder zum Howlin' Wolf hinausfahren. Als wir eine Baustelle auf dem Werksgelände passierten, donnerte die Schaufel eines Baggers auf das Dach des Landrover herab. Gottseidank war der Bagger ein mittleres Modell, eine größere Schaufel hätte den Wagen zerquetscht und uns getötet. Cathleen Nebe drückte das Gaspedal durch, die Schaufel gab den Wagen frei, um jedoch hinter uns sofort auf den Boden zu krachen.

Das Dach des Landrover hatte einen Riss, die Dachholme waren gestaucht, zwei Reifen geplatzt. Eine fehlgeleitete stählerne Hand war drauf und dran gewesen, uns den Garaus zu machen. Man kann nicht an allem zweifeln, aber in der Qualitätssicherung ist ein Zweifel ohne Ende durchaus nützlich. Eine spätere Untersuchung ergab, dass die Steuerung der Baggerschaufel einen Hardware-Fehler aufwies.

Maren, was ich dir auch nicht erzählte: Nachdem wir den Angriff des Baggers überstanden hatten, befand Cathleen Nebe, sie habe keinen Hunger mehr – ob ich eislaufen könne? Wir fuhren zum Nathan Phillips Square, das ist ein Platz im Zentrum von Toronto, der im Winter als Eisbahn dient, dort liehen wir uns Schlittschuhe. Der rechteckige Platz wird von kreissegmentförmigen Stahlbogen überspannt, an deren Unterseite Scheinwerfer angebracht sind. Die Häuser unmittelbar neben dem Platz geben sich bescheiden, die Hochhäuser halten Abstand. Die Bogen insinuierten eine unsichtbare Abschirmung unter dem Winterhimmel, der die Lichter der Stadt reflektierte. Die alten Leute in den dicken Mänteln, die jugendlichen Eishockeyspieler und diejenigen, die Eiskunstlauffiguren übten, wirkten wie die Besatzung einer Raumstation oder einer Station auf einem fernen Trabanten, die sich dem einzigen zwecklosen Vergnügen hingab, das in ihrer kleinen, abgeschotteten Welt möglich war.

Oh, Maren, es gelang mir, die Tage für uns beide in Serie herzustellen!

Indem sich die stechende Sonne in den Himmel zurückzog, erlaubte sie einem verträumten, mattsilbrigen Herbst, die Erde zu erobern. Taktvoll passte ich mich an und schützte eine lächelnde allgemeine Müdigkeit vor, um den erfolgreichen Ablauf des glücklichen Gewusels nicht zu stören. Die Gedanken an ein mögliches Unglück hatten sich in eine unendliche Ferne geflüchtet. Dort rosteten und verwitterten sie, bis nichts mehr von ihnen übrig sein würde. Das Labor erlaubte sich, seinen Erlebnisstolz zu zeigen, die effiziente Fabrik bewahrte und umsorgte es mit souveräner Indulgenz.

Maren, es hatte uns schon immer gegeben, dich, mich, Peter! Wie ein sanfter beharrlicher Wind streiften wir über alles hin. Erst mit unserem Fleischesleib fing die Zeit an. Sie bemächtigte sich unserer Leichtigkeit, fesselte unsere Ungebundenheit. Ohne Betäubung operierte sie uns ein Stück heraus, niemals hätten wir gedacht, dass sie mit der Probe etwas anfangen könnte, doch sie formte etwas daraus: unser Schicksal.

Die Beute war mit einem Ring aus rotblinkenden LEDs ausgerüstet. Zuerst ließen wir jeweils einen einzelnen S-bot auf die Beute los, für jede Kombination von Abstand und Orientierungswinkel durfte er fünfmal antreten. Wenn es dem S-bot nicht innerhalb von dreihundert Sekunden gelang, sich der Beute zu bemächtigen, sollte der Versuch abgebrochen werden.

Richtete sich der S-bot mit ausgestrecktem Greifarm nach der nahen Beute aus, zeigten die Sensoren häufig zu hohe Drehmomentwerte. Die einprogrammierte Korrekturbewegung funktionierte, der S-bot zog sich von der Beute zurück, richtete sich in der Entfernung wieder nach ihr aus und näherte sich ihr erneut. Wir wussten, Philadelphia hatte ebenfalls die Idee der Korrekturbewegung gehabt, aber sie begannen gerade erst mit der Modellierung und verfolgten eine falsche Strategie.

Aus der Distanz von fünfundzwanzig Zentimetern hatten die S-bots im Durchschnitt nach zweiundzwanzig Sekunden an die Beute angedockt, aus der Distanz von fünfzig Zentimetern in durchschnittlich vierundzwanzig Sekunden. Unsere Roboter waren eine Größenordnung schneller und verlässlicher als alle anderen.

Um auch auf schwierigem Gelände zu experimentieren, unternahmen wir etwas, was wir noch nie gewagt hatten: Wir verließen das Labor. In dem halbkreisförmigen Versammlungsraum der Jugendstilvilla wurde nachträglich der Boden saniert. Die hellen Granitplatten sind im Zentrum des Raums rechtwinklig angeordnet, zur Außenwand hin vollziehen sie die Rundung des Raums nach. Auf der Hälfte der Fläche waren die Platten bereits neu verlegt, die andere Hälfte bot sich völlig uneben dar, der Granit war herausgenommen worden, der Estrich noch nicht gegossen.

Samstagmorgens waren die Büros nur spärlich besetzt, in der Fertigung wurde natürlich voll gearbeitet. Weder im Büro noch in der Fertigung gibt es eine unbedingte Anwesenheitspflicht. Alle Fertigungsinseln und alle Büroabteilungen werden von den Mitarbeitern verwaltet, jede Arbeitsgruppe muss klar definierte Ergebnisse liefern. Die Mitarbeiter stehen insgesamt in der Verantwortung, die Aufgabe zu erledigen. Wie sie das tun, auf welche Weise sie sich intern organisieren, bleibt ihnen überlassen. Die Leistung wird nach der Qualität der abgelieferten Arbeit beurteilt, Engagement nach anderen Kriterien als an der Anwesenheit gemessen.

Niemand beachtete uns, als wir die Gerätschaften in die Villa hinübertrugen. Während Peter die Kamera auf dem Stativ justierte und ich die rotblinkende Beute im Raum platzierte, schien sich das Roboterlabor durch die hohen Rundbogenfenster der Direktorenvilla erst auf dem

Werksgelände und dann über die ganze Welt auszubreiten.

Ich setzte einen surrenden S-bot auf dem holprigen Untergrund ab. Verliebt in den Augenblick, sagte ich zu Peter: »Es ist doch wahr, noch niemand hat den Versuch unternommen, S-bots auf unebenem Gelände andocken zu lassen?«

Unverliebt gab Peter zurück: »Vielleicht hat es jemand probiert, aber er war nicht erfolgreich. Ich kenne keine Studien. Wenn sie es in Philadelphia versucht hätten, wüssten wir es.«

Peter stand still, in der Haltung eines Kämpfers vor dem Kampf. In der rechten Hand hielt er einen anderen, noch nicht aktivierten S-bot wie eine Waffe.

»Was wird passieren?«, fragte ich. »Wird der S-bot andocken? – Einfach so?«

»Mach dir keine Sorgen.«

Eins der Fenster hatten wir offen stehen lassen, Wind kam auf, und Peters zu diesem Zeitpunkt sehr lange Haare wehten vor seinem Gesicht.

Schon beim allerersten Versuch wurde klar, auf dem unebenen Gelände war die Korrekturbewegung viel öfter notwendig. Die Schwierigkeit bestand darin, dass der S-bot während der Korrekturbewegung Hindernisse nicht erkannte. Dennoch gelang es ihm in fünfundneunzig Prozent aller Fälle, sich der Beute zu bemächtigen.

Am Nachmittag machten wir eine Pause. Peter holte aus der Kantine Sandwiches und Mineralwasser. Er erzählte, während wir den sich auf dem unebenen Boden abmühenden S-bot beobachteten, er müsse an Pfarrer Grenzfurtner denken. Der hatte ihm einmal anvertraut, als Kind habe ihn sein Vater wiederholt ins Schwimmbad mitgenommen und ihn gezwungen, im tiefen Wasser aufrecht mit den Füßen nach unten zu treten. Auf keinen Fall habe er die Hände benutzen dürfen, er musste so lange treten, bis er nicht mehr konnte, bis der Kopf unter Wasser geriet. Immer habe der Vater ihn gescholten, er gebe viel zu früh auf, er müsse länger durchhalten.

Die Versuche beschäftigten uns bis in die Nacht hinein. Wir hatten die Deckenlampen ausgeschaltet, denn sie irritierten die Kameras der S-bots, der Raum wurde nur durch das Licht beleuchtet, das durch die Türen aus dem Eingangsbereich der Villa hineinfiel. Es gab keine Samstagnacht-Schicht, mit Ausnahme des Pförtners waren wir mittlerweile die Einzigen auf dem Werksgelände. Peter ordnete drei S-bots in einem Neunzig-Grad-Segment vor der Beute an, die Fläche des Segments betrug dreitausendachthundertachtundvierzig Quadratzentimeter. Daran erinnere ich mich noch ganz genau. Zuerst hatten wir es mit einem Hundertachtzig-Grad-Segment versucht, aber da war die Erfolgsquote zu gering gewesen, die Probleme mit der Kontrollbewegung hatten sich potenziert.

Urplötzlich war der Raum in gleißendes Licht getaucht, schwarze vermummte Gestalten hatten große Scheinwerfer vor den Fenstern in Position gebracht. Die Gartentür wurde so heftig aufgestoßen, dass die Scheibe zersplitterte. Die schwarze Figur, die in der Tür stand, zielte mit einer Pistole auf Peter. Der drehte sich zur Seite und sprang ab, streckte die Arme weit vor, als ob er einem Schuss auswich. Während des Sprungs nahm er die Arme wieder zusammen und winkelte sie an, um auf diese Weise seinen Aufprall auf dem Boden abzufedern.

Die Vermummten waren gar nicht vermummt, sondern Sicherheitsleute, die sich dafür interessierten, was im Halbdunkel der Villa auf dem menschenleeren Werksgelände vor sich ging. Betont ruhig sagte ich zu dem Mann mit der Pistole, ich sei der Direktor des Werks, wir machten hier Versuche. Dann kündigte ich an, ich würde jetzt ganz langsam mit meiner rechten Hand in meine linke Jackeninnentasche greifen, um meinen Werksausweis hervorzuholen. Peter wies ich an, auf dem Boden liegen zu bleiben.

Der Anführer hielt seine Pistole auf mich gerichtet, drei Kollegen standen, ihre Hände an den Pistolenhalftern, um Peter herum. Abwechselnd blickte der Sicherheitsmann auf den Ausweis und mir ins Gesicht, das Foto war kein besonders gutes. Natürlich musste ich vermeiden, dass das Geschehen Aufsehen erregte. Ich veranlasste, dass das Einsatzprotokoll an Ort und Stelle angefertigt wurde, damit ich es sofort unterschreiben konnte. Die Männer bauten ihre Scheinwerfer ab, der Anführer verließ den Raum, um den Vordruck für das Protokoll zu holen.

Ich gab an, wir hätten Versuche mit neu entwickelten Kameras unternommen, deswegen die funzelige Beleuchtung. Natürlich kein Wort über Roboter. Der Bericht und die Rechnung für den Einsatz der Sicherheitsfirma sollten direkt an mich geschickt werden, ich gab die Rechnung selbst an die Buchhaltung weiter, so hatte ich den Vorfall unter Kontrolle.

Maren, es ging mir nie um mich! Dass *ich* etwas erreiche, um *meinen* Erfolg. Wenn ich wollte, dass mein Name mit dem verbunden wird, was ich mache, dann hätte ich es doch ganz anders anfangen müssen, dann wäre ich Universitätsprofessor geworden, Leiter einer vom Staat finanzierten Forschungsstelle oder des Labors einer Firma, das zu Propagandazwecken seine Ergebnisse veröffentlicht! Dann hätte ich doch nicht in einem Labor gearbeitet, das dazu verurteilt war, geheim zu bleiben, das es offiziell gar nicht gab, von dessen Existenz nur die Mitarbeiter und Cathleen Nebe wussten.

Maren, ich hatte einen Traum: Den F-bot, den Final bot, der sich je nach Situation, gemäß der gestellten Aufgabe, aber auch aus eigenem Willen, vielleicht sogar aus allen S-bots zusammensetzt, die es gibt! Dazu muss man die S-bots natürlich mit Sendern und Empfängern ausstatten. Maren, ich wollte den F-bot erleben! Ich dachte, es würde einfach am schnellsten gehen, wenn ich ihn selber machte. Es wird den F-bot geben, und es ist völlig egal, welcher Name mit ihm verknüpft sein wird!

Peter und ich, wir durchwanderten eine Küstenlandschaft, wir wollten eine Bucht finden, die noch kein Mensch betreten hatte. Von unserer Entdeckung würden wir kein Aufhebens machen. Wir würden dafür sorgen, dass die Bucht auf alle Karten kam, dass Bilder von ihr überall präsent sein würden, ohne dass irgendjemand wissen würde, wer die Bucht auf die Karten gebracht hatte, wem die Bilder zu verdanken waren.

»Schlumpe! – Trulle!«

Ah, das tat gut, das musste sein! Wir hatten Spaß, Peter und ich!

»Bummelant! – Hemdenmatz!«

Man hat eine Besprechung versäumt, und es gibt kein Protokoll, oder es gibt eins, aber der Verfasser ist des

Schreibens unkundig. Also loggt man sich in das Total-Recall-System ein und entnimmt der Aufzeichnung der Besprechung genau jene Informationen, die man sucht. Man wird für eine Entscheidung verantwortlich gemacht, die im Nachhinein anders hätte getroffen werden sollen – man lässt die einschlägigen Diskussionen Revue passieren, um aufzuzeigen, dass man für die Entscheidung keineswegs allein verantwortlich gemacht werden kann. Der Firma werden Versäumnisse angekreidet – die Firma kann dokumentieren, dass alle vorgeschriebenen Prozesse regelkonform abgelaufen sind. Einem Manager werden Verstöße vorgeworfen, gegen Gesetze, gegen die Richtlinien der Firma – er kann das TRS nutzen, um sich zu verteidigen.

Die Kamera und das Mikrophon sind in einem Bildschirm untergebracht, der so platziert ist, dass ihn alle im Gesichtsfeld haben. Der Personalvorstand schrieb zur Einführung des TRS, man habe keine sichtbare Kamera gewählt, damit die Aufzeichnung des Meetings das Meeting nicht beeinflusse. Das rote LED, das die Aufzeichnung anzeigt, ist nicht sehr lichtstark. Der Leiter einer Besprechung ist verpflichtet, zu Beginn ausdrücklich darauf hinzuweisen, dass die Besprechung aufgezeichnet wird. Das hatte der Betriebsrat durchgesetzt. Dauert die Besprechung länger, muss der Hinweis auf den Mitschnitt wiederholt werden. Das Total-Recall-System bedeutet die lückenlose Erinnerung aller offizieller Besprechungen. Die hochauflösenden digitalen Videoaufnahmen sind für alle Zeiten abrufbar, können jederzeit nach beliebigen Kriterien durchsucht werden.

Als Ironie meines Schicksals waren unser Werk und

das Werk in Philadelphia Vorreiter bei der Einführung des TRS. Natürlich beeinflusste die Tatsache, dass die Besprechungen aufgezeichnet wurden, die Besprechungen. Bei den ersten aufgezeichneten Treffen, an denen ich teilnahm, starrten die Teilnehmer unablässig auf das rote LED, keiner machte den Mund auf, wer doch etwas äußerte, fasste sich radikal kurz, alle saßen korrekt auf ihren Stühlen und achteten darauf, in ihrem Gesichtsausdruck und in ihrer Körpersprache keine Gefühle zu zeigen. Das Geschäft musste weitergehen, die Situation entspannte sich. Aus starr starr und stumm stumm wurde nicken nicken und lächeln lächeln. Mitarbeiterinnen, die sich vorher nie geschminkt hatten, sahen auf einmal aus wie Parfümerieverkäuferinnen, vor Beginn einer Besprechung waren nicht nur die Damen-, sondern auch die Herrentoiletten bevölkerte Plätze: Die Männer kämmten sich und zogen ihre Krawatten zurecht, am Casual Friday stopften sie sich immerhin das Hemd in die Chinos, Fertigungsmitarbeiter wuschen sich lange und ausdauernd die Hände.

Cathleen Nebe hatte mir eine Mail weitergeleitet, in der der Finanzvorstand den F&E-Vorstand aufforderte, er solle die Entwicklung einer Software anordnen, die den Gesichtsausdruck sowie Gesten deuten konnte. Darüber hinaus sollte die Software imstande sein, gemäß noch zu entwickelnder Kategorien die sozialen Beziehungen der Menschen untereinander zu beschreiben … Wenn das so einfach war, warum gab es dann eine solche Software nicht schon lange? Ich zeigte die Mail Peter, natürlich löschte ich Cathleen Nebes Namen – wie wir lachten!

Cathleen Nebe hatte mir einen Sonderzugang zum TRS verschafft, ich konnte auf alle Aufzeichnungen aus Philadelphia zugreifen. Das dortige Roboterlabor zeichnete nicht nur die offiziellen Meetings auf, sämtliche Versuchsreihen wurden dokumentiert, auch die abgebrochenen. Wir kannten jeden Mitarbeiter und jeden Winkel des Labors, jeden einzelnen Roboter, nichts, was dort passierte, konnte uns entgehen. Ihre Roboter versuchten vergeblich, aneinander anzudocken, sie kullerten die Treppe hinunter, sie brachten es nicht fertig, einen Gegenstand zu manipulieren, sie machten Korrekturbewegungen, die schlechte Karikaturen unserer Korrekturbewegungen waren.

Wir wussten, was den anderen fehlte: die Nuance der Intelligenz, das Air der Kreativität. Stattdessen: alle naselang plumpes Verblüfftsein oder, je nach Temperament, rotgefärbter Ärger. Die Gesichter unserer Konkurrenten gallertartige Massen, die Züge rutschten ihnen weg. Wir dagegen: sämtliche Details von Kampfgeist festgezurrt, das war typisch für uns, nichts konnte uns aufs Haupt oder aufs Maul schlagen. Wir brachten alles in Ordnung und auf den Weg, die anderen überließen sich ihrem Schicksal und ihrem Ungeschick.

Die Verbindung zwischen Peter und Sondra schien lockerer geworden zu sein. Sie war jetzt Mitglied eines Teams, das eine Fertigung für Piezoantriebe in Shanghai ins Laufen brachte. Sie reiste nach China und nicht mehr nach Europa. Die Schaltkreise von PC-Prozessoren besitzen etwa sechzig Nanometer breite Strukturen. Sie werden hergestellt durch die Projektion der Schaltungs-Layouts, der Masken, als Schattenwürfe auf die Siliziumoberfläche der Chip-Rohlinge. Masken und optische Linsen müssen genauer als ein Nanometer zueinander ausgerichtet werden, klassische Antriebe wie Elektromotoren mit Getriebe und Gewindestange sind dafür nicht mehr geeignet, Reibung und mechanische Toleranzen erlauben bestenfalls eine Genauigkeit von null Komma eins Mikrometer. Bestimmte Keramiken sind elektrisch polarisiert, positive und negative Ladungen auf atomarer Ebene leicht gegeneinander verschoben, bei Anlegen einer elektrischen Spannung ändert eine Piezokeramik die Form. Allein statistische Schwankungen begrenzen die Genauigkeit eines Piezoantriebes auf null Komma null eins Nanometer, das ist ein Zehntel des Durchmessers eines Wasserstoffatoms. Piezokeramiken reagieren innerhalb von Mikrosekunden auf das Steuersignal und erzeugen hohe Kräfte. Müssen die Antriebe eine bestimmte Position halten, bleibt die Spannung konstant, und es fließen keine elektrischen Ströme. Der Energieverbrauch ist sehr gering, es wird keine Abwärme erzeugt, eine Kühlung ist nicht notwendig.

Nach wie vor gab es unser Labor offiziell nicht, dennoch fühlte ich mich fast wie ein normaler Wissenschaftler. Das färbte auch auf die Mitarbeiter ab, das Labor verheimlichte seine Existenz nicht mehr angestrengt, sondern en passant. Cathleen Nebe ermöglichte es uns, dass wir unsere Darbietungen des sozialen Grimassierens auf ein Minimum beschränken konnten. Das waren Herbstnächte!

Du webtest nur noch ganz kleine Gobelins, die mich an alte Polaroidfotos erinnerten. Ich bekam ausschließlich Wintermotive zu Gesicht. Eine verschneite Gebirgslandschaft, die Berge nicht zerklüftet, eher wie Pyramiden und Dämme, die Täler, aber auch einzelne Bergrücken schwarz. Hatte es nur selektiv geschneit? Ein matter Himmel mit einer unentschlossenen Sonne über einem Gebirge aus – Papier? In einer Schneewüste eine freigeräumte Straße, daneben ein von zwei Tannen flankiertes, beleuchtetes turmartiges Gebäude, im Schneegestöber. Zwischen Gebirgszügen ein Himmel – oder ein Meer? Als ich dich fragte, was auf den Gobelins abgebildet war, stelltest du die Gegenfrage, ob es stimme, dass in Kanada fast jeder eine Fluglizenz habe. Beide bestanden wir nicht auf einer Antwort.

Kein Schmerz deformierte mehr deine Gesichtszüge, verunstaltete deinen Körper. Kein seufzender Ton, wenn du zum Sprechen ansetztest. Auch kein langes demonstratives Schweigen. Aber auch keine Lebensvision, keine Kunstutopie und schon gar nicht die Behauptung, du seiest an sie angeschmiedet. Ich verdiente es, dass du mich nur flüchtig zur Kenntnis nahmst. Du durftest deine Müdigkeit zeigen, jetzt. Ich: die verdächtige Leichtigkeit von Attrappen?

Vier Medikamente musstest du einnehmen: dreimal täglich eine kleine runde weiße Tablette, eine lange runde blaue Kapsel morgens und abends, eine rechteckige gelbe Tablette nur abends und eine rote Kugel alle drei Tage. Du hattest Angst, du würdest ein Medikament vergessen oder die Pillen durcheinanderbringen. Ich hatte einen transparenten Plastikbehälter gekauft, der so unterteilt und beschriftet war, dass man für jeden Wochentag und für morgens, mittags und abends die vorgesehenen Medikamente einlegen konnte. Jeder ›Morgen‹, ›Mittag‹ und ›Abend‹ war einzeln zu öffnen und zu verschließen, wenn man den Behälter aus Versehen fallen ließ, passierte nichts.

Alle Kontrolluntersuchungen erbrachten die gewünschten Ergebnisse. Aber der durchsichtige Behälter mit den weißen, den blauen, den gelben und den roten Tabletten und Kapseln erinnerte daran, dass da doch etwas war. Wenn ich den Behälter nachfüllte, kam ich mir jedes Mal vor wie ein Mann, der unablässig die morsche Holztreppe zu dem überschwemmten Keller hinab- und hinaufsteigt, um mit seinem kleinen Eimerchen eine Sintflut zu bekämpfen, die niemand in seinem Haus vermuten würde.

Wir begannen, einen neuen Greifarm für die S-bots zu entwickeln. Das bisher verwendete Modell bot nur begrenzte Möglichkeiten zur Manipulation von Gegenständen, der Greifarm sollte auch kleinere Gegenstände fassen können. In der industriellen Fertigung gab es Lösungen für jede Geometrie und jede Größe des zu manipulierenden Objekts, aber die entsprechenden Typen waren nicht flexibel, sondern jeweils für eine ganz bestimmte Fertigungsaufgabe konstruiert. Wir kombinierten Strukturmerkmale von verschiedenen industriellen Anwendungen, um unseren Greifarm möglichst vielseitig zu machen.

Die ersten praktischen Versuche mit dem Prototypen des neuen Greifarms führten wir mit deinen Medikamenten durch. Das war ein Zufall. Ich hatte Peter in die Fertigung geschickt, er sollte einfach irgendwelche Abfälle und Behältnisse mitbringen, aber die Abfälle hatten komplizierte Konturen oder waren zu scharfkantig, die Behälter waren zu groß oder zu asymmetrisch. Am Morgen hatte ich in der Apotheke eine neue Ration von allen Medikamenten sowie einen neuen Behälter gekauft, die Klappen des alten schlossen nicht mehr richtig, ich wollte kein Risiko eingehen. Tatsächlich eigneten sich der Behälter und die Pillen hervorragend für unsere Experimente.

Das konnte kein Dauerzustand sein. Peter schlug vor, wir sollten M&Ms, Knöpfe oder Perlen aus einem Bastelladen verwenden. M&Ms waren zu weich, Knöpfe zu flach und Perlen zu unregelmäßig. Ich schickte Carl in die Apotheke, er sollte ähnliche Kapseln und Tabletten besorgen, die vor allem billig waren.

Er kam mit vier verschiedenen Sorten zurück, die ganz andere Indikationen hatten, aber deinen Medikamenten verblüffend ähnlich sahen. Die roten Kugeln waren von den roten Kugeln, die du nahmst, überhaupt nicht zu unterscheiden, bei den gelben und weißen Tabletten musste man sehr genau hinsehen, lediglich die langen Kapseln waren nicht blau, sondern türkisfarben.

Die Entwicklung des neuen Greifarms für die S-bots war unsere Idee gewesen, sie hatte sofort die Billigung Cathleen Nebes gefunden, die dem Roboterlabor in Philadelphia die gleiche Entwicklungsaufgabe stellte.

Kurz vor Weihnachten würde die hundertmillionste POWERWOLF W-8 2000 produziert werden. Weil die Steuerung ein so großer Erfolg war, hatte der Marketing-Vorstand beschlossen, daraus eine große PR-Aktion zu machen. Aus aller Welt luden wir Kunden und solche, die es noch werden sollten, ein, wir boten eine Vortragsreihe an und richteten natürlich eine Feier mit Politikern aus. Auch Cathleen Nebe hatte sich angesagt, sie wollte den neuen Greifarm sehen. Noch nie war sie in dem neuen

Labor gewesen, dessen nach wie vor klandestine, aber jetzt gesichert scheinende Existenz ihr verdankt war. Ich hatte dir von der PR-Aktion erzählt, Maren. Du hast mit den Wintergobelins begonnen, nachdem ich beiläufig bemerkt hatte, dass auch Cathleen Nebe anwesend sein werde.

Die hundertmillionste POWERWOLF W-8 2000! Cathleen Nebe kam! Auf einem kreisförmigen Blech mit einem Radius von einem Meter ließ ich im Abstand von ein paar Zentimetern einen halben Meter hohe runde Stahlstangen aufstellen. Die Stanzerei fertigte ein gleich großes kreisförmiges Lochblech, in dessen Ausstanzungen die Stangen genau passten. Den Kreis mit den Stangen platzierte ich in die Mitte einer entsprechend ausgeschnittenen Rampe. Mit vier Schrittmotoren konnte man den ausgeschnittenen Kreis darüber hinauf- und hinabbewegen. Hochgefahren, bildete die Rampe mit der Platte eine ebene Oberfläche, heruntergefahren, gähnte in der Mitte der Rampe ein tiefes Loch, aus dem die Stangen in die Höhe standen. Sechs S-bots wurden auf der Platte zufällig verteilt, sie bekamen das Kommando, sich zu verbinden. Zugleich wurde die Platte langsam heruntergefahren. Die S-bots mussten sich beeilen, der Abstand zwischen den Stangen war natürlich größer als die Außenmaße der S-bots. Gelang es den S-bots, rechtzeitig aneinander anzudocken, konnte sich die entstandene Formation zum Rand des Kreises, auf den sicheren Boden der Rampe retten. Das war natürlich umso einfacher, je näher die Stangen beieinander standen und je langsamer sich die kreisförmige Platte absenkte. Wir verbrachten Tage und Nächte damit, die Parameter der Versuchsanordnung zu optimieren, den Durchmesser der Stangen, den Abstand zwischen den Stangen und die Absenkungsgeschwindigkeit der Platte genau so groß zu machen, dass es die S-bots gerade noch schafften, sich zu formieren.

Die S-bots waren maßlos beweglich, extrem schnell, fabelhaft orientierungsfähig und radikal zielbewusst!

Der Versuch bot sich wirklich eindrucksvoll dar, auch deshalb, weil ich um die Stangen herum, unter der Rampe, Bildschirme aufstellen ließ, auf denen ein Vulkanausbruch mit den entsprechenden Geräuschen gezeigt wurde. Wenn die S-bots ihre Aufgabe nicht erfüllten, würden sie in der Hölle schmoren! Peter kam auf den Gedanken, auch einen Himmel zu modellieren. Über dem kreisförmigen Ausschnitt der Rampe brachten wir eine Stromquelle an, die mit niedriger Stärke, aber hoher Spannung dekorative Blitze erzeugte. Die Erde war aufgerissen, ein Höllenschlund hatte sich geöffnet, die S-bots retteten sich, indem sie sich auf den Stalagmiten bewegten, sie entkamen dem Teufel und auch dem zornigen Schöpfer, der das alles geschaffen hatte, die Erde, die Hölle, die S-bots.

Cathleen Nebe kam! Die hundertmillionste POWER-WOLF W-8 2000! Ich sorgte dafür, dass auf allen Bildschirmen im großen Laborraum ständig Abbildungen der verschiedenen Typen von Greifarmen in Aktion zu sehen waren. Wir bereiteten einen Datenhandschuh vor, mit dem man den Greifarm eines einzelnen S-bots manipulierte, man konnte weiße, türkisfarbene, gelbe und rote Kapseln in eine unterteilte Schachtel aus durchsichtigem Plastik legen. Außerdem arbeiteten wir an einem Versuch, bei dem mehrere S-bots, jeder für sich, auf dem Boden verstreute Tabletten aufhoben und sie in einem Behälter deponierten. Die Aufgabe bereitete ungeahnte Schwierigkeiten, wenn zwei S-bots nach derselben Tablette griffen. War der erfolgreiche S-bot wesentlich schneller als der andere, wandte der sich einem anderen Ziel zu. Kam der erfolglose S-bot nur wenig zu spät, verfolgte er seine Absicht weiter, die Tablette aufzugreifen, dann verwirrten sich die Greifarme, oder die beiden S-bots dockten aneinander an, obwohl sie das gar nicht sollten.

Debbie und Carl erstellten auch eine Animation meiner Gestalt, aus deren Händen die verschiedenen von uns entwickelten Typen von Greifarmen herauswuchsen. Darauf löste sich mein Körper wie eine Hülle von einem kompletten S-bot. Eine Animation von Debbie küsste den S-bot, und er fiel wie eine Verkleidung von meinem intakten Körper ab.

In glänzenden weißen Boxerhosen und leuchtend rotem Trikot saß Peter auf einem Barhocker. Er hielt Sondra die Hände hin, damit sie sie bandagierte, ehe er die Boxhandschuhe anzog. Der Fitnessbereich im Werk war gewissermaßen ein Geschenk des Vorstands an die Belegschaft, eine Anerkennung dafür, dass die POWERWOLF W-8 2000 so gut lief. Weil Peter boxte, gab es auch einen Boxraum. In allen Räumen waren Bildschirme mit an das TRS angeschlossenen Kameras aufgestellt, aber Peter und Sondra konnten nicht ahnen, dass ich sie beobachtete, denn die rote Lampe brannte nicht. Niemand, auch Peter nicht, wusste, dass ich als Einziger die Möglichkeit hatte, die Kameras zu aktivieren, ohne dass sich das rote LED einschaltete. Sondra hatte ihren Besuch nicht angekündigt.

Das Werk war best practice, einer der nächsten Events des Kandor Clubs sollte wieder bei uns stattfinden.

Weder Peter noch Sondra sprach ein Wort, in dem Raum herrschte völlige Stille. Dennoch vermeinte ich ein Flüstern, ein Murmeln zu hören. Nicht Peter redete, seine Gesichtszüge sprachen. Wehrlos hatten sie sich gefühlt, aber ihre Energien gestapelt. Stets und allseits bedroht waren sie gewesen, sich ihrer Kräfte noch nicht bewusst, ohne Anführer, konzeptionslos. Aber jetzt hatten sie eine Gebieterin, Sondra, die vor Selbstbewusstsein beinahe explodierte. Der nichts fremder war als die Wehmut angesichts der Vergänglichkeit einst innigst geliebter Dinge. Die Mitglieder des Kandor Clubs sind besessen vom Abriss der Gegenwart. Die Gegenwart bedeutet für sie vor allem Unordnung: zu viele Anblicke, zu viele Anreden, ein Überfluss von bedeutsamen signalgebenden Kombinationen, zu viele Anmutungen. Hochintelligent, haha, supertrainiert, naja, tun sie fallweise so, als schleppten sie ein Geheimnis aus seinem Versteck. Schließlich erzählen ihnen Coaches, es sei wichtig, dass sie menschlich wirkten. Aber bitte kein Anfassen, kein Befühlen des Geheimnisses, das eine notwendige, im Grunde genommen widerwärtige Verunreinigung darstellt. Tief anrührende Wehrlosigkeit eines Menschen oder eines Dinges – was wäre das? Ein Todeshauch? Flausen! Die Zukunft ist für sie eine Charaktereigenschaft, bei ihnen schon immer unbewusst vorhanden, auf einmal überraschend ans Licht der Wahrheit getreten. Die Vergangenheit nichts anderes als ein nervöser Tic. Sie rechnen und planen und konzipieren und konstruieren, aber tief in ihrem Inneren spüren sie, dass die Zukunft da entstanden ist, zunächst unbemerkt, und dass sie von dort aufsteigen wird in die Wirklichkeit. Diese Empfindung ist zu fest in ihnen verwurzelt, als dass sie sich täuschen könnten. Sie haben kein Heimweh nach einer Gesellschaft der Schuldlosen. Sondra war ohne Erbarmen und ohne übergeordnete Vernunft. Peters Gesichtszüge redeten auf ihn ein, er solle Sondra folgen. Er blickte wie jemand, der, um einen bestimmten Entschluss zu fassen, sich erst zu allem entschlossen geben muss.

Sondra hatte Übung darin, Peters Hände zu bandagieren. Nachdem sie fertig war, hielt sie seine Hände an den Gelenken hoch und klapste seine Handschuhe.

Zuerst schlug Peter nur mit einer Faust und nicht sehr stark. Sondra umklammerte den Boxsack und rief ihm etwas zu, das ich nicht verstand. Die Beleuchtung ließ seine Schultern und Oberarme über dem roten Trikot völlig weiß erscheinen, sein Gesicht war gerötet. Alles war größer: die Poren, die Bartstoppeln, dabei hatte er doch fast keinen Bartwuchs. Die wenigen Falten waren ausgeprägter, seine vollen Lippen wirkten, als wären sie aufgespritzt. Seine Nase war etwas schief, sicherlich eine Folge des Sports. Wie er fester und schneller schlug, da war es, als kämen die schwarzen Fäuste wie automatisch aus dem weißen Streifen zwischen den beiden roten Feldern.

Ich weiß nicht, wie die Schläge und Schlagkombinationen genannt werden, Peter traf den Boxsack mit der Rechten und der Linken unmittelbar vor sich auf Schulterhöhe, er schlug auf Taillenhöhe und setzte lange, ausladende Schläge rechts und links seitlich gegen den Boxsack. Er kam ins Schwitzen und atmete heftig. Die Haare hatte er sich mit einem Gummiring zurückgebunden.

In dem mit schwarzen Silhouetten menschlicher Torsi verzierten Boxraum schlug Peter schließlich noch schneller und noch härter. Er hätte wohl lange weitergemacht, aber Sondra gab ihm das Kommando aufzuhören, was er erst zur Kenntnis nahm, als sie sich mit auf dem Rücken gekreuzten Armen direkt neben den Boxsack stellte, seine letzten Schläge verfehlten sie nur knapp.

Er führte die Boxhandschuhe zum Mund, mit den Zähnen löste er die Klettverschlüsse und ließ die Handschuhe achtlos auf den Boden fallen. Die Bandage der linken Hand war um den Mittelfinger blutdurchtränkt, erst als Sondra erschrocken auf die Hand starrte, hob er sie in sein Gesichtsfeld, um sich dann ungerührt den Schweiß von der Stirn zu wischen.

Ich hatte sie beobachtet, Peter und Sondra, vielleicht eine halbe Stunde lang. Sie beobachteten mich die ganze Zeit. Sie taten nichts anderes, sie wechselten sich ab, zeitlich und räumlich. Es war ihnen klar, dass ich nicht an den Forschungsvorstand berichtete, sie hatten es sich zur Aufgabe gemacht herauszufinden, wer das Labor tatsächlich finanzierte. Obwohl Peter jetzt mit Sondra zusammen war, hatte er nicht vergessen, dass ich Burgi gefeuert hatte. Sondra wollte einen Karriereschritt tun. Wenn die beiden auf die richtige Spur kamen, würden sie mit ihrem Wissen auf den Markt gehen.

Am liebsten hätte ich den Computer heruntergefahren, die Bürotür abgeschlossen, das Licht ausgemacht und mich auf dem Boden zusammengerollt. Mit meinem Untergang wäre ich einverstanden gewesen. Ich war unwichtig. Aber das Labor! Für den Rest meines Lebens wollte ich auf dem Boden liegen bleiben.

Unablässig wurde ich überwacht und ausspioniert, von Peter, von Sondra und von – dir, Maren. Du und Peter, ihr habt doch gesehen – nein, nur Peter hat es gesehen, aber du hast begriffen, was nach meinem Willen entstand … was ich – erschuf! Ihr kanntet jeden Schritt, den ich machte. Ihr wusstet im Voraus, was ich als Nächstes tun würde, bevor sich überhaupt die Frage stellte.

Als unser Wagen mit dem Cabrio zusammenstieß, muss es ein krachendes Geräusch gegeben haben. Die Scheinwerfer und die Windschutzscheibe des Cabrios können nicht lautlos zersplittert sein, aber ich kann mich an keinen Laut erinnern.

Ich war nicht angeschnallt, noch nie hatte ich einen Unfall gehabt, ich bin nie angeschnallt, die Elektronik des Fahrzeugs habe ich so umprogrammiert, dass mich kein Warnhinweis belästigt. Ich war mit dem Kopf gegen die Windschutzscheibe geprallt und hatte eine Platzwunde auf der Stirn davongetragen, außerdem hatte ich mich am Knie verletzt. Du warst angeschnallt und unverletzt.

Ich hatte mich nicht auf dem Boden des Büros zusammengerollt, sondern dich nach einer Kontrolluntersuchung aus dem Krankenhaus abgeholt. Nach dem Zusammenstoß saß ich auf einer Foliendecke auf der Straße. Ich ließ es zu, dass der Sanitäter meine Wunden verband, aber es kam nicht in Frage, dass ich ins Krankenhaus ging, um mich auf innere Verletzungen hin untersuchen zu lassen.

Seither habe ich überhaupt keine Schmerzen mehr. Wenn ich mit dem Schraubenzieher abgleite, wenn ich mir mit dem Messer oder mit der Schere eine Schnittwunde beibringe, dann spüre ich nichts. Manchmal knicke ich mit dem Fuß um, der Knöchel schwillt an, es kommt zu einem Bluterguss, aber nichts tut weh. Ich merke nur, dass ich nicht richtig laufen kann.

Ich fragte dich, ob ich nach dem Aufprall auf die Scheibe ohnmächtig war, nein. Trotzdem setzt meine Erinnerung erst wieder ein, als ich mich mit ausgebreiteten Armen auf die Motorhaube unseres Wagens stütze. An einer Kreuzung, an der rechts vor links galt, hatte ich dem Cabrio die Vorfahrt genommen und war mit ihm zusammengestoßen. Der Autotransporter hinter diesem war bei der abrupten Bremsung ins Schlingern gekommen, der Lastwagen auf der Verlängerung der Straße hinter der Kreuzung und derjenige links von mir hatten die Vorfahrt beachtet. Hätten die beiden Lastwagen und der Autotransporter nicht allesamt rechtzeitig gebremst, wir wären zermalmt worden.

Maren, was ich dir gleichfalls nicht erzählt habe: Es war nicht damit getan, dass ich mit der Billigung Cathleen Nebes das Labor als technischen Support camouflierte. Das Labor, die angebliche technische Supporteinheit, war eine Raumstation. Cathleen Nebe hatte die Raumstation und mich erschaffen, in einer Leere, die sich unendlich weit erstreckte. Meine Aufgabe in der Station bestand darin, Energiestrahlen von fernen Sonnen zum Planeten Erde zu lenken … Die fiktive technische Supporteinheit, der ich vorstand, war Relaisstation für Geldströme von beträchtlicher Größenordnung. Der Etat des Roboterlabors bildete nur einen Bruchteil der Summen, die ich bewegte. Die Supporteinheit erbrachte Leistungen auf dem ganzen Globus. Diese wurden nicht auf der Basis der Kosten abgerechnet, maßgeblich war vielmehr die erreichte Wertschöpfung. Die nicht existierende technische Supporteinheit speiste ein Schattenbudget. Was wurde sonst noch mit dem Budget finanziert? Ich wusste es nicht, ich wollte es auch nicht wissen.

Wer stand hinter Cathleen Nebe? Auch davon wollte ich keine Kenntnis haben. Gemäß ihrer Anweisung erfolgte die gesamte Kommunikation nur schriftlich, von zu Hause aus. Die Unternehmensplanung hatte ein separates Netz eingerichtet, eine automatische Sperre machte es unmöglich, dass man sich von diesem Netz aus in das offizielle Firmennetz einloggte. Damit sollte verhindert werden, dass irgendjemand, der das Firmennetz benutzte, in dem anderen Netz landete. Wie alle, mit denen ich zu tun hatte, trat ich unter einem fiktiven Namen auf. Niemals habe ich versucht, mit einem der anderen Namen persönlich Kontakt aufzunehmen. Ich konnte ja schlecht in einer Mail fragen, wie mein Partner wirklich hieß und wo er stationiert war.

Kurz vor dem Unfall sagtest du: »Ich weiß, dass ich nicht krank bin.« Du wiederholtest den Satz mehrfach und fragtest dich, was seine Verneinung sei: »Ich weiß, dass ich krank bin?« Oder: »Ich weiß nicht, dass ich krank bin?« »Es ist nicht wahr, dass ich weiß, dass ich nicht krank bin?« Hätte ich mich das auch fragen sollen?

Du hattest die Nacht in der Klinik verbracht, ich hatte dir versprochen, dich abzuholen, dich jedoch warten lassen, weil ich Peter und Sondra beobachtete.

Zum Zweifeln fehlten dir die Gründe. Dennoch stelltest du dir dauernd vor, bei der nächsten Untersuchung seien die Resultate ganz andere.

Die Resultate der nächsten Untersuchung würden völlig andere sein.

Du hattest den kleinen Webstuhl in die Klinik mitgenommen. Als ich ihn auf den Rücksitz des Wagens legte, verrutschte die Decke, in der er eingehüllt war, und ich sah den Gobelin. Er zeigte eine weiße Fläche zwischen Hochhäusern, über die sich zwei Bogen spannten. An den Bogen befestigte Lichtquellen beleuchteten die nächtliche Szene. Im Hintergrund Gestalten mit Eishockeyschlägern, im Vordergrund ein Pärchen, der Mann im schwarzen Anorak wandte dem Betrachter den Rücken zu, sein langer roter Schal wehte im Wind. Er schien unsicher auf den Beinen, eine schlanke Frau in Jeans, einem roten Sweater und einer grauen Daunenweste hielt mit ihrer rechten Hand seine linke. Die Frau war offensichtlich eine geübte Eisläuferin, während er sich nur selten aufs Eis begab.

Als wir auf dem Nathan Phillips Square eisliefen, hatte ich einen Jungen gebeten, mit meinem Telefon ein paar Aufnahmen von Cathleen Nebe und mir zu machen. Wir trafen uns in einer offiziellen Mission, trotzdem erwartete ich eigentlich, dass sie nicht damit einverstanden sein oder mich danach bitten würde, die Bilder zu löschen. Aber sie lächelte sogar bei den Aufnahmen. War es die Auswirkung des Unfalls mit dem Bagger? Fühlte sie sich so sicher? War ich ebenfalls sicher? Zu Hause trage ich mein Telefon nicht bei mir, es liegt immer irgendwo herum.

Du bist niemals zu mir in die Firma gekommen und hast immer alle Firmenevents gemieden. Die Feier der hundertmillionsten Steuerung würde mit einem Konzert im Gewandhaus beschlossen werden. Als ich dir davon erzählte, hattest du mich gebeten, dich auf die Liste zu setzen. Du wolltest unbedingt das Konzert besuchen. Ich sollte dir Cathleen Nebe vorstellen, du wolltest sie kennenlernen.

Während ich am Steuer saß, hörte ich das Geräusch, mit dem die Schlittschuhe vieler Menschen über Eis glitten. Mein Gesicht war kühl, meine linke Hand glühte. Das ist meine letzte Erinnerung vor dem Zusammenstoß mit dem Cabrio.

Ich bin daran gewöhnt, dass sich der Geräuschpegel um mich herum verändert, obwohl die Schallquellen konstant bleiben. Wenn mich Mitarbeiter ansprechen, kann ich sie einmal kaum hören, ein andermal kommt es mir so vor, als brüllten sie mich an. Bisweilen bleibt mir nichts anderes übrig, als mein Gegenüber zu bitten, denselben Satz mehrfach zu wiederholen, weil ich nur Bruchstücke höre und nicht in der Lage bin, sie so zusammenzusetzen, dass es eine verständliche Botschaft ergibt.

Als ich ein Kleinkind war, dachte meine Mutter, ich sei taub. Sie stellte sich hinter mich und machte laute Geräusche, aber ich reagierte nicht. Sie schickte mich zu einem Hörtest, der ergab, dass ich nicht taub war, damit hatte sie das Problem gelöst. Später unterzog ich mich noch einmal einem Test, mein Gehör war weit besser als das der Durchschnittsmenschen, ich konnte sogar einige Frequenzen hören, die sonst nur von Tieren wahrgenommen werden. Ich schilderte dem Arzt meine Probleme, er sagte, das habe etwas mit der Aufmerksamkeitssteuerung für Geräusche im Gehirn zu tun, mehr wusste er nicht. Ich konnte damit umgehen, bis zu dem Zusammenstoß.

Um bei einer Besprechung oder einem Telefonat einen Satz vollständig zu verstehen, musste ich mich jetzt so stark auf diesen konzentrieren, dass die folgenden Sätze mit Sicherheit verloren waren. Ich informierte mich aus Besprechungsprotokollen und ließ mir zu Themen, die ich sonst mündlich abgehandelt hatte, Mails schreiben. Ich gab vor, seit dem Zusammenstoß würde ich von Kopfweh heimgesucht, das sich bei Gesprächen verstärke. Peter bot mir seine Kopfschmerztabletten an, obwohl er wusste, ich nehme keine Medikamente. Alle anderen Geräusche außer der menschlichen Sprache hörte ich viel intensiver. Meine Nächte bestanden aus deinen Atemzügen, Maren. Wir schliefen jetzt bei offenem Fenster, ich hörte das Bellen des Hundes, der zu dem großen Haus am Anfang unserer Straße gehört, und das Feilen der Zikaden von dort, wo unsere Straße in den Wald mündet.

Du hattest mir erzählt, unsere Nachbarn hätten eine kleine Tochter, ich habe sie nie gesehen. Sie sei etwa drei oder vier Jahre alt und leide unter Schlafstörungen, die die Eltern dadurch bekämpften oder denen sie nachgaben, indem sie sie mitten in der Nacht ein Bad nehmen ließen. Das Badezimmer lag unserem Schlafzimmer direkt gegenüber, das Fenster war gekippt, und ich hörte, wie das Mädchen in der Badewanne plantschte und spritzte. Merkwürdigerweise waren nie andere Laute zu vernehmen, das Mädchen plapperte nicht, es juchzte nicht, auch die Mutter oder der Vater – ein Elternteil musste doch im Bad auf das Kind aufpassen – blieb ebenfalls stumm.

Über die Tochter der Nachbarn haben wir geredet. Über unsere Tochter niemals.

Du schliefst, aber du hörtest das Mädchen trotzdem jedes Mal. Du drehtest dich um und ließt ein Ah oder ein Ja vernehmen. Das Geräusch, mit dem das Wasser in die Wanne floss, ertönte gewöhnlich nur kurz, man füllte die Badewanne nicht einmal zur Hälfte. Als das Geräusch einmal länger hörbar war und die Wanne volllief, hobst du, auf dem Rücken liegend, beide Arme. Ich dachte, du seist aufgewacht, aber deine Augen blieben geschlossen. Du wälztest dich auf die Seite, legtest dich auf den Bauch, du strecktest die Arme vor und bewegtest sie, als ob du unter Wasser gegen eine kräftige Strömung schwimmen würdest.

Wo war Cathleen Nebe? Sie hatte angekündigt, nach der Vorführung der S-bots werde sie trainieren. Ich steuerte der Reihe nach die Kameras im Fitnessbereich an, jedes Mal blieb der Bildschirm dunkel. Wenn sich niemand in den Räumen aufhielt, schaltete sich die Beleuchtung automatisch aus. Freitagnachmittag nutzten die Mitarbeiter den Fitnessbereich selten, sie hatten es eilig, nach Hause zu kommen.

Wir hatten Cathleen Nebe das Experiment schon eine Woche vor der Feier der hundertmillionsten POWERWOLF W-8 2000 vorgeführt. Bis zur Feier wollte sie Urlaub in Europa machen.

Bei der Vorführung ließ ich jede der verschiedenen Entwicklungslinien für den Greifarm von einem anderen Mitarbeiter erläutern, ich wollte insinuieren, dass die Kopfzahl der Mitarbeiter des Labors unbedingt notwendig war. Es folgte ein ausgiebiger Performance-Vergleich zwischen unseren S-bots und denjenigen in Philadelphia, den Cathleen Nebe mit völlig unbewegter Miene zur Kenntnis nahm. Ihr Plan, den Leiter der Geschäftseinheit Industrieroboter als F&E-Vorstand zu verhindern, war gescheitert. Der alte Vorstand war zwei Jahre früher in Pension gegangen, die Roboter hatten bereits im ersten Jahr das Ziel verfehlt, aber die Abweichung war nicht gravierend gewesen. Tatsächlich hatte der jetzige F&E-Vorstand die ihm gestellten Entwicklungsaufgaben sowohl im zentralen Roboterlabor bearbeiten lassen als auch mehrere Firmen gekauft, die in einer ähnlichen Richtung forschten wie wir. Auf die einzelnen Projekte umgerechnet, kam diese Entwicklungsstrategie D'Wolf um Größenordnungen teurer als das, was wir machten. Cathleen Nebe hatte mehrere Vorlagen gefertigt, aber der Leiter der Unternehmensplanung hielt sie unter Verschluss. Er befürchtete, bei einem offenen Vorgehen gegen Mr Charisma den Kürzeren zu ziehen.

Wir führten Cathleen Nebe zunächst ausgewählte Simulationen und schließlich die Hardware-Experimente vor. Während der Darbietungen meldete sich mehrfach ihr Telefon, jedes Mal beeilte sie sich, das Gespräch entgegenzunehmen, aber die Verbindung brach immer wieder ab. Wir näherten uns dem Höhepunkt, dem Experiment, in dem sich die S-bots auf den Stalagmiten formierten und so dem sich auftuenden Höllenschlund entrannen. Natürlich konnte ich nichts dagegen tun, wenn Cathleen Nebe während der Vorführung telefonierte, aber es würde den Effekt ruinieren. Zwar konnten wir das Experiment ohne Schwierigkeiten beliebig oft wiederholen, aber die Wiederholung machte ebenfalls den Eindruck zunichte. Ich versuchte deshalb, den Beginn hinauszuschieben, in der Hoffnung, Cathleen Nebe würde das ihr so wichtige Gespräch vorher führen. Beim nächsten Anruf hielt die Verbindung. Ohne Begrüßung, ohne Vorrede war der erste Satz, den sie sagte: »Got what we need?« Ich verstand nur diesen einen Satz, denn sie zog sich in eine Ecke des großen Experimentierraums zurück.

Das Experiment verlief so beeindruckend, wie es sollte. Peter hatte noch die Aufzeichnung eines anderen Vulkanausbruchs besorgt, bei dem mehr Lava floss und die vom Kraterrand herabfallenden Gesteinsbrocken stärker donnerten. An den Blitzen hatten wir ebenfalls gearbeitet, sie waren jetzt so hell, dass sie blendeten, und wir hatten sie mit zischenden Geräuschen unterlegt. Als ob das Timing Teil der Vorführung gewesen wäre, meldete sich Cathleen Nebes Telefon genau in dem Augenblick wieder, als der letzte S-bot der Kette die rettende Erdscholle erreicht hatte.

Auch diesmal war die Verbindung stabil. Cathleen Nebe sprach nicht, sie hörte nur zu, was der andere sagte. Dabei beobachtete sie die Blitze, die nach wie vor von unserem Himmel herabfuhren. Erst als die Geräusche verstummt und die Lichteffekte erloschen waren, bewegte sie sich wieder.

»Richtig gute Vorstellung von Ihnen.«

Danach hatte sie sich höflich von mir und Peter verabschiedet. Ohne die Bildschirmwand mit der Animation meiner Gestalt, aus deren Händen die verschiedenen Typen von Greifarmen herauswuchsen, auch nur eines Blicks zu würdigen. Sie hatte nicht sehen wollen, wie die Hülle meines Körpers von dem großen S-bot abfiel, wie Debbie den

S-bot küsste und wie der sich wiederum von meinem unversehrten Körper ablöste.

Ich zappte alle Kameras auf dem Außengelände des Werks durch, unter dem mittleren der drei großen Bäume vor dem Laborgebäude konnte ich eine Gestalt ausmachen, die flach auf dem Boden zu liegen schien. Die Kamera war ganz oben auf einem Sendemast angebracht, ich zoomte, das konnte nur Cathleen Nebe sein.

Sie machte Liegestütze auf dem Erdboden unter den kahlen Bäumen. Sie hatte eine lange und weite schwarze Hose an, trotz der Kälte war sie barfuß und trug nur ein ärmelloses schwarzes Unterhemd. Ich sah Cathleen Nebe, als ob ich aus einem Fenster des Labors blicken würde. Ihre Beine, ihr Rumpf, ihr Kopf bildeten eine völlig gerade Linie, die Hände hatte sie weit weg vom Körper aufgestützt. Jeder einzelne Muskel zeichnete sich ab, ebenso die Adern, die die Muskeln versorgten, besonders diejenigen über dem Bizeps, aber auch an den Unterarmen und auf den Händen. Da war eine Ader auf ihrer Stirn, die das rechte Auge mit dem Haaransatz zu verbinden schien. Ihre Muskeln waren nicht jung, ihre Haut war nicht jung. Allerdings fand sich unter ihren Haaren kein einziges graues, wären sie gefärbt gewesen, hätte man es am Haaransatz gesehen. Zu sagen, dass Cathleen Nebe gut trainiert war, wäre eine Untertreibung gewesen. Während ich zusah, machte sie weit über hundert Liegestütze, und ich wusste noch nicht einmal, wann sie angefangen hatte. Sie wurde nicht langsamer, sie brach nicht mit dem Körper ein, da war auch nicht nur die Spur eines Zitterns in ihren Armen, ihr Rhythmus veränderte sich nicht im Geringsten. Sie war erhitzt, aber sie schwitzte nicht sichtbar. Als sie schließlich aufhörte, schien nichts ferner zu liegen als der Gedanke, dass sie ermüdet war oder etwa nicht mehr konnte.

Richtig gute Vorstellung …

Gab es noch eine andere Möglichkeit außer dem Alter und dem Verfall? Existierte eine Weggabelung, an der sich der Mensch entschließen konnte, eine andere Richtung einzuschlagen? Cathleen Nebe hatte es verstanden, sich mit der Zeit zu verbünden. Sie hatte der Zeit ihren Körper als Opfer angeboten – wie hatte sie es fertiggebracht, dass die Zeit ihren Körper als Reliquie akzeptiert hatte?

Maren, als ich den Gobelin, der den Nathan Phillips Square zeigte, wieder mit der Decke verhüllt hatte, blicktest du mich an, als wolltest du sagen: Du hast etwas in Gang gebracht. Etwas Unheimliches ist ins Rollen gekommen, etwas wird unaufhaltsam geschehen. Auch wenn du es noch so ängstlich verschweigst. Ich spüre es doch! Es liegt in der Luft wie ein – Verbrechen, mit jedem Tag unverkennbarer. Die Zeichen sind eindeutig.

Letzte Szene zu Hause. Die Stehlampen wirkten wie Menschen, die sich ein Tuch übergeworfen hatten und stillhalten wollten, es aber nicht fertigbrachten. Ich hatte die Terrassentür geöffnet, der Wind zerrte an den weißen Tüchern und bauschte sie auf. Personen schienen auf den Stühlen zu kauern. Du hattest dir in den Kopf gesetzt, den Bungalow neu auszumalen, das einzige nicht abgedeckte Möbel war mein Schreibtisch.

Ich habe es getan, weil ich Angst hatte. Davor, dass deine Blicke zwischen Cathleen Nebe und mir hin und her wandern würden. Freundlich, grüblerisch. Ich war sicher, dass du auf dem Event Cathleen Nebe ansprechen würdest.

Wird die Angst in uns von etwas wie einer Drüse abgesondert oder von außen hereingespült?

Ich habe es getan, nachdem ich Cathleen Nebe bei ihrer Übung beobachtet hatte. Nichts durfte geschehen, womit Cathleen Nebe nicht rechnete, was ihre Pläne oder die Pläne derjenigen, die hinter ihr standen, zu durchkreuzen vermochte.

Was wir machten, müsse immerzu nachklingen, hatte ich gedacht. Die Präsentation sollte dem Klang Hall geben. Aber es war unabweisbar: Jederzeit konnte unsere Glorie lautlos zerspringen.

Jump right to the solution, without ever presenting the problem, and it just won't penetrate.
Explain a problem and offer a solution and people will remember it forever.

Das Manual, das ich nicht verfasste, verstieß gegen alle Prinzipien.

Ich hatte die Säckchen mit den weißen und den gelben Tabletten, mit den türkisfarbenen Kapseln und den roten Kugeln im großen Experimentierraum, vor den Augen aller, abgefüllt. Carl fragte mich, wozu ich die Tabletten brauchte. Ich sagte, vielleicht kämen mir noch andere Ideen für die Greifarme, wenn ich zu Hause mit den Tabletten spielte.

Cathleen Nebe schreckte vor keiner Maßnahme zurück, um die Ordnung wiederherzustellen, die sie geschaffen hatte und für die sie einstand. Wenn das Labor nicht das leistete, was es leisten sollte, wenn das Labor in irgendeinem Sinn unzuverlässig war, dann würde es aufhören zu existieren.

Ich musste verhindern, dass du Cathleen Nebe begegnetest und sie irritiertest, deshalb habe ich deine Medikamente gegen die aus dem Labor vertauscht.

Professor Jangor drang nachdrücklich darauf, dass du deine Medikamente regelmäßig nahmst. Bis heute kenne ich die Wirkstoffe der Tabletten nicht, die Carl besorgt hatte, ich weiß weder, welche Krankheiten sie bekämpfen sollten, noch welche Nebenwirkungen sie hatten.

Ich wollte erreichen, dass du nicht imstande warst, die Feier der hundertmillionsten POWERWOLF W-8 2000 zu besuchen und Cathleen Nebe zu treffen. Ich dachte, ohne deine Medikamente würdest du lediglich einen zeitweiligen Rückfall erleiden.

Ich wollte dich nicht –

Um deine Medikamente einzunehmen, suchtest du immer das Bad auf. Du wolltest nicht, dass dir jemand dabei zusah. Ich war extra nachmittags nach Hause gefahren, ich wusste, du erledigtest etwas in der Stadt. Ich kam gerade aus dem Bad, wo ich die Medikamente vertauscht hatte, als es klingelte.

Mein erster Impuls war, nicht zu reagieren, aber dann ging ich doch an die Tür. Du konntest es nicht sein, du hattest ja den Schlüssel. Es war ein Kurier, der ein Paket mit Material für deine Gobelins brachte.

Ich musste länger an der Tür verweilen, denn das elektronische Gerät des Kuriers, auf dem ich den Empfang der Sendung quittieren sollte, funktionierte nicht. Während ich in der Tür stand, geschah nichts. Aber als ich sie schloss, fuhr ein Windstoß in das Haus, der alle Tücher erfasste und sie hochhob. Sie schwebten im Raum, kein einziges Möbel, kein einziger Gegenstand war mehr abgedeckt.

Gern würde ich sagen, das Totenvolk meiner Gefühle hat mich überwältigt, aber ich war ja nicht innerlich abgestorben. Ich habe mich selbst nicht unter dem untoten Geschwader erblickt.

Letzte Szene. Die Decke zwischen dem Untergeschoss und dem Erdgeschoss des Klinikgebäudes war komplett entfernt. Man durchquerte den Eingangsbereich über Planken, die auf Gerüsten montiert waren, es erinnerte an den Markusplatz in Venedig bei Hochwasser, nur waren die Gerüste viel höher.

Es war der Vortag der Feier. Du warst zu Hause zusammengebrochen, die Haushaltshilfe hatte dich gefunden, ein Krankenwagen hatte dich in die Klinik gebracht.

Ich rannte, dass die Planken bebten, aber ich musste abbremsen und warten, zwei Betten mit Patienten hatten sich verhakt, die Pfleger konnten die Betten nicht aneinander vorbeischieben.

Der alte Mann lag bewegungslos mit geschlossenen Augen, die alte Frau hatte sich aufgerichtet, beide waren an Infusionsflaschen angeschlossen, die über ihren Betten hin und her schwangen. Die Frau zeterte und beschimpfte die Pfleger, dazwischen stieß sie immer wieder Schmerzensschreie aus. Die untergehende Sonne tauchte die Wände der Eingangshalle, die beiden Betten, das Nachthemd der alten Frau und eine Nonne in weißem Habit mit langer weißer Haube, die geduldig wartete, um die Engstelle passieren zu können, in ein tiefes Rot.

Im Untergeschoss waren etwa ein Dutzend gerahmter Plakate im Schmutz der Baustelle auf dem Boden verstreut. Auf den Plakaten keine Bilder, nur Text, große, gut lesbare Buchstaben in hellen Farben vor schwarzem Hintergrund. Die Wörter waren mir fremd, ich hatte sie noch nie gelesen oder gehört. Alle Plakate zeigten denselben Text, ich verglich einige willkürlich ausgewählte Stellen und fand dort immer den gleichen Buchstaben, allerdings jedes Mal in einer anderen Farbe.

Als Student habe ich viel Zeit mit den Enzyklopädien in der Universitätsbibliothek verbracht. Auf den Buchrücken waren die Nummer des Bands und der Bereich des Alphabets angegeben, den der Band in Stichworten behandelte, die Lettern waren geprägt oder bildeten ein Basrelief. Ohne dass ich bewusst versucht hätte, es mir einzuprägen, konnte ich für die Encyclopedia Britannica aus dem Gedächtnis angeben, welcher Band welchen Abschnitt des Alphabets umfasste. Die meisten Dinge veränderten sich unausgesetzt und viel zu schnell, sie gaben mir keine Chance, mich auf ihre neuen Zustände und Erscheinungsformen vorzubereiten. Ich fühlte Beruhigung dabei, mich auf solche Dinge zu konzentrieren, die sich nicht wandelten, ich fand Trost darin, immer wieder das Gleiche zu tun.

Ich hatte erwartet, dich über Leitungen zum Austausch von Signalen und körperlichen Substanzen an ein bewegliches Heer von Apparaten angeschlossen zu finden, unbeweglich. Aber du kauertest im Arztzimmer der Intensivstation auf dem Boden, neben einem uralten Rollstuhl. Er musste vom Anfang des vorigen Jahrhunderts stammen, zwei große glänzende Messinggriffe forderten dazu heraus, das fragile, einstmals schwarzlackierte Eisengestell zu schieben. Ein System von Ledergurten war mit völlig zerschlissenem Leinen überzogen, jemand Schmächtigeres, der sich in den Rollstuhl hineingesetzt hätte, wäre durchgerutscht. Der Insasse konnte das Eisengestell nur bewegen, indem er die großen vorderen Räder an der Lauffläche anfasste. Was sollte das historische Stück in der modernen Klinik?

Um dich herum stand ein halbes Dutzend Patienten, alles Männer, nur der junge Glatzkopf war rasiert, die älteren Männer hatten Mehrtagebärte. Sie streckten die Hände nach dir aus, sie tippelten vor und zurück, sie wollten dir wohl helfen, aber sie wussten nicht, wie.

Du versuchtest, einen Medikamentenschrank zu öffnen. Deine Arme und Beine zitterten, wie ich es noch nie bei einem Menschen gesehen habe. Kein Arzt weit und breit, nur eine Krankenschwester, die einen Nervenzusammenbruch hatte – ihr fiel nichts anderes ein, als zu zählen: »Dreiunddreißig, vierunddreißig, fünfunddreißig, sechsunddreißig, siebenunddreißig …«

Ich stürzte in den großen Raum, in dem die Intensivpatienten überwacht wurden. Er war erfüllt von den Herzfrequenzen der Kranken und den Geräuschen mechanischer Pumpen, es gab keinen menschlichen Laut. Ich wollte rufen: »Ein Arzt! – Ein Arzt!« Aber ich hatte vergessen zu atmen, ich musste Luft holen und brachte keinen Ton heraus.

Als ich schließlich mit zwei sehr jungen Ärzten und

zwei Pflegern in das Arztzimmer zurückhetzte, lagst du mit geschlossenen Augen bewegungslos auf der Seite, in der gleichen Haltung, in der du vor dem Medikamentenschrank auf dem Boden gekniet hattest, als ob du – umgekippt wärst. Die Patienten drückten sich in die Ecken des Raums, die Krankenschwester zählte weiter.

Der eine Arzt horchte dein Herz ab, der andere öffnete deine Augenlider, um deine Pupillen zu kontrollieren. Die beiden Ärzte warfen dich mehr oder weniger auf eine Bahre und schoben dich im Laufschritt durch den Saal, mir und den Pflegern blieb nichts anderes übrig, als hinterherzurennen.

Ein querliegendes Kabelbündel zwang die beiden Ärzte abzubremsen. Sie transportierten dich mit dem Kopf voran, dein Körper rutschte nach vorn, dein Kopf hing von der Bahre herunter, jetzt hattest du die Augen offen, aber das musste noch nicht heißen, dass du bei Bewusstsein warst. Die Ärzte brachten dich in einen kleinen Operationssaal, ich wollte mitgehen, aber die Pfleger drängten mich hinaus und knallten die Tür zu.

Während ich durch die Glasscheibe in der Tür zusah, wie der eine Arzt dir die Schalen des Defibrillators auf den Brustkorb drückte und der andere am Gerät die Ladung einstellte, wurde die hundertmillionste POWERWOLF W-8 2000 fertiggestellt.

Wir würden es fertigbringen, die Realität zu klonen, sie würde annihiliert und durch ihre Doppelgängerin ohne Menschen ersetzt werden. Die Wirklichkeit wird nicht mehr gebraucht, sie kann verschwinden, sie muss verschwinden. Neben ihrer Doppelgängerin gibt es keinen Platz für sie.

Zur Wirklichkeit gehörte auch ich. Hatte ich es darauf angelegt, nicht mehr da zu sein und dennoch zu sehen? Um die Welt in ihrer ursprünglichen – Reinheit zu erleben? Ohne die Illusionen des Geistes und der Sinne? Die eigene Abwesenheit genießen und den Rausch der Körperlosigkeit auskosten – wer verschwunden ist und die Welt trotzdem noch sehen kann, der muss doch unsterblich sein?

Als der Strom in die Defibrillatorschalen floss, hast du dich mit solcher Kraft aufgebäumt, dass der Arzt nach hinten gestoßen wurde und mit den Schalen in der Hand zu Boden fiel. Du zucktest, als ob dir jemand unaufhörlich ein Messer in den Rücken stieß, deine Augen waren weit aufgerissen, du hast dir auf die Unterlippe gebissen, sie zerbissen, das Blut rann in Fäden dein Kinn hinunter.

Während sich der Arzt wieder aufrichtete, begann das Licht zu flackern, schließlich wurde es sogar ganz dunkel. Die Stromversorgung des Stadtteils war zusammengebrochen, es zog sich hin, bis die Notstromaggregate des Krankenhauses anliefen. Das hätte eigentlich unterbrechungsfrei geschehen müssen.

Ich öffnete die Tür und trat zu dir hin. Die Ärzte ließen mich gewähren.

Völlig ruhig lagst du auf der Bahre.

Du fragtest: »Wie bin ich hierhergekommen? – Was ist geschehen?«

Im Licht der Kontrollleuchten des batteriebetriebenen Defibrillators erklärte ich dir, was ich getan hatte und warum ich es getan hatte. Dass ich mir mit keiner Faser meines Wesens die Konsequenz vorgestellt hatte, die sich daraus ergab.

Mühelos richtetest du dich auf.

Ich fragte: »Ist alles in Ordnung?«

Du sagtest: »Natürlich.«

Ich beugte mich über dich und umarmte dich. Dein Kinn ruhte auf meiner Brust.

Du wolltest doch leben. – Du wolltest doch leben?

Als das Licht wieder anging, lagst du bewegungslos und mit geschlossenen Augen in meinen Armen. Der Arzt hatte die beiden Defibrillatorschalen in der Hand, ich legte dich sanft auf die Bahre, erneut drückte er die Schalen auf deinen Brustkorb.

Du schnelltest mit dem ganzen Körper hoch. Als habe dich jemand in die Luft geworfen. Über der Bahre drehtest du dich um hundertachtzig Grad, dein Kopf war jetzt weit weg von mir. Für einen Augenblick schwebtest du: Mit halboffenem Mund blicktest du nach oben. Es war, als ob dich jemand anderes küsste.

MAN MUSS IN DER LAGE SEIN, SEIN GEGENÜBER ZU ERREICHEN

Der einsame Astronaut, wie er mit kerzengeradem Oberkörper in der Kanzel seines Raumschiffes sitzt. Wenn jetzt ein Meteorit das Schiff leckschlagen und die Atemluft übergangslos entweichen würde: Er würde sich nicht rühren. Auf seiner Reise hat er sich geändert. Er war die verkörperte Entschlusskraft, das ist vorbei. Ganz unentschieden ist er geworden. Wird es der Besatzung der Raumstation gleich auffallen? Aber sie haben ja auch nicht bemerkt, dass seine Entschlusskraft künstlich war. Ein unechter Wagehals. Doch, das gibt es. Was wird er, zurück in der Raumstation, hören? Seine Schande – er errötet. Er atmet laut und plustert die Wangen auf, damit er nicht aus Scham rot werden wird. Was murmelt er vor sich hin. Ist es ein Zugangscode? Ein Frauenname? Das Andocken des Schiffes an die Station geschieht doch automatisch.

Er hatte weder Zeter noch Mordio geschrien, auch keine Unrede geführt, gegen niemanden. Es litt ihn nicht mehr auf dem Planeten Erde. Er verbrachte eine Ewigkeit im Weltraum, suchte nach Antworten: War das gesamte sichtbare Universum aus einem extrem kleinen, heißen und dichten Raumabschnitt entstanden, hatte eine ungeheuer schnelle Ausdehnung die beobachtbaren großräumigen Eigenschaften des Universums erzeugt? Oder existierte seit Ewigkeiten ein leerer, kalter Raum, und die Zeit hatte weder Anfang noch Ende? Krümmte sich das Universum immer stärker oder oszillierte diese Krümmung und erzeugte einen Zyklus von Entstehen und Vergehen? War die Zeit des Universums imaginär, eine vierte räumliche Koordinate, die im Koordinatenkreuz senkrecht zur menschlichen Zeit stand, und es hatte gar keinen Sinn zu fragen, was vor dem Anfang geschah? Konnte man zwischen einer ewigen Mikrozeit und einer Makrozeit unterscheiden, die einen Anfang und ein Ende besaß? Produzierte das instabile Nichts zufällige Universen, fast alle leer oder wüst und kurzlebig, doch manche dehnten sich schnell aus und dauerten? Blubberten die Universen aus dem Quantenschaum wie Blasen aus kochendem Wasser? Existierten viele, voneinander isolierte Universen, aus denen fortwährend neue sprossen wie Hefezellen unter dem Mikroskop? Stammte das Universum von etwas ab, und dieses Etwas war es selbst, waren die Lebendigen und die Toten in einer Zeitschleife gefangen, und das Universum erzeugte sich selbst durch einen Rückgriff auf seine eigene Vergangenheit? Waren Raum, Zeit und Materie nicht fundamental, sondern aus einer Art Raum-Zeit-Schaum entstanden? Hatten kosmische Ingenieure das Universum erschaffen, als Ersatzwelt, bevor ihre eigenen Sterne erloschen, oder als Spielzeugland zu ihrer Unterhaltung? Spaltete sich das Universum mit all seinen Bewohnern ständig auf, so dass alle Möglichkeiten wirklich wurden? Wenn die Unterschiede in der Natur nicht beliebig klein waren, mussten dann nicht alle möglichen Konfigurationen existieren? Mussten sich nicht alle möglichen Geschichten ereignen? War das Universum nur eine Episode in einer Kette ewiger Wiederkehr? Wenn die Anzahl der unterschiedlichen Geschichten sogar in einem unendlichen Universum mit allerdings gleichbleibenden Gesetzen endlich war, musste sich dann nicht jede einzelne Geschichte unendlich oft wiederholen? Mussten sich nicht alle möglichen Geschichten unendlich oft ereignen?

Unendlich sanft und präzise bremst das Raumschiff ab. Kein »Sofort, ich hab's gleich, Moment, Moment«. Das hat das Raumschiff nicht nötig, es hat nichts verlernt. Und er?

Die Raumstation begrüßt ihn. Sie sagt, fast ein wenig vorwurfsvoll, er hätte sie öfter besuchen sollen. Er denkt, du Gute! Und: Dein treues Gedächtnis! Aber er weiß auch, dass diese Gedanken unangebracht sind.

Seine Finger umklammern den Griff eines Metallkoffers. Der schließt luftdicht, obwohl das keine Rolle spielt. Er geht leise zu, das ist schon wichtiger. Vor allem kann man ihn abschließen. Der Koffer erkennt den Abdruck seines rechten Zeigefingers. Wenn er sich in diesen geschnitten hat, erkennt der Koffer auch seinen linken Zeigefinger. Ist der ebenfalls verletzt, akzeptiert der Koffer seinen rechten Daumen, auch seinen linken Daumen und so weiter. Es dürfen nur nicht alle Finger verletzt, verbrannt oder abgeschnitten sein. Das Erkennungssystem ist ein Produkt der Firma D'Wolf. In dem Koffer ist seine Seele.

»Sondra will ein Büro bei uns?«

Ich hatte die Worte manierlich herausgebracht, eine komplett sachliche Frage gestellt. Ich war zurück, in gewisser Weise zufällig, wollte in Notharmonie arbeiten, umständehalber. Dass es die Welt gibt, ist nicht begründbar. Jeder, der lebt, ist in einer unhaltbaren Situation. Niemand kann beweisen, dass er lebt.

Peter schaltete das Licht an. Ich hatte ihn in völliger Dunkelheit empfangen. Die Deckenbeleuchtung blendete mich derart, dass mir die Augen schmerzten. In dem Raumschiff, mit dem ich den Trip durch das Universum unternommen hatte, war die Beleuchtung immer gedimmt gewesen. Gegenüber besonders lichtstarken Objekten ließ die Verglasung der Kanzel automatisch weniger Licht hindurch.

Als Kind konnte ich Leuchtstoffröhren nicht ertragen, das Flackern verursachte Schatten in meinem Gesichtsfeld, ich hatte Angst, blind zu werden. Später irritierte es mich nur noch, es hatte eine betäubende Wirkung. Die modernen Leuchtstoffröhren flackern nicht mehr wahrnehmbar. Ich bat Peter, das Licht wieder auszuschalten, aber der Schalter ließ sich nicht betätigen. Das sollte nicht vorkommen, aber die Probleme der Geschäftseinheit Schalter und Steckdosen waren bekannt, der Marktanteil von D'Wolf fiel hier entsprechend gering aus.

Sondra hatte vom Finanzvorstand den Auftrag bekommen, das gesamte Geschäftsfeld speicherprogrammierbare Steuerungen zu evaluieren. Es handelte sich um eine offizielle Parallelaktivität zur Unternehmensplanung. Bedeutete das, Cathleen Nebe hatte an Einfluss verloren? Sondra konnte es sich aussuchen, ob sie bei uns im Werk oder beim Vertrieb angebunden sein wollte. Sie hatte das Werk gewählt. So konnten sie und Peter gemeinsam versuchen herauszufinden, wer das Roboterlabor wirklich finanzierte. Zwischen mir und Peter lag ein roter MP3-

Player, auf dem Sondra erklärte, wie sie bei ihrer Studie vorzugehen gedachte.

Meine einzige Option war, Sondra und Peter zu verunsichern. Das tat ich nach Kräften, indem ich darauf bestand, dass Human Sigma ein wesentlicher Bestandteil der Evaluation sein sollte. Peter war schließlich Black-Belt-Träger, und sie mussten überhaupt jeden Vorschlag akzeptieren, der nach meiner Reise in die Tiefen des Universums von mir kam.

Der Human-Sigma-Messwert für eine Geschäftseinheit lässt sich auf zweierlei Weise ermitteln. Wenn sowohl der Prozentsatz für das Mitarbeiterengagement als auch der Prozentsatz für die Kundenbindung über fünfzig liegt, errechnet sich der Human-Sigma-Messwert nach folgender Formel:

$$HS = \sqrt{\text{Mitarbeiterengagementprozentsatz} \times \text{Kundenbindungsprozentsatz}} \times \left(\frac{\text{Prozentsatz Max}}{\text{Prozentsatz Min}}\right)^{0{,}125}$$

Ist entweder der Prozentsatz für das Mitarbeiterengagement oder der Prozentsatz für die Kundenbindung unter oder gleich fünfzig, ergibt sich für den Human-Sigma-Messwert:

$$HS = \frac{\sqrt{\text{Mitarbeiterengagementprozentsatz} \times \text{Kundenbindungsprozentsatz}}}{2}$$

Man muss hacke oder hirntot sein, um an Human Sigma etwas zu finden.

Maren, auch du hattest einen Ausflug in den Weltraum gemacht. Deine letzten Gobelins zeigten den Mars: rote Steinwüsten vor einem weißen Hintergrund, den Happy Face Crater, der aussieht wie ein Gesicht: ein Auge ist eine Erhebung, das andere ebenfalls ein Krater, der Mund der eines Smileys, Sicheldünen aus den Polregionen, zum Verwechseln ähnlich mit denjenigen am Äquator der Erde. Schwarze Geflechte, die Spuren von Dust devils, Wirbelwinden, auf der Oberfläche des Planeten. Ich hatte einen Artikel über Reisen zum Mars gelesen und dir davon erzählt. Wenn kein Treibstoff für den Rückflug mitgeführt werden muss, machen die Ausgaben für die Marsmission anstatt fünfhundert Milliarden Euro nur hundert Milliarden Euro aus. Allerdings benötigt eine Marsbasis spätestens alle sechsundzwanzig Monate Nachschub, das ist der Abstand zwischen den günstigsten Startfenstern. Die Risiken bei Start und Landung sowie durch die kosmische Strahlung während des Flugs halbieren sich beim Verzicht auf eine Rückkehr. Die Astronauten würden besser daran tun, ihr verbleibendes Leben auf dem Mars zu verbringen, als zum Sterben nach Hause zu kommen, hatte der Autor geschrieben. Sie könnten den Mars gründlich untersuchen und würden phantastisch publizieren.

Als dein Körper in der Luft schwebte – wer oder was dich küsste, hatte deinen Kopf in beide Hände genommen und ihn zurückgebogen –, ließst du ihn fallen, deinen Körper. Er sank wie in tiefem Wasser. Noch während er fiel, liefen deine Lippen blau an, blaues Geäder zog sich über deine Wangen, sogar deine Haare schimmerten bläulich. Von einem Moment auf den anderen verströmte dein Körper eine solche Kälte, dass jeder Gegenstand gefrieren musste, der mit ihm in Berührung kam.

Es gab kein Geräusch, als dein Körper auf dem Boden auftraf. Deine Lippen weiß wie Segeltuch, eine weißlich schimmernde Maske dein Gesicht. Deine Augen waren völlig starr, dennoch sahst du mich an. Dein Blick folgte jedem, der sich rührte, ohne dass sich deine Pupillen bewegten. Wolltest du mir doch noch etwas sagen?

Ich ging nicht zu dir hin. Nicht einmal nach deiner Hand fasste ich. Ich blieb dort, wo ich war. Wenn ich dich berühren würde, dann würde ich genauso erstarren wie du. Ich würde gefrieren, aber ich würde nicht ganz bleiben wie du, ich würde zerbrechen.

Wir bildeten einen Kreis um dich, die beiden Ärzte, die beiden Pfleger und ich. Sie hatten die gleiche Scheu, dich anzurühren, wie ich. Keiner blickte zu mir hin, ob ich einen Wiederbelebungsversuch forderte oder stillschweigend signalisierte, dass ein solcher unterblieb.

Während deines letzten Aufenthalts in der Klinik hattest du viele Spritzen bekommen. Du hattest nie Angst vor Spritzen gehabt, aber plötzlich giertest du förmlich nach Spritzen. Du hast genau dieses Wort benutzt. Du batest zwei Schwestern, dir gleichzeitig Spritzen zu geben. Die lehnten das ab, du bestandest darauf, dass sie einen Arzt fragten. Professor Jangor war nicht im Haus, der diensthabende Arzt gab kopfschüttelnd sein Einverständnis, es könne ja nichts passieren. Überall auf deinen Armen zeichneten sich die Einstichstellen als schwarze Punkte ab.

Nachdem dich die beiden Pfleger wieder auf die Bahre gehoben hatten, hörten dich die beiden Ärzte ab. Sie beugten sich gleichzeitig tief über dich. Ich sah dich gar nicht mehr. Dann wandten sie sich nacheinander um, nahmen das Stethoskop aus den Ohren und steckten es in die Kitteltasche.

Keuchend brabbelte ich: »Grinst nicht so hinter meinem Rücken! – Aber wieso kennt ihr mich so gut –«

Pfarrer Grenzfurtner bat mich, den Sarg noch einmal öffnen zu dürfen, bevor die anderen Trauergäste in der Aussegnungskapelle eintrafen. Mühelos hob er den Deckel aus Massivholz hoch und lehnte ihn geräuschlos an den Sarg. Dann beugte er sich genauso tief über dich wie die Ärzte. Er umfasste deine Schultern und drückte erst seine kahle Stirn und dann seine Adlernase, die die Wölbung seiner Stirn wiederholt, aber im größten Gegensatz zu seiner bulligen Gestalt steht, an deine Wangen.

»Gott ist – egal, ob alles andere ist oder nicht ist, so oder anders ist.«

Alle hatten Schirme, ein Friedhofsangestellter wollte einen über Pfarrer Grenzfurtner halten, aber der weigerte sich. Seine Predigt war von dem aggressiven Trommelgeräusch der auf das Mikrophon auftreffenden Regentropfen unterlegt. Ich musste an eine Kriegsrede zu Soldaten denken. Das Wasser staute sich über seinem Haarkranz und seinen buschigen Augenbrauen und rann über die Schläfen in den Kragen seines Priestergewands hinein.

»Der Mensch ist nicht eigentlich Person, nur Gott ist es.«

Du warst eine uneigentliche Person, Maren, und ich bin ebenfalls eine.

»Gott ist in seiner Tat.«

War Gott auch in meiner Tat?

»Gott liebt, weil das seine Natur, sein Wesen ist. Seine Ziele sind seine Ehre und unser Heil. Gott liebt auch ohne diese Ziele, bevor und nachdem er sie verwirklicht, in Ewigkeit. Sein Lieben ist Selbstzweck. Er bestätigt seine Fülle.«

Nachdem die Helfer den Sarg im strömenden Regen ins Grab hinabgelassen hatten, habe ich Pfarrer Grenzfurtner umarmt. Ich wollte etwas sagen, ihm für seine Rede danken, dazu kam es nicht. Ich umfasste seine Schultern, ich wollte ihn an mich drücken, doch zwischen seinen Schultern war nichts, meine Finger griffen ins Leere.

Vielleicht hatte es damit zu tun, dass wir beide völlig durchnässt waren. Ich tastete mich an seinem Hals entlang, von oben nach unten, aber darunter war wieder nichts. Es schien, als ob er nur aus den Konturen bestand, die ich die ganze Zeit fixiert hatte, während er seine Predigt hielt.

D'Wolf ist eine erfolgreiche, aber keine glamouröse Firma. Mit Elektrotechnik kann man keine Academy Awards gewinnen. Dabei verbreitet die Bilanz von D'Wolf durchaus Glamour: Die Umsatzrendite ist für deutsche Verhältnisse unüblich hoch. D'Wolf hat auch zwei Stars hervorgebracht: Pfarrer Grenzfurtner und Cornelius Purps. Die beiden betätigen sich auf sehr verschiedenen Feldern.

Cornelius Purps ist zwei Meter zehn groß, wiegt einhundertfünfzig Kilo, seine Oberarme haben die Dimensionen von Oberschenkeln, seine Oberschenkel sind dicker als die Hüftpartie eines Magermodels. Cornelius Purps ist Analyst, er überwacht die Performance der Engagements von D'Wolf und beurteilt potentielle Anlagen. Außerdem ist er Superschwergewichtsboxer. Er hat für Deutschland an einer Olympiade teilgenommen, kam allerdings über das Viertelfinale nicht hinaus. Er ist zu groß, zu stark und deshalb nicht beweglich genug. Eine Profikarriere war nie Thema für ihn, aber durch das Boxen verdiente er sich sein Studium. Er wäre ein furchteinflößender Wrestler gewesen, tatsächlich hatte er Angebote, aber er war zu intelligent, sie anzunehmen. Obwohl er gut in die Szene hineingepasst hätte, sein Großvater war ein schwarzer GI.

Seinen riesengroßen Kopf hat Cornelius Purps kahlgeschoren, um den Mund herum trägt er einen schmalen Bart. Die Ohren sind verblüffend klein. Obwohl er schon über das Topalter hinaus ist, hat er noch nie bei einem Firmenturnier gegen einen der siegeshungrigen jungen Kollegen verloren, üblicherweise gewinnt er durch k.o. Im Rahmen von Charity-Veranstaltungen tritt er gegen Profiboxer an, meistens verliert er nach Punkten. Die anderen treffen häufig, aber es hat keine Wirkung bei ihm, landet er jedoch einen Treffer, kommen die anderen in Schwierigkeiten.

D'Wolf beabsichtigte, einen Nischenhersteller für Steuerungen in den USA zu kaufen, um die eigene Produktpalette abzurunden. Peter evaluierte das Produktprogramm der Firma, Cornelius Purps bewertete sie. Peter war immer wild darauf gewesen, gegen Cornelius Purps zu kämpfen, aber der hatte sich spröde gezeigt. Seine Kämpfe müssten sich nach seinen Präsentationen und nicht seine Präsentationen nach seinen Kämpfen richten. Er erhalte so viele Angebote, und so oft könne er nicht kämpfen, nach jedem Kampf dauere es eine Zeit, bis er wieder klar im Kopf sei. Weil sie bei diesem Projekt zusammenarbeiteten, konnte er jetzt freilich nicht mehr nein sagen.

Freitagnachmittag waren jede Menge Zuschauer gekommen, die sich mit mir darüber wunderten, dass die Kämpfer nicht, wie bei den Amateuren eigentlich vorgeschrieben, einen Kopfschutz trugen. Als Ringrichter und Punktrichter fungierten zwei Trainer aus der Boxschule, von der Peter den gebrauchten Boxring für den Fitnessbereich gekauft hatte. Vorher hatte Peter verkündet, es sei nicht sein Ziel, zu gewinnen, sondern die drei Runden durchzustehen.

Er war guter Dinge und nutzte die Gelegenheit, um erst einmal den Personalchef k.o. zu schlagen, die beiden konnten sich überhaupt nicht leiden. Der Personalchef diskutierte mit einem Mitarbeiter neben dem Boxsack, an dem sich Peter einschlagen wollte. Unvorsichtigerweise umfasste der Personalchef den Boxsack mit beiden Händen, Peter begann mit einem Schlag, in den er seine ganze Kraft legte. Der Boxsack traf den Personalchef an der Schläfe, er ging zu Boden. Peter half ihm auf, es tue ihm leid, er habe ihn nicht gesehen.

Als Peter in seinem glänzenden roten Mantel mit Kapuze den Ring betrat, klatschten die Zuschauer und riefen seinen Namen. Er tänzelte, während er den Mantel auszog, und der Beifall schwoll an. Mit stoischer Gelassenheit entledigte sich Cornelius Purps seiner weißen Trainingsjacke. Peter ist groß und durchaus kräftig, aber neben Cornelius

Purps wirkte er schmächtig und verloren, da nützte auch die rote glänzende Boxerhose nichts.

Die beiden kämpften ohne Sekundanten, ein Junge aus der Boxschule nahm die Zeit und betätigte den Gong.

Die Planken des Boxrings waren verblichen und fleckig, um die rostigen Eckpfosten hing die Stoffbespannung in Fetzen herunter. Peter hatte ein altes Schild aus einer amerikanischen Boxschule mitgebracht und neben dem Ring aufgehängt:

Winners are simply willing to do what losers won't

Der Kampf dauerte nur eine Runde. Cornelius Purps marschierte in die Mitte des Rings und blieb dort, Peter umkreiste ihn. Er gab sich äußerst konzentriert, als gehe es um die Weltmeisterschaft. Ich verstehe nichts vom Boxen, aber es hieß immer, Peter boxe technisch sehr gut. Zunächst wehrte Cornelius Purps einfach nur die Schläge ab, seinerseits griff er gar nicht an. Was Peter auch versuchte, wo immer seine Fäuste hinzielten, da war schon eine Faust von Cornelius Purps. Die Zuschauer feuerten Peter an. Dann begann Cornelius Purps zu schlagen. Fast ansatzlos, im Kontrast zu seinem Gegner, der jeweils ausholen musste. Seine Bewegungen waren weit geschmeidiger, als ich mir das nach den Schilderungen vorgestellt hatte. Er traf nicht, weil Peter unvorsichtig gewesen wäre, sondern weil er jede sich ergebende Lücke in dessen Deckung eiskalt ausnutzte. Die Treffer waren nicht spektakulär, aber sie zeigten Wirkung, Peter schüttelte den Kopf und fuhr sich mit den Boxhandschuhen über die Nase.

Als Cornelius Purps das sah, stellte er seine Angriffe ein. Die Zuschauer blieben jetzt genauso stumm wie die Torsi an den Wänden. Es war offensichtlich: Wenn der Superschwergewichtler wollte, konnte er seinen Herausforderer jeden Augenblick niederschlagen. Peter hatte nicht den Hauch einer Chance, die drei Runden zu überstehen. Aber Cornelius Purps ließ Gnade walten. Ich verstand Peter nicht, als guter und intelligenter Boxer musste er doch in der Lage sein, seine Fähigkeiten und die des anderen richtig einzuschätzen. Warum hatte er den Kampf gesucht? Warum hatte er auch noch auf den Kopfschutz verzichtet?

Cornelius Purps beabsichtigte, ihn die drei Runden durchstehen zu lassen, davon bin ich überzeugt. Aber er war irritiert durch die Totenstille. Von der sich Peter wiederum nicht beeindrucken ließ, unverdrossen griff er an, mit seinen Mitteln. In einer Art von geistigem Kurzschluss muss Cornelius Purps die Stille mit der Situation in einem Kampf gegen einen überlegenen Widersacher in Verbindung gebracht haben, in der die Stille bedeutete, dass er selbst vor dem Aus stand. Wenn die Leute Peter weiter angefeuert hätten, dann hätte Cornelius Purps nicht angegriffen. Aber als die Runde zu Ende ging, wurde die Stille für ihn unerträglich. Jedenfalls schlug er kurz vor dem Rundenende ein paarmal, jetzt allerdings stärker. Die Zuschauer verfolgten, wie sich die Züge von Peter ruckhaft verformten, wie seine langen Haare flogen, wie die Schweißtropfen spritzten.

Mit blutender Nase ging Peter in seine Ecke. Cornelius Purps bereute schon, was er getan hatte, er begleitete Peter und legte schützend und zugleich verzeihungheischend den Arm um seine Schultern. Eine Blutspur führte aus der Mitte des Rings zu der Ecke hin.

Der Ringrichter stellte einen uralten abgeschabten schwarzen Hocker in die Ecke, auf den sich Peter fallen ließ. Sein Oberkörper war blutverschmiert, ebenso der weiße Rand seiner Hose. Er spuckte den Gebissschutz auf den Boden, breitete die Arme aus und hielt sich keuchend an den schmutzigen Seilen fest. Aus seiner Nase flossen jetzt Blutbäche. Die Totenstille war einem erregten Gemurmel gewichen. Es gab keinen Arzt, der Ringrichter ging vor Peter in die Knie, aber er wusste nicht, was er tun sollte. An ein Weiterkämpfen war nicht zu denken, jetzt ging es um etwas anderes.

Ich kroch unter den Seilen durch und stieß den Ringrichter zur Seite. Peters Gesicht mit beiden Händen umfassend, fragte ich ihn nach seinem Namen, den wusste er genauso wie den Tag und das Datum und das Jahr. Für den Augenblick war ich beruhigt. Ich wandte mich dem Ringrichter zu, er sagte, Peters Nase sei gebrochen. Es gibt Schlimmeres als eine gebrochene Nase. Da hörte ich ein dumpfes Geräusch. Als ich mich umdrehte, lag Peter auf dem Boden. Er hatte die Augen offen, aber er war bewusstlos.

Peter, du liegst stumm und ausdruckslos. Du könntest dich mit mir unterhalten, wenn du Lust dazu hättest! Lieber schweigst du schlau. Mit Sondra hast du inkognito die Zukunft bereist und einen Kopf voller Pläne mitgebracht. Alle diese Pläne enden gleich: in einem rauschenden Fest, ausgerichtet von demjenigen, dessen Nähe ihr schließlich suchen werdet. Oh, scharfsinnige Blödigkeit, die instantan und fehlerlos kalkuliert, wer worauf hinauswill! Aber saugt der Verrat nicht wie ein dunkler, leerer Raum an dir? Treibt dein heißer Geist nicht schon in eisiger Verlorenheit? Oh, herzloses Verliebtsein! Mich kannst du nicht täuschen, Peter. Dein bleiches Daliegen ist für mich ein strahlendes Nicken. Kalkuliertes Geschäftsgebaren für die besorgten Mienen des Publikums. Du bist bei klarstem Verstand, noch ehe dich jemand anspricht, hörst du dich schon selbst, hörst du, was du nüchtern und grußlos erwidern könntest. Vielleicht denkst du bei dir: welche Erniedrigung. Aber auch: was für ein Genuss. Welch geschickte Täuschung! Das ist nicht dein Gesicht, das sind nicht deine Arme, das ist kein Klinikhemd, das ist kein Klinikbett, das sind alles nur weiße oder graue Farbtupfen, sie passen so gut zueinander – jeder muss denken, du liegst im Koma. Die farblosen Flüssigkeiten, die in dich hineinlaufen, die grauen und schwarzen Sensoren, mit denen du an die Überwachungsgeräte angeschlossen bist, die durchsichtige Atemmaske, die Sauerstoff in dich hineinpumpt. Alles Camouflage! Ständig übst du unter diesem Raster, das keins ist, nur ein Auftrag von farblosen Farbtupfen –

Wenn sich Gott für uns so wenig interessiert, wie Pfarrer Grenzfurtner es predigt, braucht man keinen Teufel mehr.

Peter, während ich an deinem Krankenbett Fachzeitschriften lese, verfolgt mich der Gedanke: Will ich durch böse Taten eindeutig schuldig werden, kein Halbschuldiger mehr sein? Das Böse, das keinen Platz mehr hat, muss sich doch irgendwo sammeln. Nicht bei den Untergebenen, nicht bei den Vorgesetzten, nicht bei den Robotern. Einer muss es doch zum Vorschein bringen! Alle müssen die Rückseite des gewienerten Fortschritts ertragen. Die teuflische Seite, die Finsternis, die Schatten, sie müssen doch irgendwo greifbar werden! Das tun sie in mir. Ich bin der böse Geist meiner Untergebenen, meiner Vorgesetzten. Der Roboter. Ich gebe dem Bösen meinen Körper, es nimmt Platz in meiner Person. Dafür kann der Fortschritt unbehelligt und ohne Schuldgefühle Riesenschritte machen. Die Wahrheit des Bösen, das bin ich.

Keiner weiß, was geschehen ist. Warum meine Frau hier lag, warum du hier liegst, Peter. Meine Taten, sie bewegen sich auf mich zu und dann wieder weg von mir. Mein Inneres hat schon lange niemand mehr gesehen, zum Glück. Er, der alles sieht, erträgt er diese Verkommenheit, wenn er in mich hineinblickt? Ich poliere meine Oberfläche wie verrückt, um nicht Anstoß zu erregen, aber drinnen! Drinnen herrscht Verwahrlosung! Es ist ja nicht wahr, dass ich keine Gefühle habe. Im Lauf der Jahre sind meine Gefühle von Monat zu Monat bösartiger geworden. Es gibt da einen stummen Kampf zwischen den Gefühlen, denjenigen, die schon ganz bösartig, und denjenigen, die noch nicht so bösartig sind. In mir hat es nie etwas Tadelloses gegeben, nur Schandflecke. Mir wird übel, wenn ich in mich blicke. Die wenigen Gefühle, die nicht völlig verderbt sind, stehen zutraulich und furchtsam beieinander und träumen in die Luft hinein –

Eifervoll habe ich ihn, der alles sieht, gefragt, ob ich mich selbst richten soll. Er hat mir keine Antwort gegeben. Er hätte doch sagen können: Genug! Es liegt in deinen Händen, Peter. Wenn du aufwachst – ich zittere vor dem Tag. Wenn du aufwachst, Peter, höre ich doch ein *Genug*. – Ich möchte, dass du stark bist, Peter. – Dass du aufwachst.

Vor einiger Zeit hatte ich den Vortrag einer Dozentin der Harvard Business School gehört, die seit Jahren einen Kurs ›The Moral Leader‹ gibt. Die Teilnehmer lesen Romane und diskutieren darüber. Sie müssen nicht vorsichtig sein, die behandelten Bücher haben nie etwas mit Wirtschaft zu tun, keiner muss sich zurückhalten, um nicht etwa einen Standpunkt zu vertreten, den die Firma nicht so gern hätte. Ziel des Kurses ist nicht, den Teilnehmern etwas beizubringen. Sie sollen ethische Probleme gemeinsam erörtern und die Literatur als Ressource für die verschiedenen Blickwinkel gebrauchen, aus denen man ethische Fragen betrachten kann.

Nach meinem ersten Besuch bei Peter im Krankenhaus fuhr ich zu einer Buchhandlung und ließ mir von der Buchhändlerin ein Dutzend deutsche Romane vom Anfang des letzten Jahrhunderts geben.

Ich wollte es machen wie du, Maren: nur Klassiker lesen.

Peter hatte einen Riss an der Schädelbasis und ein Blutgerinnsel im Gehirn. Schädelbasisbrüche, erläuterte man mir, gibt es bei Amateurboxern nie und bei Profiboxern äußerst selten. Seine Kopfschmerzen waren ein Warnzeichen gewesen. Wie sich herausstellte, lag bei Peter eine Anomalie in der Formation der Schädelknochen vor. Er hätte überhaupt niemals boxen dürfen, nun hatte er auch noch auf den Kopfschutz verzichtet. Schon lange hatte er nicht mehr gegen stärkere Gegner geboxt, die schwächeren Gegner hatte er sich mit seiner guten Technik vom Leibe gehalten. Cornelius Purps stand unter Schock, er verkündete, er wolle nie wieder in den Ring steigen. Es war wirklich nicht seine Schuld. Er boxte dann doch wieder, für den nächsten Kampf suchte er sich einen sehr starken und sehr beweglichen Gegner aus, der ihn regelrecht verprügelte.

Peter wurde sofort operiert und anschließend in ein künstliches Koma versetzt. Die Ärzte erklärten, sie seien nicht sicher, ob er aufwachen werde, wenn sie versuchen würden, ihn aufzuwecken. Sie wollten mir keine Hoffnung machen.

Die S-bots transportierten eine gerade Stange, indem sie sie mit den flexiblen Greifarmen umfassten und gleichzeitig hochhoben. Bei gebogenen Stangen versagten die S-bots. Sie waren nicht in der Lage, das Gewicht zu kontrollieren, die einen fielen um, die anderen hingen in der Luft. Am Nachmittag des Tages vor dem Kampf hatte ich Peter angewiesen, ein Konzept für die Lösung des Problems der gebogenen Stangen zu skizzieren. Keinen übergeordneten Algorithmus, sondern eine Bewegungskorrektur, wenn der S-bot wahrnahm, dass der S-bot neben ihm umgefallen war oder in der Luft hing. Ich gab an, die Skizze am nächsten Tag, noch vor Beginn der Bürozeit in Amerika, zu benötigen. Peter blieb nichts anderes übrig, als bis nach Mitternacht zu arbeiten, um etwas Vorzeigbares aufs Papier zu bringen. Peter sollte müde sein. Ich wollte nicht, dass er den Kampf gewann, das hätte ihn aufgebaut und in dem bestärkt, was er und Sondra im Schilde führten. Er hätte den Kampf in jedem Fall verloren. Aber wenn er ausgeruhter gewesen wäre, hätte er vielleicht den entscheidenden Treffer gegen Ende der ersten Runde nicht kassiert, oder er hätte noch den Ansatz einer Ausweichbewegung gemacht, und der Schlag hätte nicht diese desaströsen Folgen gehabt. Ich bin sicher, nach der Pause hätte Cornelius Purps nur noch mit äußerst verminderter Kraft zugeschlagen.

Peter, heute siehst du besser aus! Belebt, erquickt, als ob du im Gebirge oder in einer Heide ruppig gewandert wärst. Es muss die frische Luft sein! Dein Fenster steht schon den ganzen Tag offen. Abends wird es kalt, ich hoffe, sie vergessen nicht, es zu schließen. Du brauchst dich nicht zu sorgen, wenn das Fenster abends immer noch offen steht, rufe ich an. Wenn sie fragen, woher ich das weiß, dann sage ich, ich weiß es eben.

Du willst wissen, was wir im Labor treiben? Wir experimentieren mit stark geneigten Flächen und hohen Stufen. Bewegt sich ein S-bot bergauf, erzeugt das Eigengewicht Kräfte, die ihn bergab ziehen. Die S-bots haben keine Schwierigkeiten, eine Neigung von fünfundzwanzig Grad zu überwinden, das gilt für lineare wie für kompakte Formationen von S-bots und sowohl in der Simulation als auch in der wirklichen Welt. Mit einer Steigung von fünfzig Prozent werden die S-bots nicht mehr fertig, weder die simulierten noch die wirklichen. Jedes Mal, wenn sich ein S-bot der Steigung nähert, ändert er seine Richtung – am Übergang vom Flachen in die Steigung dreht er sich um sich selbst. Was die Stufen betrifft, gehen die ersten Erkenntnisse dahin, dass kompakte Formationen Stufen leichter überwinden können als lineare.

Du würdest staunen, wenn du mein Büro sehen könntest! Auf meinem Schreibtisch liegen Zettel, Fotos, Quittungen, Zeitungsausschnitte. Lauter Sachen, die nichts mit unserer Arbeit zu tun haben. Das hättest du nicht gedacht, was? Auf meinem stets aufgeräumten Schreibtisch!

Der Arzt, der dich operiert hat, sagte, die Wahrscheinlichkeit sei groß, dass du Teile deines Gedächtnisses eingebüßt hast. Die Ergebnisse der Hirnstrommessungen in Verbindung mit der Auswertung der bildgebenden Verfahren legten das nahe. Natürlich habe ich sofort gefragt, welche Erinnerungen und welche Fähigkeiten möglicherweise verlorengegangen sind. Der Arzt hatte wohl bestimmte Vermutungen, aber er wollte nichts sagen.

Ich weiß, Erinnerungen werden nicht ein Mal gespeichert und dann jedes Mal unverändert abgerufen. Ich weiß, jedes Erinnern ist ein Neuerfinden. Auf den Fotos auf meinem Schreibtisch ist – nein, das erzähle ich dir nicht, Peter. Die Quittungen sind allesamt aus der Apotheke. Nein, Peter, warum die dort liegen, erkläre ich dir auch nicht. Die Zeitungsausschnitte betreffen D'Wolf. Es ist ein seltsames Gefühl, wenn man verfolgt, wie jemand die Firma von außen betrachtet, die man von innen sieht. – Mit den Zetteln versuche ich, Fixpunkte für die Erinnerung zu definieren. Die Ausgangsbedingungen sollen gewährleisten, dass ich beständig auf dieselbe Weise neu erfinde.

Peter, dich lockt die Aussicht auf das viele Leben! Als ich zum ersten Mal dein Bild auf dem Schirm hatte, war ich perplex über deine fast weltmännische Haltung. Um dich herum ein mildes Problemgestöber, ein feiner Wirbel von Fragen, aber keine Spur von Rat- oder Hilflosigkeit. Die ins Unsichtige ausspähende Betrübnis ist Sache des Betrachters. Du wirst wieder ins Dasein springen! Dein Herz wird anschwellen wie wahnsinnig geworden, überall wird es hinreichen, wenn du aufwachst!

Dein Bild ist immer auf meinem Schirm, im Büro und zu Hause. Nie blende ich dich aus – wenn ich am Bildschirm arbeite, bleibst du immer in einem Fenster präsent. Ich schalte dein Bild nur dann weg, wenn ich in meinem Büro nicht allein bin, das geschieht selten.

Peter, niemals habe ich mit jemandem so viel geredet wie mit dir, seit du im Koma liegst.

Sondra war nicht zu uns ins Werk gekommen, sondern in Philadelphia geblieben. An dem Tag, an dem sie Peter das einzige Mal besuchte, sah ich Cathleen Nebe zum letzten Mal. Zunächst bemerkte ich Sondra gar nicht, weil sich meine Gedanken noch bei der Frau mit der Beinprothese befanden, die im Gang auf und ab gelaufen war. Eine junge hübsche Frau mit braunen Haaren in einer schwarzen Bikerjacke mit jeder Menge Aufnähern, in einem Minirock. Das rechte Bein war weit über dem Knie amputiert, das linke steckte in einem Lederstiefel. Augenscheinlich machte sie die ersten Gehversuche mit der unverkleideten Kunststoffprothese. Sie versuchte schnell zu gehen, ein sie begleitender Pfleger hielt schüchtern Abstand. Sie war stark geschminkt, hatte knallrote Lippen, schwarzumrandete Augen und lange künstliche Wimpern. Vor Peters Krankenzimmer kam sie ins Taumeln, mehrmals drehte sie sich auf der Stelle, sie warf den Oberkörper vor und zurück und breitete die Arme aus, nahm sie erst hoch, dann herunter. Dabei gab sie überhaupt keinen Laut von sich. Sie blickte mich wütend an und wäre umgefallen, wenn nicht ein herbeigeeilter Arzt dem Pfleger etwas zugerufen hätte, der jetzt seine Zurückhaltung überwand und die Frau um die Taille fasste. Sie legte einen Arm um seine Schultern. Dabei rutschte ihre Lederjacke hoch und ermöglichte den Blick auf ein rotes Top, das ihren Bauch freiließ.

Sondra telefonierte am weitgeöffneten Fenster, mit beiden Ellenbogen auf das Fensterbrett gestützt, den Oberkörper hinausgelehnt.

»Er hat gesagt, Ihr Vorgänger habe ihn unfair behandelt?«

–

»Hat er mit seinem Gehalt angefangen?«

–

»Kündigen Sie ihm.«

–

»Sie haben nichts Konkretes in der Hand?«

–

»Er ist Ihnen unangenehm. – Wenn ein Problem auf den Tisch kommt, reagieren Sie sofort.«

Sie ging mit dem Geschäftsführer oder dem Personalchef einer Firma, die D'Wolf gerade gekauft hatte, eine Liste mit Führungskräften durch. D'Wolf behandelt die Mitarbeiter sehr pfleglich. Entspricht jemand nicht den Erwartungen und ist der Bereich, in dem er arbeitet, kein echtes Problem, bekommt er eine zweite Chance. Ein Mitarbeiter in einem Bereich, der gut funktioniert, wird prinzipiell nicht freigesetzt. Aber mit Akquisitionen ist D'Wolf nicht so zimperlich.

»Sie haben nicht die Zeit, sich Gedanken zu machen, ob es sich um mangelndes Vertrauen handelt oder nicht. Wenn er nichts gesagt hat, müssen Sie davon ausgehen, dass er die Dinge entweder nicht kennt oder dass er sie vor Ihnen verheimlichen will.«

–

»Die Hälfte der Zeit mit Kunden beim Golfspielen? Da muss ich doch nichts mehr sagen!«

Als sie mich erblickte, richtete Sondra sich eilig auf. Ihr von zwei schmalen Trägern gehaltenes türkisfarbenes Top war nach unten gerutscht, man sah den trägerlosen BH, hastig zog sie das Top zurecht. Sie trug den Pencil protector, darin der rote, der gelbe und der blaue Kugelschreiber, an einem Band um den Hals, wie ein Schmuckstück. Mit einem Kopfnicken gab sie mir die Hand, während sie ins Telefon sprach: »Warten Sie ab, wie er sich bei der Budgetplanung verhält.«

Während ich mich zu Peters Krankenbett hinwandte, ging die Tür auf, und der Krankenhausalltag flutete in das Zimmer hinein. Der Chefarzt machte in Begleitung seiner Assistenzärzte und einiger Studenten Visite. Zwar waren die Narben auf Peters Schädel verheilt, aber weil man regelmäßig seine Gehirnströme untersuchte, wurde sein Kopf weiter rasiert. Ich bestand darauf, dass ihm die Schwestern die Perücke aufsetzten, die ich für ihn gekauft hatte. Die schwarzen Haare der Perücke waren fülliger als seine eigenen, das weiße Kopfkissen verstärkte den Effekt.

Ich kam nicht zu Peters Krankenbett. Kaum hatte der Chefarzt mit seinem Tross das Zimmer verlassen, summte mein Telefon. Cathleen Nebe hatte einen Zwischenstopp auf Berlin Brandenburg Willy Brandt und wollte mich sehen.

Ich musste mich beeilen, aber ich kam nicht aus dem Krankenhaus heraus. Nach wie vor wurde der Eingangsbereich umgebaut, davor stauten sich die Menschen auf dem Gang. Weil ich mich in dem Krankenhaus immer nur verlaufen hatte, wagte ich es nicht, umzukehren und es durch einen Seitenausgang zu verlassen. Als ich schließlich das Portal erreichte, sah ich den Grund für den Stau: Vor dem Eingang hatte sich ein Stromkabel von einem der Baustromverteiler gelöst, funkensprühend fuhr es über den Boden, der gerade betoniert wurde. Eine Fläche war schon fertig, in einer anderen lagen die Stahlmatten noch offen. Jedes Mal, wenn das Kabel Kontakt zu einer der Matten bekam, fuhr ein Blitz durch die Luft. Weit und breit war kein Arbeiter oder Techniker zu sehen. Der Eingangsbereich lag nicht im Radius des wild zuckenden Stromkabels, dennoch mieden ihn die Besucher und drückten sich an der Vorderfront des Krankenhauses entlang. Die Stromversorgung der Baustelle war völlig unfachmännisch eingerichtet, ein Fehlerstrom-Schutzschalter hätte verhindern müssen, dass das Kabel noch unter Strom stand. Eine Firma, die auf dem Werksgelände so arbeiten würde, hätte ich sofort hinausgeworfen.

»Let go of me!«

In dem Finger, der vom Gate ins Flugzeug führte, wurde plötzlich tumultartiger Lärm hörbar.

»Back off!«

Zwei Sicherheitskräfte führten einen US-Amerikaner – der Akzent war eindeutig – gegen seinen Willen vom Flugzeug zurück in das Gate. Sie schoben und zerrten ihn – einen Kopf größer als sie, machte er rudernde Bewegungen mit seinen Armen und blieb immer wieder stehen. Wenn er wirklich gewollt hätte, er hätte die beiden leicht abschütteln können. Ein dritter trug die schwarze Aktentasche des Mannes hinterher.

»I need to go to Paris!«

Jetzt erst erblickte ich Cathleen Nebe, die ebenfalls von zwei Sicherheitskräften eskortiert wurde. Sie blieb stehen, ein Sicherheitsmann legte ihr die Hand auf die Schulter, wütend schüttelte sie den Kopf, so dass ihre Haare dem Mann beinahe durch das Gesicht fuhren, doch sie ging weiter, der Mann zog seine Hand zurück.

Cathleen Nebe hatte mich am Flughafen in einem Café treffen wollen, aber ich war im Stau steckengeblieben. Sie beorderte mich zum Gate. Der Flughafen wird weiter ausgebaut, D'Wolf liefert die komplette Elektroausrüstung, ich habe einen Ausweis, der mich berechtigt, auch ohne Ticket jederzeit einen Teil des Flughafens zu betreten. Als ich schließlich am Gate anlangte, war das Boarding schon abgeschlossen.

Die Sicherheitsleute bugsierten den Amerikaner und Cathleen Nebe zur Wartezone hin, da kam der Kapitän des Flugzeugs angelaufen. Der Amerikaner wollte sich bei ihm beschweren und hob protestierend die Hände, das nutzten die beiden Männer, um ihn so gegen einen Sitz zu stoßen, dass ihm nichts anderes übrigblieb, als sich hinzusetzen. Der seine Aktentasche getragen hatte, warf sie auf den Sitz daneben und stützte sich auf seine Schulter, damit er nicht wieder aufstehen konnte, dabei riss das Jackett des Amerikaners an einer Ärmelnaht. Cathleen Nebe sollte sich ebenfalls setzen. Einer der Männer wollte sie anfassen, zornrot im Gesicht holte sie mit der rechten Hand aus, machte dann aber nur mit der offenen Handfläche eine abwehrende Geste und nahm freiwillig Platz.

Der Kapitän baute sich vor dem Passagier auf, reckte drohend den Zeigefinger und brüllte:

»No one gets back on board! That's my call!«

Als er sich umdrehte, erhob sich Cathleen Nebe. Einer der Sicherheitsleute trat an sie heran, aber derjenige, der die Aktentasche getragen hatte, schüttelte den Kopf, offensichtlich war er der Ranghöchste.

Cathleen Nebe ging dem Flugkapitän nach und bat ihn zu warten. Sie – dabei zeigte sie auf den sitzenden, tief durchatmenden Amerikaner – hätten einen dringenden Termin in Paris. Der Flugkapitän sagte schneidend: »You misunderstand my position.« Cathleen Nebe entschuldigte sich für sich selbst und ihren Geschäftsfreund, sie hätten nicht gestritten, nur sehr laut diskutiert, es passiere nicht wieder. Der Kapitän gab zurück, er habe die Flughafenpolizei verständigen lassen, sie werde sich des Vorfalls annehmen. Dabei hielt er den Zeigefinger so nahe vor Cathleen Nebes Gesicht, dass er fast ihre Nase berührte.

Sie wurde dadurch abgelenkt, dass eine Flugbegleiterin dem abgelehnten Passagier eine riesige schwarze Brille brachte, die dieser sofort aufsetzte. Er hatte lange Haare, einen Bart auf der Oberlippe, dazu einen Kinnbart und sehr lange Koteletten. Cathleen Nebe fand keine Gelegenheit, ihr Anliegen noch einmal vorzubringen, denn der

Kapitän stampfte durch den Gang zurück zu seinem Flugzeug.

Ich hatte mich vom Eingang des Gates nicht wegbewegt, erst jetzt bemerkte mich Cathleen Nebe und winkte mich zu sich. Während ich auf sie zukam, griff sie jedoch zu ihrem Telefon, und ich hielt inne.

Der nun ruhige Amerikaner fragte höflich, ob er zum Schalter gehen dürfe, er müsse sich nach dem nächsten Flug erkundigen. Der oberste Sicherheitsmann erlaubte es, seine Leute begleiteten den Zurückgewiesenen.

Cathleen Nebe beendete ihr Telefongespräch, trotzdem bekam ich keine Gelegenheit, mit ihr zu reden. Ihr Geschäftsfreund konnte am Gate keinen Flug buchen, die beiden mussten auf die Polizei warten und begannen sofort wieder zu streiten. Ich setzte mich in einiger Entfernung von ihnen, aber immer noch in Hörweite, hin. Der Amerikaner war Manager eines Private equity fund, entweder hatte er D'Wolf schon Anteile an seiner Firma verkauft oder eine Transaktion stand bevor. Cathleen Nebe beschuldigte ihn, falsche Ergebnisse auszuweisen. Sie warf ihm vor, die Internal rate of return falsch zu berechnen, er setze voraus, dass die während des Jahres freiwerdenden Gelder immer zu dem Zinssatz wieder angelegt werden könnten, der mit der gerade liquidierten Investition erwirtschaftet wurde. Nur in Ausnahmefällen sei es möglich, Beträge zu derart rentablen Konditionen zu reinvestieren. Sie habe eine Modified internal rate of return ermitteln lassen, die von einer Wiederanlage der Ausschüttungen zu einem realistischen Zinssatz ausging. Das Ergebnis sei eine Rendite von einundvierzig Prozent anstelle von zweihundertvierundvierzig Prozent. Der erregbare Manager wehrte sich, seine Firma berechne die Rendite genauso wie die anderen Wettbewerber. Er verwies auf ein Ranking, in dem seine Firma die Nummer eins sei. Cathleen Nebe hatte auch die Angaben seiner Konkurrenten überprüft. Ein Ranking nach der Modified internal rate of return führe zu einem anderen Ergebnis, er sei auf keinen Fall die Nummer eins.

Ich verstand nicht, was Cathleen Nebe in ihrer Funktion bei der Unternehmensplanung mit dem Erwerb von Finanzanlagen zu tun hatte. Sie blieb sachlich, während der Amerikaner im Lauf der Diskussion erneut laut wurde. Vorher konnte Cathleen Nebe nicht so ruhig geblieben sein, sonst hätte der Kapitän sie nicht ebenfalls des Flugzeugs verwiesen. Es war doch etwas geschehen, womit sie nicht gerechnet hatte. Was ihre Pläne zu durchkreuzen drohte oder bereits durchkreuzt hatte? Das musste nicht unbedingt etwas mit dem Private equity fund zu tun haben.

Zwei Polizisten beendeten den wiederaufgeflammten Streit. Sie befragten Cathleen Nebe und den Fonds-Manager und erläuterten, alles Weitere hänge davon ab, ob die Fluggesellschaft formell Anzeige erstatte. Nachdem sich die Polizisten höflich verabschiedet hatten, gingen Cathleen Nebe und der Fonds-Manager grußlos auseinander. Als ob sie nie etwas anderes vorgehabt hätte, als mich zu treffen, kam Cathleen Nebe zu mir herüber. Quer über ihren Hals zog sich wie eine mit dem Lineal gezogene Linie ein noch nicht verheiltes Schürf- oder Würgemal, von dem ich meinen Blick nicht abwenden konnte.

Sie strich mit der Hand darüber und erklärte mir ungefragt, sie sei im Bad ausgerutscht. Über ihrer Badewanne sei ein Seil gespannt, an dem sie die nasse Wäsche aufhänge. Das Seil habe einen Federzug, wenn man es aus der Befestigung ausklinke, schnurre es zurück. Beim Betreten des Bads habe sie eine große Flasche mit einem Reinigungsmittel umgestoßen, die ihre Haushaltshilfe aus Versehen stehen gelassen hatte. Die Flasche sei ausgelaufen, sie habe den Inhalt nicht aufgewischt. Als sie Wäschestücke abgenommen habe, sei sie ausgerutscht und mit dem Hals auf das Nylonseil gefallen, sie habe sich gedreht, und das Seil habe sich um ihren Hals gewickelt und sie stranguliert. Zunächst habe sie versucht, sich mit den Händen zu befreien, aber da habe sich das Seil nur noch fester um ihren Hals gezogen. Sie neigte den Kopf zur Seite, um mir zu zeigen, dass die Wunde tatsächlich um den ganzen Hals herumlief. Sie wäre erstickt, hätte sie nicht am Tag zuvor eine Schere auf dem Badewannenrand liegen lassen, mit der sie das Nylonseil habe durchschneiden können.

Sie hatte mir nie etwas über ihr Privatleben erzählt. Ich hatte mir ihre Lebensumstände deutlich luxuriöser vorgestellt. War sie noch mehr Befehlsempfänger als ich?

Ich wollte immer weniger wissen, wer wirklich die Befehle gab.

Ein Reinigungstrupp hatte begonnen, das Gate zu säubern. Dazu gehörte auch ein Mann mit einer Kehrmaschine, wir verwendeten den gleichen Typ in den Montagebereichen der Fertigung. Wir traten zurück, um die Kehrmaschine zwischen uns hindurchzulassen. In dem Moment, in dem sie Cathleen Nebe vollständig verdeckte, rief jemand etwas vom Eingang in das Gate hinein. Ich blickte dorthin, konnte aber niemanden sehen. Als ich mich wieder Cathleen Nebe zuwenden wollte, war die Kehrmaschine weitergefahren und Cathleen Nebe wie vom Erdboden verschluckt.

Was wird jemand sehen, der in hundert Milliarden Jahren in den Himmel blickt? Das Universum, das jetzt etwa vierzehn Milliarden Jahre alt ist, dehnt sich beschleunigt aus. Die Ursache dafür ist die dunkle Energie, der leere Raum enthält etwa dreimal mehr Energie als alle sichtbare und dunkle Materie zusammen. Die beobachtbare Materie macht nur etwa ein Zwanzigstel der gesamten Energie und Materie des Universums aus. Die Beschleunigung der Ausdehnung führt zur Entstehung eines Ereignishorizonts: Von außerhalb dieser riesigen imaginären Fläche, die eine große Raumregion mit der Erde im Zentrum umschließt, erreichen uns weder Materie noch Strahlung. Das Universum wird zu einer Art umgestülptem schwarzem Loch, Materie und Strahlung sind nicht diesseits des Ereignishorizonts, sondern jenseits davon gefangen. Im Zuge der Ausdehnung des Universums wandert alle Materie durch den Ereignishorizont nach außen. Die lokale Gruppe, zu der unsere Milchstraße, die Andromeda-Galaxis und die sie umlaufenden Zwerggalaxien gehören, wird kollabieren und einen einzigen Supersternhaufen bilden, alle anderen Galaxien werden, eine nach der anderen, hinter dem Ereignishorizont verschwinden.

Welche Belege werden die Menschen, so es sie in hundert Milliarden Jahren noch gibt, für die Geschichte des

Universums haben? Wenn der Kosmos expandiert, werden die Wellen der Hintergrundstrahlung gestreckt, und die Strahlung wird energieärmer. Die Wellenlängen der Hintergrundstrahlen werden vom Mikrowellen- in den Meterbereich gewandert, die Strahlungsintensität wird auf ein Billionstel des heutigen Wertes gesunken sein. Der Raum zwischen den übrig gebliebenen Sternen der Galaxis ist von einem ionisierten Gas aus Elektronen erfüllt, niederfrequente Radiowellen können ein solches Gas nicht durchdringen, sie werden absorbiert oder reflektiert, innerhalb der Milchstraße wird Radioastronomie unmöglich sein. Die sichtbare Materie des Kosmos besteht zum allergrößten Teil aus Wasserstoff und Helium, beide Elemente entstanden in den ersten drei Minuten nach dem Urknall. In der fernen Zukunft wird das meiste Helium aus Fusionsprozessen in Sternen stammen, Rückschlüsse auf seine Häufigkeit unmittelbar nach dem Urknall werden nicht mehr gezogen werden können. Es wird keinen Beleg für den Urknall mehr geben.

Das zeitliche Fenster, in dem sich ein Beobachter die wahre Natur des expandierenden Universums erschließen kann, ist klein. Das Universum besitzt keine innere Bildergalerie. In blinder, sprudelnder Eifersucht sucht es für jedes Bild, das sich jemand von ihm macht, eine wirksame Methode der Auflösung. Leben wir in einer besonderen Ära? Die Menschen der Zukunft müssen sich für das interessieren, was wir herausgefunden haben.

In einem aufgelassenen Kalkbergwerk nördlich von Pittsburgh in Pennsylvania werden Dokumente so aufbewahrt, dass sie vor Diebstahl, Feuer, Naturkatastrophen und Krieg geschützt sind. Iron Mountain ist eine Parallelwelt. Zahlreiche Firmen, darunter auch D'Wolf, betreiben dort Notfallrechner, die automatisch zugeschaltet werden, wenn die zentralen Rechner ausfallen sollten. Die US-Regierung hat ein komplettes datentechnisches Abbild ihrer wichtigsten Regierungsaktivitäten erstellt, das ständig aktualisiert wird. Das seismische Niveau der Gegend ist null, die Stollen werden von einer etwa hundert Meter dicken Kalksteinschicht geschützt, man könnte eine Atombombe über dem Berg abwerfen, ohne dass man innen etwas spüren würde. Innerhalb von zwei Minuten ist die Feuerwehr an jedem Ort des klimatisierten Labyrinths, eine eigene Anlage zur Wasseraufbereitung und entsprechende Vorräte ermöglichen die Selbstversorgung über Monate. Während der Angriffe von 9/11 wurde Iron Mountain für Stunden komplett von der Außenwelt abgeschirmt. Der Gründer von Iron Mountain züchtete in dem verlassenen Bergwerk Pilze, ehe er sich vor dem Hintergrund des Kalten Kriegs der atombombensicheren Verwahrung von Gegenständen widmete. Mittlerweile ist Iron Mountain ein börsennotiertes Unternehmen mit zwanzigtausend Mitarbeitern.

Wir können nicht ewig leben. Weil Materie und Strahlung zum Ereignishorizont hinstreben, ihn passieren und dann jenseits gefangen sind, sinkt der Informationsgehalt in dem uns zugänglichen Teil des Universums immer weiter. Deshalb kann Informationsverarbeitung und damit auch Leben im Universum nicht ewig stattfinden.

Die Prozesse, die Cathleen Nebe installiert hatte, liefen unverändert weiter. Die Verrichtungen in dem Finanzkreis, in den ich durch sie Eintritt gefunden hatte, erzeugten ungebär auftauchende, aber staatsklug wieder verschwindende Gestalten vor einem unbewegten Horizont. Eine glänzende Unterhaltung für jemanden, der die Muster deuten konnte, nicht für mich, obwohl ich doch das Enter und Exeunt in der Kulisse von steinerner Starre mitgestaltete. Die einzige Regularität, die ich identifizieren, das einzige Gesetz, das ich ausmachen konnte, war die gleichbleibende Finanzierung des Roboterlabors.

Natürlich habe ich unter einem Vorwand bei Cathleen Nebe angerufen – es war nicht ihre etatmäßige Sekretärin, die zurückrief. Frau Nebe habe einen Leave genommen, sie sei nicht erreichbar. Aus dem Intranet war nicht ersichtlich, ob sie noch bei der Unternehmensplanung arbeitete, ob sie überhaupt noch bei D'Wolf war.

Ständig war ich in der Erwartung eines Nachbebens befangen, das durch das Verschwinden Cathleen Nebes ausgelöst werden würde. Wenn sie keine Macht und keinen Einfluss mehr besaß, dann musste das doch Effekte nicht nur bei den aufflackernden und verlöschenden Gebilden, sondern auch am Horizont hervorrufen. Aber nicht einmal ein gerauschter Flügelschlag. Der Summenkreis wie eine Ewigkeit, zumindest wie eine Vorewigkeit.

Ein halbes Jahr nach dem Kampf wachte Peter auf.

Genau zu dem Zeitpunkt, als ich gerade mit dem letzten der zwölf Romane fertig war, die mir seinerzeit die Buchhändlerin empfohlen hatte.

Als ich in Peters Fenster auf meinem Bildschirm blickte, hatte er sich schon von allen Elektroden, von den Infusionsschläuchen und der Magensonde befreit. Er sah mir auf dem Bildschirm direkt in die Augen.

Seit mehreren Wochen hatte ich ihn nicht mehr besucht. Jetzt verlief ich mich wieder und geriet in die Kinderabteilung.

Auf dem Gang hockte ein nacktes Kind in einem Gitterbett, inmitten von farbigen Würfeln, Quadern, Pyramiden, Zylindern, die Bettdecke war am Fußende zusammengeschoben. Das Kind hatte eine weiße Haut, wie ich sie noch nie gesehen hatte, es gab keinen Unterschied zwischen dem Körper und dem Gesicht. Die Ohren, die bei allen Menschen rötlich sind, waren genauso weiß.

Maren, das Kind schien über dem Bettlaken mit den Holzklötzen zu schweben!

Peter saß auf dem Bett, er war allein, keiner kümmerte sich um ihn, niemand hatte davon Notiz genommen, dass sein EKG eine flache Linie anzeigte. Als er mich sah, begann er zu weinen. Er zuckte heftig, aber kein Ton entwich ihm. Ich traute mich nicht, etwas zu sagen. Ich wusste nicht, ob er mich erkannt hatte. Die Ärzte gingen ja davon aus, dass er Erinnerungen eingebüßt hatte.

Peter fragte mich, wo er sei. Ich erklärte es ihm und fragte ihn, woran er sich als Letztes erinnere.

»Ich konnte nicht schlafen –

Gestern –

Ich habe gezappt, aber auf allen Fernsehkanälen war nur Schneegestöber –

Rauschen –

Ich schaltete den Fernseher aus und las Zeitung –

Als ich schließlich ins Bett gehen wollte und wieder am Fernseher vorbeikam –

Sah ich ein schwarzweißes –

Grobkörniges Bild –

Ich hatte den Fernseher gar nicht wieder eingeschaltet.«

Peter sprach äußerst stockend und betonte alle Wörter absolut gleichmäßig.

»Ein Boxring mit zwei Boxern – darum herum mehrere Dutzend Zuschauer – der eine Boxer war ein Riese – der andere wirkte verloren gegen ihn – beide Boxer hatten die Hände unten. – Wenn ich genau hinhörte, konnte ich in der Stille das eine oder andere Geräusch hören – das die Zuschauer machten.«

Während er erzählte, spielte Peter mit seinen Händen. Seine Bewegungen waren gehemmt und verzögert, wie man es von jemandem erwartete, der so lange bewusstlos gewesen war.

»Ich ging zum Sofa, dort lag die Fernbedienung. – Ich drückte den Knopf, aber es passierte nichts. Der Fernseher war nicht auszuschalten. – Der massige Boxer wartete in der Mitte des Rings, der schlanke Boxer war in seine Ecke zurückgekehrt. Als ich mich erneut dem Fernseher näherte, ging der schmächtige Boxer wieder in die Mitte. – Vielleicht waren die Batterien der Fernbedienung schwach, ich baute mich unmittelbar vor dem Fernseher auf, hielt die Fernbedienung hoch und drückte fest. Der schmalbrüstige Boxer hob die rechte Faust, der andere nahm beide Fäuste zur Deckung hoch. Ich legte die Fernbedienung ab, der schwächliche Boxer ließ den rechten Arm sinken, der andere nahm beide Arme herunter. Ich ballte beide Hände zu Fäusten und riss die Arme hoch, der schlanke Boxer tat das Gleiche, der andere Kämpfer hob wieder die Fäuste zur Deckung. – Jetzt boxte ich. – Ich schlug eine rechte Gerade, einen linken Haken, mein Avatar tat das Gleiche, der andere fing die Schläge ab. Ich schlug mehrere Kombinationen, der andere wehrte sie nur ab, ohne seinerseits zum Angriff überzugehen. – Schließlich war ich das Spiel leid, ich griff nach der Fernbedienung, um erneut zu versuchen, den Fernseher auszuschalten. Während ich die Fernbedienung mit beiden Händen vor mich hielt, sah ich, wie der bärenstarke Boxer ausholte und durch die Deckung des Boxers mit der schmalen Silhouette hindurch eine rechte Gerade an dessen Kopf landete. – Die Explosion in meinem Kopf ist das Letzte, an das ich mich erinnern kann.«

Böse Magie war am Werk, und es gab kein Mittel, sich dagegenzustemmen, man konnte nur Reißaus nehmen. Wer oder was war das, was mit Vergessens-Siglen bannte und verdammte? Kein schuldzuweisendes »Vorbei! Vorbei!«, sondern ein unerbittliches, weltablehnendes »Nie gewesen! Nie gewesen!«. Wer setzte eine versteinerte Miene auf, in der die Zähne knirschten, oder zog sich eine eiserne Maske über, um dahinter zu feixen, über mich, der ich von der Angst heimgesucht wurde, mir würde ebenfalls das Gedächtnis abhandenkommen? Es ist so lästig, wenn einem alles entgleitet.

Peter hatte aus seinem Boxkampf einen Traum gemacht und konnte sich nur an diesen erinnern. Damit nicht genug, hatte er die Erinnerung an alles verloren, was geschehen war, nachdem Burgi das Werk verlassen hatte.

»Wie weit ist Burgi mit dem Manual?«

Er wusste nicht mehr, dass ich ihr gekündigt hatte, dass sie mit ihm gebrochen hatte. Natürlich wollte er nicht glauben, wie viel Zeit seither vergangen war. Zum zweiten Mal musste ich ihm erklären, warum ich Burgi gekündigt hatte, diesmal brachte ich es ihm schonender bei.

Das Gehirn war verletzt worden, die Art der Schädigung legte Gedächtnisverluste nahe. Aber dass Peters Erinnerung genau bis zu einem bestimmten Tag zurückreichte, der weit vor dem Trauma lag, deuteten die Ärzte als psychisch verursacht.

Anhand der Protokolle, der Mails und der Videoaufzeichnungen ging ich mit Peter die gesamte Zeit zwischen Burgis Abschied und dem Kampf durch. Allerdings in umgekehrter Reihenfolge – ich begann mit der Aufzeichnung des Kampfes. Ich wollte herausfinden, ob Peter und Sondra versucht hatten, den Hintergrund des Roboterlabors auszuspionieren. Hätte ich Peters Erinnerungen in der gewohnten Abfolge rekonstruiert, hätte ich ihm die Gelegenheit gegeben, seine wahre Absicht erneut vor mir zu verbergen.

Peter verhüllte nichts vor mir. Wenn er Bilder von Burgi sah, erklärte er, sein Herz klopfe, als ob er rennen würde. Betrachtete er Aufzeichnungen aus dem Total-Recall-System, die Sondra zeigten, nagte es sichtbar an ihm. Er empfinde Verdrossenheit, er werde kleinlich, engherzig. Ausgerechnet an die Zeit, während der er mit Sondra zusammen gewesen war, erinnere er sich nicht. Er könne den Gedanken nicht beiseiteschieben, es müsse an ihr liegen, dass er das Gedächtnis verloren habe.

Ich fand keinen Beweis, dass er und Sondra gegen mich spioniert hatten, da war nicht einmal ein Fingerzeig.

Burgi war bei ihrer neuen Firma nicht glücklich. Aus Dankbarkeit, dass Peter seiner Bewusstlosigkeit entronnen war, vielleicht auch aus Neugier, unterbreitete ich ihr das Angebot, zu uns zurückzukehren. Sofort willigte sie ein. Sie war in Shanghai eingesetzt, Peter und Burgi mailten und skypten, als wäre in der Zwischenzeit nichts gewesen. Als hätte es Sondra nie gegeben. Peter zählte die Tage, bis er Burgi gegenüberstehen würde.

Nachdem er aufgewacht war, hatte ich Sondra schnell benachrichtigt. Erst eine Woche später schrieb sie zurück. Ich hatte angedeutet, Peter habe Probleme mit seinem Gedächtnis, sie nahm das als Anlass zu fragen, ob die Ärzte einverstanden seien, dass sie ihn besuche. Ich antwortete ihr, Peters Zustand sei durchaus prekär, und ich hielte es zuvörderst für geraten, wenn sie ihm nicht in Fleisch und Blut begegne. Sie gab sich mit diesem Bescheid zufrieden und schrieb ihm Unverbindliches. Gegenstandslose Seligkeit angesichts eines Gegenstandes, den man verloren geglaubt hatte, sah anders aus.

Meine Eltern behaupteten, eins der ersten Wörter, die ich aussprechen konnte, sei *Rechenmaschine* gewesen. Mein Vater war ein kleiner kaufmännischer Angestellter in einer großen Firma. Tagaus, tagein brachte er Karteikästen nach Hause, helle neue, aber auch abgestoßene dunkle aus der Vorkriegszeit. Was auf den Karteikarten stand, verdichtete er unter ausgiebiger Benutzung seiner beigefarbenen mechanisch-elektrischen DIEHL VSR 18 A/A zu Aufstellungen und Übersichten, die er auf kariertem Papier niederlegte.

Jeden, der zu uns ins Haus kam, fragte ich: »Haben Sie

auch eine Rechenmaschine?« Und ich fing an zu erklären, wie eine mechanische Rechenmaschine funktionierte. Das wusste ich, denn ich hatte die Rechenmaschine meines Vaters auseinandergenommen, während er zur Kur war. Als er zurückkam, hatte ich sie noch nicht vollständig wieder zusammengesetzt. Mein Vater war sehr zornig, er traute mir nicht zu, dass mir das gelingen und sie noch ihren Dienst tun würde. Als ich das Gegenteil bewiesen hatte, schenkte er mir eine gebrauchte Rechenmaschine. Immer wenn im Büro eine Rechenmaschine ausrangiert wurde, bekam ich sie. Mein Kinderzimmer sah aus wie eine Werkstatt, in der mechanische Rechenmaschinen gewartet und repariert wurden.

Meine Mutter, sie war Volksschullehrerin, bremste mich nicht, wenn ich meine Vorträge über Rechenmaschinen hielt. Sie erläuterte den verblüfften Gästen, ich sei der Meinung, der Sinn von Gesprächen bestehe ausschließlich darin, nützliche Informationen auszutauschen.

»Wenn man nichts Interessantes dazulernt, warum sollte man sich dann unterhalten?«

Da lachten die Zuhörer und ich mit ihnen. Ich lachte nicht, weil ich das, was meine Mutter gesagt hatte, lustig fand. Ich war überzeugt, dass es völlig richtig war. Es befriedigte meine Mutter und die Zuhörer, wenn ich über das lachte, was sie gesagt hatte, warum sollte ich ihnen die Genugtuung nicht gönnen.

Ich konnte nachvollziehen, dass sich andere Kinder nicht wie ich für Rechenmaschinen begeisterten, aber ich war geschockt, dass sich die Erwachsenen und insbesondere meine Lehrer mit keiner Faser ihres Wesens dafür interessierten, wie Rechenmaschinen funktionierten.

Unzählige Bücher schildern, wie jemand Dichter, Maler oder Komponist wird. Aber es gibt kein einziges, das beschreibt, wie aus jemandem ein Ingenieur wird.

Früher habe ich oft für ein Gespräch geübt, das ich führen wollte. Ich legte mir zurecht, was ich sagen wollte, ich versuchte, mögliche Einwände vorwegzunehmen, und erwog, wie ich ihnen begegnen sollte. Ich konnte mich besser vorbereiten, wenn ich meine Gedanken laut aussprach.

Das ist das Gespräch, für das ich niemals geübt habe, Maren.

Die Selbstgespräche hatten damals einen Nebeneffekt: Ich fühlte mich nicht so einsam. Aber jetzt fühle ich mich unverändert einsam.

Sondra hatte eine Frühmaschine genommen, ich kam ins Werk, sie wartete vor meiner Bürotür. Nicht nur, als ich sie begrüßte, auch später blickte sie mir niemals in die Augen, sondern beständig an mir vorbei. Während der Besprechung am Vormittag beugte sie sich abweisend über ihre Unterlagen. In der Kantine stand sie geistesabwesend und hilflos in der Schlange. Der Mann, der sich nach ihr anstellte, räusperte sich mehrmals demonstrativ, weil sie nicht aufrückte.

Während ich telefonierte, arbeitete sie in meinem Büro an ihrem Notebook, sie hatte es neben sich auf das Sofa gelegt und musste den Oberkörper stark verdrehen. Sie gab Daten von losen Blättern ein, einige fielen ihr herunter, sie kniete sich auf dem Boden hin, um sie einzusammeln. Ihre Haare hingen ihr ins Gesicht, sie strich sie nicht heraus, als sie sich wieder aufrichtete.

Ein schwäbischer Maschinenbauer vergab einen großen Auftrag, ich nenne die Firma Y AG. Deren Einkaufsvorstand wollte die Anzahl der Lieferanten halbieren. Es macht im Maschinenbau – und nicht nur da – keinen Sinn, jeden einzelnen Rohstoff und jedes einzelne Bauteil genau dort zu beziehen, wo der Preis am günstigsten ist, auf diese Weise sind die Handling-Kosten viel zu hoch. D'Wolf, Siemens und Rockwell konkurrierten darum, sämtliche Steuerungen für alle Maschinentypen zu liefern. Ein Projektteam sollte den Auftrag an Land ziehen, das direkt an den Leiter unserer Geschäftseinheit berichtete. Natürlich verlangte die Y AG spezielle Anpassungen sowohl bei der Hardware als auch bei der Software, das stellte kein Problem dar, denn die Stückzahlen waren riesig. Die Aussichten für D'Wolf, den Auftrag zu bekommen, standen grundsätzlich nicht schlecht, die Y AG legte großen Wert auf Prozesssicherheit, bei diesem Thema liegen die Steuerungen von D'Wolf in allen Statistiken an der Spitze. Ein gutes Zeichen war auch, dass D'Wolf die letzte Präsentation halten sollte, erst musste Rockwell antreten, dann Siemens.

Der unverhofft schnell genesene Peter wollte unbedingt das Projektteam führen, ich hatte keine Einwände gehabt, und der Leiter der Geschäftseinheit hatte es genehmigt. Die Ausschreibung war dick wie ein Buch. Peter hatte sie zusammen mit Burgi bearbeitet und unser Angebot erstellt – während Burgi in Shanghai noch in den Diensten von Rockwell stand. Ich habe Peter nicht gefragt, ob sie Zugriff auf das Angebot von Rockwell hatte, und wenn ja, ob sie davon Gebrauch machte. Auf keinen Fall kam es in Frage, dass sie an der Präsentation teilnahm, die nur Tage nach ihrem offiziellen Ausscheiden bei Rockwell angesetzt war. Der Leiter unserer Geschäftseinheit hatte dafür Sondra vorgeschlagen, weil sie einmal eine Studie über die deutsche Werkzeugmaschinenindustrie mitverfasst hatte.

Burgi und Sondra kannten sich von früher, sie umarmten sich rhetorisch. Ich konnte nicht erkennen, ob Sondra Burgi in die Augen blickte. Wenn ja, grub sie dort nichts Ermutigendes aus. Burgi machte ein Gesicht wie: Das könnte sie sich auch sparen. Der Anblick ihres Mundes zersetzte augenblicklich alle Kampfkraft Sondras, sofern sie überhaupt eine solche angesammelt hatte. Sondras Haare waren blond, Burgis Haare waren sehr blond.

Burgi verhielt sich gewohnt pedantisch. Kam im Ausschreibungstext eine Abkürzung vor, sprach sie die Worte jedes Mal vollständig aus, Zahlen zitierte sie bis auf die letzte Stelle nach dem Komma genau. Sondra sprach seltsam flach, selbst wenn sie substantielle Anmerkungen machte – niemals so, als ob es um etwas Wichtiges ging, sondern als wolle sie vor allem möglichst schnell zum Ende kommen. Burgi und Sondra würdigten einander keines weiteren Blickes. Wenn Burgi auf etwas eingehen wollte, das Sondra gesagt hatte, beugte sie sich über den Tisch zu mir. Auch Sondra wandte sich an mich, wenn sie Burgi meinte. Am Anfang machte ich den Fehler, den Augenkontakt zu suchen, das irritierte Sondra derart, dass sie mitten im Satz abbrach. Sie musste mit ihrem Gedankengang wieder von vorn ansetzen.

Die Lippen von Burgi und Sondra sahen verfärbt und verformt aus. In der Haut liegen Kälterezeptoren, werden diese ausgelöst, gehen Signale an ein bestimmtes Zentrum im Gehirn, von dort erfolgt die Anweisung, dass sich die feinen Blutgefäße und Muskeln unmittelbar unter der Haut zusammenziehen. Das warme Blut bleibt im Körperinneren, damit es an der Oberfläche nicht so stark abkühlt. Bei längerem Aufenthalt in der Kälte erlahmen die Muskeln, die Blutgefäße werden weit, sie füllen sich unvermittelt, die Haut wird rotblau. Kann Rede gefrieren?

Zu Beginn hatte ich die Besprechung ohne Schwierigkeiten moderiert. Jetzt verstand ich nur noch die Worte am Anfang der Sätze von Burgi und Sondra, alle anderen Wörter verschwammen. Die beiden verschlüsselten, was sie sagten. Zwar kannte ich den Code, aber es kostete mich eine ungeheure Anstrengung, ihre Sätze zu entschlüsseln.

Peter rettete mich. Er trat ein, ging auf Burgi zu, umarmte sie stumm, wandte sich Sondra zu und umarmte sie ebenfalls wortlos.

Immer wieder murmelte ich denselben Satz vor mich hin, mit unterschiedlicher Betonung:

»Ich habe *nicht* gesagt, dass Peter Sondra nie geliebt hat.

Ich habe nicht *gesagt*, dass Peter Sondra nie geliebt hat.

Ich habe nicht gesagt, dass Peter Sondra nie geliebt hat.

Ich habe nicht gesagt, dass Peter *Sondra* nie geliebt hat.

Ich habe nicht gesagt, dass Peter Sondra *nie* geliebt hat.

…«

Keiner achtete auf mich.

Es gab nur Salat, Obst und Gemüse, kein Fleisch und auch keinen Fisch. Der Einkaufsvorstand der Y AG bestand darauf, dass unser und sein Team die Tage gemeinsam verbrachten. Vom Frühstück bis zum geselligen Beisammensein an der Bar nach dem späten Abendessen, bei nicht-alkoholischen Cocktails in dem Dreihundert-Zimmer-Hotel nahe Stuttgart. Die Mitglieder unseres Teams wagten nicht einmal, den Fitnessbereich zu besuchen, ohne sich mit den Y-Leuten zu verabreden. Die Y-Leute waren äußerst korrekt und übertrieben höflich, der Einkaufsvorstand lächelte ununterbrochen. Noch nie in seiner Karriere hatte Peter erlebt, dass der prospektive Kunde so freundlich zum potentiellen Lieferanten war. Ein Dämon hatte die Situation gespiegelt, es schien, als ob die Y AG sich um einen Auftrag bei D'Wolf bemühte. Peter hatte Schwierigkeiten mit der Intervall-Programmierung des Laufbands, eine Assistentin aus dem Y-Team richtete es nach seinen Wünschen ein, sie machte ihm sogar Vorschläge für das Fernsehprogramm während des Trainings.

Die Untergebenen des Einkaufsvorstands waren gründlich gebrieft, sie stimmten sich perfekt ab. Nie kam es vor, dass die gleiche Frage zweimal gestellt wurde. Jeder schien alles zu wissen, was irgendein Mitglied seines Teams mit irgendeinem Mitglied unseres Teams besprochen hatte. Trotzdem funktionierte das Y-Team nicht fehlerlos. Einmal ging Peter während einer Sitzung in den Waschraum. Der Einkaufsvorstand hatte angeordnet, alle Mobiltelefone nicht nur auf stumm, sondern ganz auszuschalten, sogar er selbst hielt sich daran. Natürlich erhielten die Leute auf ihren Notebooks E-Mails und beantworteten sie auch, wenn es die Situation zuließ, aber kein Vortragender wurde unterbrochen. Weil unsere Leute sahen, dass die Y-Leute den Aufenthalt im Waschraum nicht zum Telefonieren benutzten, trauten sie sich das auch nicht. Peter war schon auf dem Flur, da fiel ihm noch etwas ein, was der regionale Vertriebsbeauftragte für den nächsten anstehenden Verhandlungspunkt wissen sollte. Als er unerwartet in den Konferenzraum zurückkehrte, erblickte er auf dem Notebook eines Y-Mannes sein Bild. Der Einkaufsvorstand sprach gerade, er sah, wie Peter überrascht stehen blieb, und hielt inne. Der sehr junge Mann – Peter erzählte, er habe eine Pilzfrisur gehabt – scrollte einen Text neben Peters Bild herunter. Erst mit Verspätung bemerkte er, dass sich die Aufmerksamkeit aller auf Peter und ihn richtete. Während Peter mit dem Vertriebsbeauftragten redete, verfolgte er, wie der junge Mann, plötzlich aschfahl geworden, jetzt unverwandt den Einkaufsvorstand anstarrte. Zum Briefing für die Y-Leute gehörte offensichtlich auch eine Datei über unser Team, die der Mitarbeiter während der aktuellen Verhandlungen niemals hätte aufrufen dürfen. Peter ging in den Waschraum, als er zurückkam, war der junge Y-Mann schon nicht mehr da, er wurde nicht wieder gesehen.

Das sollte allerdings auch für den regionalen Vertriebsbeauftragten von D'Wolf gelten. Am zweiten Abend unternahmen beide Teams eine Tour durch Stuttgart, man trank alkoholfreies Bier. Nur Peter hatte sich ausgeklinkt, er war auf dem Hotelzimmer geblieben, seine Geschichte entschuldigte ihn. Der regionale Vertriebsbeauftragte verschwand jäh und tauchte auch am nächsten Morgen nicht im Hotel auf. Er war nicht im Büro, sein Mobiltelefon abgeschaltet, noch nicht einmal die Mailbox war aktiviert. Schließlich gelang es Sondra, ihn über seine private Festnetznummer zu erreichen. Er sprach völlig wirr, sie verstand nicht, was er ihr sagen wollte, nur durch Nachfragen konnte sie rekonstruieren, was passiert war.

In einem Lokal hatte der Dicke ihn beiseitegenommen, er wolle ihm etwas zeigen. Der Dicke wog ungefähr doppelt so viel wie das nächstschlankere Mitglied des Y-Teams, er trug einen gepflegten Bart, seine langen, aber niemals fettigen Haare waren zu einem Pferdeschwanz zusammengebunden. Er war der IT-Spezialist im Einkauf der Y AG, hatte jemand Probleme mit seinem Computer, löste er sie sofort. Er tippte auf der Tastatur und unterhielt sich zugleich über etwas völlig anderes. Mehrmals half er auch den Mitgliedern unseres Teams. Nie entging ihm etwas, er entschuldigte sich für jeden einzelnen der seltenen Fehler auf den Charts der Y AG. Sondra war sicher, er erkannte auch jeden Fehler auf unseren Charts, aber natürlich sagte er nie etwas. Im Scherz hatte einer der Unsrigen bemerkt, der Einkaufsvorstand der Y AG habe wohl einen Wettbewerb ausgelobt, in dem dasjenige Mitglied seines Verhandlungsteams ausgezeichnet werde, das am freundlichsten zum Lieferanten sei. Der Dicke war unser Favorit dafür.

In dem Stuttgarter Lokal hatte der Dicke ein Blatt Papier aus seiner Jackentasche hervorgezogen. Auf der Seite, die aus dem Angebot von D'Wolf stammte, wurden die Schnittstellen zwischen den Steuerungen und den Maschinen der Y AG beschrieben. Er zeigte mit dem Finger auf eine Spalte, über der stand: *Implementierte Protokolle*

Seufzend sagte er, die Y AG benutze diese Protokolle

praktisch nie. In neunundneunzig Prozent aller Fälle verwende die Y AG ihr firmeneigenes Protokoll.

Vor der Erstellung des Angebots hatte unser Vertriebsmann einen Mitarbeiter im Einkauf der Y AG angeschrieben, die Schnittstellen sähen serienmäßig die in der Spalte aufgeführten Protokolle vor, ob das für die Y AG in Ordnung gehe oder ob sie andere Protokolle wolle. Er konnte sich nicht mehr an den Namen des Einkaufsmitarbeiters erinnern, aber im Nachhinein glaubte er, es sei der Dicke gewesen. Der mailte ohne weiteren Kommentar »OK« zurück. Daran konnte sich der regionale Vertriebsbeauftragte ganz sicher entsinnen, aber er war nicht in der Lage, es zu belegen. Am selben Tag hatte er sich trotz der sehr wirksamen Firewalls von D'Wolf einen Virus eingefangen, alle an diesem Tag geänderten Daten waren verlorengegangen, darunter auch die besagte Mail.

Er starrte auf das Blatt Papier und traute sich nicht, dem Mann mit dem Pferdeschwanz ins Gesicht zu blicken. Was sollte er machen. Die Y AG war der Kunde, er konnte nicht sagen, dass der Kunde einen Fehler gemacht hatte. Er wollte nicht sagen, dass er selber einen Fehler gemacht hatte, das war nicht richtig. Auf die naheliegende Lösung, die Sache einfach als Missverständnis anzugehen, kam er in seiner Panik nicht, denn er wusste, was es bedeutete, wenn das Angebot fehlerhaft war. Erst als er ein Klicken hörte, blickte er doch auf. Was er dann sah, konnte er kaum glauben: Mit einem goldenen Feuerzeug zündete sich der andere eine Zigarette an. Die Mitglieder unseres Teams hatten sich gar nicht vorstellen können, dass der Einkaufsvorstand Raucher in seinem Team oder überhaupt in seinem Ressort duldete. Jetzt lachte der andere, aber nicht wohlmeinend, sondern wie jemand, der eine Hinrichtung angeordnet hat und mit Befriedigung verfolgt, wie dem Todeskandidaten die schwarze Kapuze übergezogen wird. Der regionale Vertriebsbeauftragte stammelte, es sei nur ein Übertragungsfehler, selbstverständlich würde D'Wolf auch das firmeneigene Protokoll der Y AG anbieten, es werde keinen Unterschied im Preis machen.

Der Y-Mann zog lange an der Zigarette, atmete tief ein und blies den Rauch dem D'Wolf-Mann ins Gesicht. Er glaube nicht, dass das ein Fehler sei. Der D'Wolf-Mann ließ das Blatt fallen, beide bückten sich, der Y-Mann war schneller. Bei den Sitzungen im Hotel saß er stets neben dem Eingang, verließ ein weibliches Mitglied des Teams von D'Wolf den Raum, sprang er jedes Mal behänd auf, um die Tür aufzuhalten.

Die Y AG könne das Risiko nicht eingehen, dass sich D'Wolf erst jetzt mit dem Protokoll beschäftige, dazu sei der Zeitplan zu anspruchsvoll. Die ersten Lieferungen seien schon in wenigen Wochen vorgesehen. Elastisch wandte sich der Dicke ab und ließ den regionalen Vertriebsbeauftragten allein. Der lief auf die Straße und nahm ein Taxi nach Hause. Er wusste, was es für seine Karriere bedeutete, wenn D'Wolf den Auftrag nicht bekam, weil er einen Fehler gemacht hatte. Er konnte nicht beweisen, dass er keinen Fehler gemacht hatte.

Die Abschlussbesprechung sollte am Nachmittag stattfinden, der Vormittag war frei. Sondra schlug Peter vor, den Pool auf dem Dachgarten des Hotels zu besuchen – erzählte Peter später. Die Glaswände waren hochgefahren,

Peter und Sondra die Einzigen, die den trüben Vormittag dort verbrachten. Sondra setzte sich auf ihre Liege, schaltete das Notebook an, drehte Peter den Rücken zu und zog ihr Bikinioberteil aus. Der Kellner, der fragte, ob sie etwas trinken wollten, tat, als nehme er es gar nicht zur Kenntnis.

Ihre Schultern waren viel breiter, als er in Erinnerung hatte – Peter korrigierte sich: Ihre Schultern waren viel breiter, als er erwartet hatte. Sondra trug eine türkisfarbene Sonnenbrille mit sehr dunklen ovalen Gläsern, die zu den Schläfen hin hochgezogen waren, eine Form wie aus den fünfziger Jahren.

Als sich Peter und Sondra zum Gehen bereit machten, erhielten sie doch noch Gesellschaft. Ein etwa zehnjähriger Junge in einer gelben Badehose stürmte aus dem Lift, als wolle er sofort ins Wasser springen. Unvermittelt hielt er inne, wohl weil er bemerkt hatte, dass noch jemand anderer da war, oder weil Sondra kein Oberteil trug. Breitbeinig stellte er sich vor ihr auf und zielte mit einer orangefarbenen Wasserpistole auf sie. Er zog jedoch den Abzug nicht durch, sondern lief weiter und machte einen weiten Satz in den Pool.

Mittags hatte ich eine Videokonferenz mit den beiden angesetzt, um noch einmal die Spielräume für die Abschlussverhandlung durchzugehen. Mir war eine Unstimmigkeit zwischen den Preisen der Prozessormodule aufgefallen, sicherheitshalber ließ ich sie von zwei Kalkulatoren noch einmal ermitteln. Während der Wartezeit blieb Peter nichts anderes übrig, als auf Sondras Zimmer zu verfolgen, wie Sondra sich für die entscheidende Sitzung zurechtmachte. Sie hatte mittlerweile ihre Haare schwarz gefärbt.

Am Tag bevor Peter und Sondra sich nach Stuttgart begeben hatten, war Burgi nach Philadelphia geflogen. Über die Außenkameras beobachtete ich, wie Peter Burgi zum Taxi brachte. Sie hatte sich bei ihm untergehakt. In diesem Augenblick trat Sondra aus dem Bürogebäude ins Freie. Der Kopf sank ihr auf die Brust.

Die Abschlussverhandlung sollte plötzlich doch nicht im Hotel stattfinden. Die Y AG wuchs derart schnell – deswegen war sie auch ein so interessanter Kunde –, dass sie mit der Errichtung neuer Fertigungsstätten und Büros gar nicht hinterherkam. Der Einkaufsvorstand beorderte unser Team in einen alten Industriebau, der in ein Entwicklungszentrum umgewandelt werden sollte, er musste dort die Planung absegnen, damit der Umbau möglichst schnell beginnen konnte.

Der Einkaufsvorstand hatte zwei Wagen geschickt, einen für Peter als Teamleader, den anderen für den Rest. Jetzt sollte Peter mit dem Dicken nähere Bekanntschaft schließen.

An einer Ampel ließ der Dicke den Sichtkontakt zu dem anderen Wagen abreißen, er bog in eine Seitenstraße ein und hielt an. Die Hände über Kreuz auf dem Lenkrad, starr nach vorn blickend, sagte er nichts und tat nichts. Mit einem Mal erfasste ihn eine vehemente Unruhe, er suchte etwas in der Mittelkonsole, er stellte eine Anzeige auf dem Armaturenbrett ein, er fuhr die Seitenfenster herunter und wieder hoch, er griff zum Telefon, wählte eine Nummer, brach jedoch die Verbindung ab. Peter hatte gar nichts geäußert, plötzlich packte der andere ihn an beiden Schultern, drehte ihn zu sich hin und sagte beschwörend: »Pst!« Er schien kurz davor durchzudrehen.

Mit fahrigen, hastigen Bewegungen fuhr der Dicke sein Notebook hoch, stellte es auf die Mittelkonsole und zeigte Peter den Preisspiegel der Ausschreibung. Für jede angefragte Position war der Preis angegeben, den Rockwell, Siemens und D'Wolf abgegeben hatten, Nachlässe und Zahlungsbedingungen waren berücksichtigt, es handelte sich um die Nettopreise. Mit einer Handbewegung forderte er Peter auf zu scrollen.

Wenn Rockwell billiger anbot als Siemens, dann sehr viel billiger, hatte Siemens einen niedrigeren Preis als Rockwell abgegeben, dann einen sehr viel niedrigeren. D'Wolf war lediglich für zwei oder drei Schlüsselpositionen der günstigste Anbieter, bei der überwiegenden Mehrzahl lag D'Wolf jedoch nicht weit hinter dem günstigsten Preis von Rockwell oder Siemens. Wenn D'Wolf einen Gesamtnachlass von fünf Prozent gewähren und bei einigen Positionen noch zusätzlich nachgeben würde, dann würde D'Wolf insgesamt vorn liegen. Unter der Voraussetzung, dass die Preise von Rockwell und Siemens stimmten.

Allerdings lag nahe, dass die Y AG mit den niedrigeren Preisen eine neue Runde veranstaltete und das gleiche Spiel mit Rockwell und mit Siemens spielte. Aber warum dann das Theater? Der Einkaufsvorstand hätte es einfacher haben können, einer seiner Leute hätte einfach einen Memory stick liegenlassen müssen … Warum hatte er dem regionalen Vertriebsbeauftragten von D'Wolf derart übel mitspielen lassen? Peter vertiefte sich wieder in die Datei.

Der IT-Spezialist schüttelte den Kopf, ballte die Fäuste. »Ich kann es nicht. Nein, ich kann es nicht.«

Er nahm Peter das Notebook weg und klappte es zu, um es sofort wieder zu öffnen. Er benötigte mehrere Anläufe, bis er sich erneut angemeldet hatte. Er klickte eine andere Datei an und warf das Notebook fast zu Peter herüber. Die Datei bot eine Übersicht über große Ausschreibungen der Y AG aus den vergangenen Jahren, Rohstoffe, Komponenten, Dienstleistungen und sogar Bauvorhaben, ein ziemlich umfassender Ausschnitt aus dem Leben eines Einkäufers. Peter war erschrocken über die Höhe der Nachlässe. Die Preise, zu denen die Y AG eingekauft hatte, konnten aus der Sicht der Lieferanten schlichtweg nicht vertretbar gewesen sein. Wie hatte der Einkaufsvorstand die Lieferanten zu diesen Nachlässen gebracht? Die Antwort durfte Peter sich selbst geben: Indem er erst unglaublich freundlich gewesen war und dann eine unvorhersehbare Folge von Preisrunden gefahren hatte.

Peter kam nicht dazu, darüber nachzudenken, warum der IT-Spezialist ihm diese Informationen zugänglich machte, denn der riss ihm den Rechner vom Schoß, um eine andere Datei zu öffnen. Er knallte das Notebook derart vor Peter auf das Armaturenbrett, dass alles wackelte. Die Datei enthielt Personenbeschreibungen, über dem Textteil prangte jeweils ein Foto. Lebensläufe und Tätigkeitsbeschreibungen von Führungskräften aus namhaften Firmen, darunter auch Vertriebsvorstände. Der Textteil endete immer mit einem Datum aus den letzten fünf Jahren. Fragend blickte Peter zu dem IT-Spezialisten hinüber, der sagte nur: »Lesen Sie die verdammte Datei!«

Peter hatte etwas überlesen. Am Anfang jeder Personenbeschreibung gab es einen Link, er klickte ihn an, auf dem Bildschirm erschien ein Ausschnitt der Übersichtsdatei, der den Preisnachlass des für eine bestimmte angefragte Leistung günstigsten Anbieters zeigte. Jetzt verstand Peter: Die Datei war der Trophäenraum des charmanten Einkaufsvorstands. Die Fotos waren keine Portraitaufnahmen, sondern aus Gruppenfotos herauskopiert, sie ließen ihn an aufgespießte Köpfe denken. Nachdem sie Großaufträge der Y AG zu den Bedingungen akzeptiert hatten, die der Einkaufsvorstand durchgesetzt hatte, waren die in der Datei aufgeführten Manager von ihren Firmen geschasst worden. Peter verglich das Exitdatum mit dem Datum der Auftragsvergabe, die Vermutung lag nahe, dass die Manager in dem Quartal gefeuert wurden, in dem der Auftrag nachkalkuliert und abschließend verbucht wurde. Ohne Kommentar warf der IT-Spezialist den Motor an und fuhr los.

Ein Preisnachlass von fünf Prozent in der Abschlussverhandlung für einen so großen Deal lag im Bereich des Möglichen und Üblichen. Es hätte genügt, wenn der Einkaufsvorstand oder seine Mitarbeiter mit der Wurst vor der Schnauze des Hundes gewedelt hätten. Warum war die Wurst mit einem Gift präpariert, das man von weitem riechen konnte? Das Schicksal des Auftrags für D'Wolf lag in Peters Händen. Es gab keine Möglichkeit für ihn, sich vor Beginn der Abschlussverhandlungen mit Sondra abzusprechen, und er konnte mir auch nicht direkt berichten, der Dicke hätte ihm einfach das Telefon aus der Hand genommen. Wieso hatte der Dicke, der ein Sklave war, Peter die Trophäenkammer seines Herrn gezeigt? Suchte ihn das schlechte Gewissen heim, wollte er Peter uneigennützig davor warnen, ins Verderben zu rennen, oder schauspielerte der Mann mit dem Pferdeschwanz?

Der Einkaufsvorstand durfte doch nicht erwarten, dass sich das nächste Opfer freiwillig zu der Trophäenstrecke dazulegen würde. War er einfach ein Sadist?

Der Bekenner oder Darsteller geleitete Peter zu einer schmalen Tür in der schwarzen Wellblechverkleidung des alten Industriegebäudes. Hinter der Fassade waren alle Zwischendecken herausgerissen und auch der Boden entfernt, man durchquerte die Halle auf einem aufgeschütteten Erdwall. Aus einem unerfindlichen Grund wurde das Gebäude außen angestrahlt, die schmalen, hohen, oben abgerundeten Fenster wirkten wie von der Sonne beschienene Kirchenfenster. Das unmittelbar anschließende Gebäude war nicht entkernt, aber in dem Geschoss, durch das Peter geführt wurde, war an mehreren Stellen die Decke heruntergekommen, man musste Trümmerhaufen umwandern und sich vor Löchern im Boden in Acht nehmen. Mit einem unerhört lauten Lastenlift ging es in den Keller, der als Bunker ausgebaut war. Rötliche Kellerleuchten in drahtbewehrten verschmutzten Glasgehäusen gaben zu wenig Licht, um die Gänge mit den dunklen Mauern zu erhellen.

Der Einkaufsvorstand erwartete Peter in der Kommandozentrale des Bunkers, einem Kuppelraum mit einem umlaufenden Ring von uralten Leuchten auf halber Höhe, von denen zwei Drittel ausgefallen waren. Ein schwarzer Eisenrost schloss die Kuppel oben ab, man spürte einen Luftzug, sicher waren die Filter, die die Insassen des Bunkers hätten schützen sollen, längst aus den Luftschächten entfernt worden. Die Hälfte des Bodens war abgegraben, neben dem steilen Abhang spiegelte das Grundwasser die Deckenbeleuchtung. An der anderen Seite hielt der Einkaufsvorstand eine Besprechung mit Architekten und Bauingenieuren ab – auf mehreren zusammengestellten Tischen, die wie Bahren aussahen, waren Architekturmodelle aufgestellt und Pläne platziert. Ein Beamer warf auf eine unmittelbar am Abgrund aufgestellte Leinwand eine Präsentation, in der sich Text und Grundrisse abwechselten.

Sondra wartete schon neben der Leinwand, keiner kümmerte sich um sie. Es schien, als versuche sie, dort unten im Wasser etwas zu erkennen. Als der Einkaufsvorstand Peter kommen sah, hob er die Hand, und das Gemurmel, das die Kuppel erfüllt hatte, brach schlagartig ab. Er nickte Peter zu, während er zum Computer ging. Er schloss die Datei mit den Bauplänen, auf der Leinwand erschien jetzt das Angebot von D'Wolf. Ohne dass er etwas gesagt hätte, verließen alle, die nicht zu seinem Verhandlungsteam gehörten, den Raum. Jetzt erst bemerkte Sondra, dass Peter eingetroffen war.

Als ob es das Selbstverständlichste auf der Welt gewesen wäre, die Abschlussverhandlung – war es die Abschlussverhandlung? – in dem Bunker zu führen, forderte der Einkaufsvorstand Peter und Sondra auf, das Angebot noch einmal mit ihm durchzugehen. Die Technik, die D'Wolf anbiete, entspreche dem, was die Y AG für erforderlich halte. Bis zu diesem Zeitpunkt hatten er und seine Mitarbeiter sich streng gehütet, irgendetwas zu äußern, was auch nur in die Nähe einer Festlegung gerückt werden konnte. Das Problem, das mit dem Protokoll aufgetreten war, erwähnte er mit keinem Wort. Die Y AG wolle mit D'Wolf zusammenarbeiten, wenn die Preise stimmten. Er sprach aus freundlich bewegtem Gemüt. Das Verhandlungsteam von D'Wolf habe genug Zeit gehabt, sich über die Preise noch einmal Gedanken zu machen.

Es schien, als habe es die unmittelbare Vorgeschichte nicht gegeben: nach der tagelangen grenzenlosen Freundlichkeit jedes einzelnen Mitglieds des Y-Teams gegenüber dem D'Wolf-Team im Hotel wie ein Blitz aus heiterem Himmel die Attacke des Dicken auf den regionalen Vertriebsbeauftragten und der Gewissenskampf – oder die Theatervorstellung? – mit Peter als Publikum. Für einen Moment keimte in Peter der Gedanke auf: Der Einkaufsvorstand war der Kapitän und der Dicke der Steuermann, aber in Wahrheit hatte der Dicke das Schiff übernommen, und der Kapitän war nur die Marionette seines Steuermanns. Jetzt, als der Raum nicht mehr von geschäftigem planerischem Murmeln erfüllt war, hörte man an manchen Stellen stetige Tropfgeräusche. Regen- oder Kondenswasser gesellte sich dem Grundwasser hinzu.

Peter hatte sich entschlossen, genau fünf Prozent Preisnachlass zu geben und nicht mehr. Er war zu der Überzeugung gekommen, der Dicke habe ihm etwas vorgemacht und sei zugleich ehrlich gewesen. In höherem Auftrag verleitete er ihn dazu, den gewünschten Preisnachlass zu geben, aus eigenem Antrieb versuchte er, Peter klarzumachen, dass er sich in keinem Fall auf weitere Preisrunden einlassen solle. Peter passte das Angebot so an, wie es die Datei nahelegte, die er gesehen hatte.

Als man bei den Eingangs-Ausgangsmodulen angekommen war, meldete sich das stummgestellte Telefon Sondras durch Vibration. Unter dem sehr ungehaltenen Blick des Einkaufsvorstands telefonierte Sondra kurz, Peter machte weiter. Noch bevor sie das Telefon herunternahm, unterbrach sie ihn. Sie erklärte, er habe keinerlei Autorisation, über Preise zu verhandeln oder Preise auch nur unter Vorbehalt zu machen. Sie wies ihn an, sofort den Raum zu verlassen.

Während er ging, hörte der fassungslose Peter noch, wie Sondra erklärte, sie und nur sie sei berechtigt, Preise zu machen. Sie entschuldigte sich beim Einkaufsvorstand. Er solle vergessen, was bis jetzt gewesen sei, sie würden das Angebot noch einmal von Anfang an durchgehen.

Peter starrte auf den leeren Bildschirm vor sich, mir in die Augen, ohne es zu wissen. Er trommelte mit den Fingern auf die Schreibtischplatte, ich zoomte auf seine Hand. Ich hatte gar nicht bemerkt, dass er so lange Fingernägel hatte. Natürlich boxte er nicht mehr. Die Nägel waren gelblich, voller Rillen, zum Teil blutunterlaufen oder abgerissen, wie die eines uralten Mannes. Er tippte nicht mit den Fingerkuppen, sondern mit den Fingernägeln auf den Schreibtisch, das Geräusch war nicht zu ertragen.

Kein goldiger Bursch, kein Berücker mehr. Ich hatte nicht gewusst, dass er im Oberkiefer ein Gebissteil trug. Wenn er lacht, entblößt er nicht sein komplettes Gebiss, weder am Ober- noch am Unterkiefer sieht man die Zahnhälse und das Zahnfleisch. Die oberen Schneidezähne waren immer regelmäßiger als die unteren, es lag nahe, dass er irgendwann in seiner Boxkarriere einmal die oberen Schneidezähne eingebüßt hatte und sie durch Kronen oder eine Brücke ersetzt waren. Aber auf den Gedanken, er könne ein Gebissteil tragen, konnte niemand kommen.

Auch im Krankenhaus hatte ich ihn nie ohne Zähne gesehen. Er nahm das Teil heraus und legte es auf den Schreibtisch. Dazu machte er Bewegungen mit dem Mund, als ob er kaue, und fuhr mit der Zunge über den Oberkiefer, wo früher Zähne gewesen waren. Das Gebiss auf dem Schreibtisch war mit Speichelschlieren überzogen, er legte weder ein Taschentuch noch ein Blatt Papier unter. Als er nach einiger Zeit das Teil wieder in den Mund steckte, wischte er den Schreibtisch nicht ab. Die Stelle, auf der das Gebiss gelegen hatte, glänzte feucht. Der Anblick war ekelhaft. Warum ließ er sich keine Implantate einsetzen?

Peter verhielt sich, als ob seine Karriere zu Ende wäre, als ob er mit seinem Leben abgeschlossen hätte. Er traute der Welt nicht mehr, traute ihr alles und sich nichts zu. Seine Versagensängste hatten ihn nicht nur eingeholt. Er war jetzt seine Angst. Dabei war nicht wirklich etwas passiert. Rockwell wurde der Lieferant der Y AG, man würde sehen, für wie lange. Nach allem, was wir wussten, konnten wir froh sein, den Auftrag nicht bekommen zu haben.

Meine und deine Welt als Rohstoffreservoir, Maren. Ich dachte mir, es muss doch trotzdem Berührungen geben von uns mit fertigen Dingen, mit abgeschlossenen Gedanken! Die Chance, etwas vom Gewähren der Welt zu begreifen –

Ich habe sie vertan, die Chance.

Zusammen mit Sondra schrieb ich einen Report, in dem wir den Angebotsprozess dokumentierten. Damit fuhr ich zum Leiter unserer Geschäftseinheit nach Berlin. Anschließend verkaufte er es als seinen Erfolg, dass

D'Wolf den Auftrag nicht angenommen hatte, weil die Preise so schlecht waren.

Ich habe Peter bloßgestellt. Vor den Y-Leuten und in dem Report. Aber mir blieb nichts anderes übrig. Ich hatte zwei Kalkulatoren dazu gebracht, sich die Nacht um die Ohren zu schlagen. Auch wenn sie etwas schräg aussahen, unsere Preise für die Prozessormodule waren richtig. Während wir die Ergebnisse auf den Bildschirmen sichteten, die beiden Kalkulatoren in ihrem, ich in meinem Büro, kamen wir darauf, dass bei den Eingangs-Ausgangsmodulen ein Irrtum passiert sein musste. Bis heute weiß ich nicht, woran es lag, ob es ein Fehler des Kalkulationsprogramms war oder ein Versehen des Kalkulators. Jedenfalls war in dem Angebot eine bestimmte Sorte von Eingangs-Ausgangsmodulen mit viel zu niedrigen Preisen angesetzt, darunter einige Rennertypen. Auf diese noch einen Nachlass zu geben wäre einer Katastrophe gleichgekommen. Der Einkaufsvorstand verlangte, dass die Preise drei Jahre konstant bleiben sollten, und akzeptierte auch keine Preisgleitklauseln für das Material. Ein guter Lieferant steigert seine Produktivität kontinuierlich, damit macht er die Preissteigerungen beim Material mehr als wett und verdient sich eine goldene Nase. Wir argumentieren gegenüber unseren Lieferanten auch nicht anders.

Als Peter und Sondra in die Abschlussverhandlung gingen, hatten die Kalkulatoren noch nicht zu Ende gerechnet. Weil sie sich nicht sicher waren, warnte ich Peter und Sondra nicht vor. Jede Sekunde zählte – ich wies die Kalkulatoren an, sobald sie die richtigen Preise ermittelt hatten, unverzüglich Sondra zu briefen und mich erst danach zu informieren.

Sondra konnte nicht sagen: Wir haben uns in der Kalkulation geirrt, bei Rennertypen eines dreistelligen Millionenauftrags. Sofort wäre es in der Branche herumgewesen, jeder Vertriebsmann von D'Wolf hätte sich bei jeder Preisverhandlung von jedem Kunden anhören müssen, ihr wisst ja nicht, was für Preise ihr macht. In dem Report konnte ich ebenfalls nicht zugeben, dass wir uns verkalkuliert hatten. Die Controller aus Berlin wären wie ein Schwarm bösartiger Insekten über uns hergefallen.

Ich konnte es nicht anders darstellen, als dass Peter in dem Eifer, einen Referenzauftrag an Land zu ziehen, seine Kompetenzen überschritten hatte und ich ihn in seine Schranken weisen musste. Zu seiner Entlastung brachte ich den regionalen Vertriebsbeauftragten ins Spiel, er habe Peter falsch informiert, der Vertriebsbeauftragte konnte sich ja nicht mehr wehren.

Ich gab Peter den Report. Er las ihn mehrmals durch, um ihn dann verächtlich auf meinen Schreibtisch zu werfen. Mühsam stand er auf, wie ein alter Mann schlurfte er zur Tür. Auf dem Weg dorthin drehte er sich um. Er sagte, mit zuckendem Adamsapfel, er habe seinen Stolz. Nie habe er um etwas gebeten. Seine Stimme starb ihm jämmerlich ab. Er bewegte seinen Mund in der Art und Weise, wie ich es beobachtet hatte, als er sein Gebissteil herausgenommen hatte. Dann ließ er sich auf die Knie nieder.

Wir waren allein in meinem Büro, trotzdem blickte ich mich um, ich hatte Angst, jemand könne mitbekommen, wie Peter vor mir auf die Knie ging. Ich schaltete auch den Computer aus, ich fürchtete, was auf dem Bildschirm war, könne mich, ihn, uns beobachten.

Während ich auf ihn zuhastete, stammelte er immer wieder: »Bitte! Bitte!«

Ich griff nach seinen Händen und wollte ihn hochziehen, aber er wedelte mit den Armen und ließ es nicht zu. Auf einmal fasste er nach mir. Ich hatte Angst, er wolle mir die Hände küssen.

Er bettelte, ich solle den Report abändern und schreiben, dass der Fehler in der Kalkulationsabteilung passiert war, dass die Kalkulation falsch war, dass er nicht seine Kompetenzen überschritten hatte. Das konnte ich nicht.

Als Peter im Koma lag, da habe ich gefürchtet und zugleich gehofft, ein *Genug* zu hören, wenn er wieder aufwachen würde. Aber es gibt wohl kein Genug für mich.

Ich war für die Kalkulationsabteilung verantwortlich, wenn sie einen Fehler machte, musste ich dafür einstehen. Ich war auch für Peter verantwortlich. Aber seinen Fehler lastete mir niemand an, nach der ganzen Vorgeschichte. Ich hatte Peter helfen wollen, indem ich ihn zum Teamleader für die Verhandlungen gemacht hatte, und der Leiter der Geschäftseinheit hatte es genehmigt.

Ich hatte zudem Burgi erneut eingestellt und damit gegenüber Peter Wiedergutmachung geleistet. Es war noch nicht aller Tage Abend. Peter würde es gelingen, sein Gedächtnis wiederzuerlangen. Das wäre doch gelacht. Aber hinterrücks hatte sich die Gewissheit angeschlichen: Selbst wenn sein Gedächtnis wiederhergestellt wäre, nie mehr würde unser Verhältnis werden wie früher. Ich stand an einem klammen Gefühlsabgrund und blickte in eine ungeheure Verlassenheit.

Beschwerlich richtete Peter sich auf. Er zog Jacke und Krawatte zurecht, seine Miene war eine Mischung aus Ungläubigkeit und Trotz. Er konnte nicht glauben, was ihm zugestoßen war. Mit gesenkten Schultern trottete er wieder zur Tür.

Ich hatte das Bedürfnis, ihm nachzugehen und ihn am Arm zu fassen, wie man einer alten Frau hilft, eine vielbefahrene Straße zu überqueren. Laut rief ich seinen Namen. Unerwartet rasch wandte er sich um. Schon bevor ich Peter kommen ließ, hatte ich mich in das Total-Recall-System eingeloggt, um ein kanadisches Labor von D'Wolf zu beobachten. Im selben Augenblick ging das leise Gemurmel aus dem Lautsprecher in ein lautes Rauschen über.

An diesem Tag erregte sich auch die Sonne. Das Magnetfeld der Erde wirkt wie ein Schutzschirm, bei starken Sonnenstürmen wird es durch die emittierten Partikel gequetscht und geschüttelt. Dann fegt ein elektromagnetischer Sturm über die Erde, der in den Stromleitungen gewaltige Induktionsströme erzeugt, in Transformatoren brennen Spulen durch, das ganze Stromnetz kann zusammenbrechen. Genau das passierte in Kanada, deswegen wurde die Leitung unterbrochen.

Peter machte einige Schritte zu mir hin, den Arm ausgestreckt, die Finger gespreizt. Er riss den Mund ganz weit auf und sagte heiser etwas. Es wurde übertönt von dem zischenden Geräusch aus dem Lautsprecher, aber ich verstand es dennoch: Peter verfluchte mich. Dafür, dass ich in dem Report wahrheitswidrig angegeben hatte, er habe seine Kompetenzen überschritten.

Obwohl er den Mund so weit öffnete, waren die beiden Zahnreihen nahe beieinander. Das Gebissteil hatte sich gelockert.

Sein Fluch hallte noch lange in meinem Büro nach. Erst

nach Minuten fand ich aus meiner Trance und schaltete das wiederhergestellte Bild aus Kanada ab.

Über eine Kamera auf den Parkplätzen sah ich danach, wie Peter vor dem Schein am Horizont die Fahrertür seines Wagens aufmachte. Im Verlauf von Sonnenstürmen wird auch verstärkt Röntgenstrahlung freigesetzt, gelangt sie in die Erdatmosphäre, dehnt diese sich aus. Die Moleküle der Lufthülle vergrößern die Reibung im erdnahen Weltall, dadurch werden Raumfahrzeuge gebremst, die mit der Atmosphäre in Kontakt kommen. Später konnte man im Internet erfahren, ein chinesischer Forschungssatellit war verglüht.

Minutenlang stand Peter still, den Türgriff in der Hand, bis er sich entschloss einzusteigen. Er schaltete die Scheinwerfer ein, ließ jedoch den Motor nicht an. Ein Windstoß wehte ein gefaltetes weißes Blatt auf seinen Wagen zu, es flog ein paar Meter über dem Boden und verlor stetig an Höhe, wie ein Flugobjekt, das entweder ferngesteuert wurde oder selbst seinen Kurs bestimmte, der genau zu Peters Auto führte. Als ob es den Beobachter von diesem Gedanken abbringen wollte, drehte sich das Blatt ein paarmal um die eigene Achse, doch es landete auf der Windschutzscheibe von Peters Wagen, wo es liegen blieb.

Eine Zeitlang wartete er darauf, dass das Blatt aus der Mitarbeiterzeitschrift von D'Wolf, ich zoomte es heran, herunterfallen oder zur Seite geweht werden würde. Schließlich stieg er aus. Ehe er das Blatt zusammenknüllte und in den nächsten Papierkorb warf, las er aufmerksam den Artikel.

Anschließend blieb Peter, ohne loszufahren, hinter dem

Steuer sitzen. Zuerst war Burgi neben ihm, dann Sondra, dann wieder Burgi, dann erneut Sondra. Wenn ich daran zurückdenke, kommt es mir wie ein Film vor, der über die gesamte Länge dieselbe Einstellung zeigt und in dem das Nacheinanderauftreten der Protagonisten durch Überblendung dargestellt wird.

Die Lichter auf dem Parkplatz leuchteten genau die Vordersitze von Peters Wagen aus. Ich konnte sehen, wenn er sprach, wenn Burgi oder Sondra redete. Alle machten nur wenige Worte, dazwischen erstreckten sich lange Pausen. Sondra war unablässig in hastiger Bewegung begriffen, sie streckte den Arm aus und berührte Peters Wange, sie fasste nach seiner Hand und wollte ihm in die Augen sehen. Burgi verschränkte die Arme hinter dem Kopf und rutschte lässig nach vorn – wenn sie zuhörte, wenn sie etwas äußerte, drehte sie sich entschlossen zu Peter hin und machte den Mund weit auf. Es klingt absurd: Ihre Lippen – blendeten derart, dass ich ihre Gesichtszüge nicht mehr wahrnehmen konnte.

Am nächsten Tag taten wir beide, als sei nichts gewesen. Peter sah sehr müde aus, ich machte eine Anspielung, er erklärte, er habe die halbe Nacht auf dem Parkplatz verbracht. Die vom Sonnensturm verursachte Röntgenstrahlung hatte die Kommunikation zwischen den Satelliten und der Erde gestört. Er war mit einem Kunden verabredet, als er die Adresse des Restaurants außerhalb von Leipzig in das Navigationssystem eingab, tat sich nichts, das GPS war abgeschaltet. Das sei ihm Anlass gewesen, im Auto sitzen zu bleiben und nachzudenken. Er erzählte nicht, dass er nicht allein nachgedacht hatte. Der Kunde hatte vergebens gewartet, Peter hatte ihm nicht abgesagt.

Eine Fliege umschwirrte Sondra, die in einem Besprechungsraum auf Burgi wartete. Die Fliege setzte sich auf ihre Stirn über die rechte Augenbraue, Sondra zuckte mit der Braue, die Fliege verschwand kurz aus dem Kamerabereich, um sich zielsicher unter die Augenbraue auf das Augenlid zu setzen. Ich hätte sofort versucht, mir die Fliege mit den Fingern aus dem Gesicht zu wischen, Sondra zuckte nur mit dem Lid. Die Fliege zögerte, ehe sie wieder losflog. Der Anblick ekelte mich. Da klopfte es energisch an meiner Tür. Auf den Gängen wurde der Teppichboden ausgetauscht, das Fertigungslos war fehlerhaft gewesen. Ich hatte veranlasst, dass der Belag in meinem Büro ebenfalls ersetzt wurde, ich wollte keinen Farb- oder Materialunterschied zwischen dem Boden auf dem Korridor und dem in meinem Büro. Der alte Teppichboden war entfernt, der neue noch nicht verlegt. Ein Paar klobiger Schuhe warf Schatten durch den Spalt unter der Tür in den Raum. Die Fliege ließ sich auf Sondras Oberlippe nieder und kroch in ihr rechtes Nasenloch. Es pochte so stark an der Tür, dass diese erzitterte. Die Schatten unter der Tür wurden länger, auf dem Boden zeichneten sich die Umrisse zweier Beine ab. Als ich wieder auf den Bildschirm blickte, kroch die Fliege aus Sondras Nasenloch heraus, ich hätte schwören können, aus dem linken. Jetzt erst fasste sie mit der Hand zum Mund, um die Fliege zu verscheuchen. Die Schattengestalt, die durch den Spalt unter der Tür eingedrungen war, hatte sich aufgerichtet. Sie beugte sich über mich und den Bildschirm. Ich erschrak so, dass ich von meinem Sessel aufsprang, jedoch sofort das Gleichgewicht verlor. Während ich hinfiel, hatte ich das Gefühl, die Hände der Schattengestalt griffen nach mir, sie zogen meine Beine nach oben, ich schwebte an der Decke, die Beine oben, der Kopf unten.

Wenn ich den Bodenkontakt verliere, werde ich sogleich unsicher. Als Kind konnte ich niemals bei Ballspielen mittun, weil man dabei in die Luft springen muss. Ich gehe nie auf Rummelplätze, den Anblick eines Karussells oder einer Achterbahn kann ich kaum aushalten.

In dem Augenblick, in dem ich auf dem Estrich aufschlug, war alles vorbei. Der Schatten hatte sich verflüchtigt, das unter der Tür einfallende Licht umflutete mich freundlich, als wollte es mir aufhelfen.

»Du bist ihm während der Verhandlung in den Rücken gefallen!«

Gestern hatten Burgis blonde Haare die Nacht erleuchtet, jetzt ging von ihren fast weiß gefärbten Haaren ein eisiges Air aus, das sich nicht nur in dem Raum verbreitete, den ich beobachtete, sondern aus dem Bildschirm auch in mein Büro hineinzuwehen schien. Gegen die Kälte, den Feind aller Körper, Todfeind meines Körpers, gegen die Kälte ist kein Kraut gewachsen.

»Auf Anweisung von –«

Sondra sprach meinen Namen nicht aus.

Burgis Gesicht war weiß wie ihre Haare. Wenn sie redete, bewegte sie die blutleeren Lippen nicht.

»Du hast ihm das Genick gebrochen!«

Sondra sprach mit zu Herzen gehender Stimme: »Hätte ich Peter gewähren lassen und hätten wir den Auftrag später abgelehnt, der Einkaufsvorstand hätte uns wegen Culpa in contrahendo verklagt.«

Burgi legte den Kopf in den Nacken und strich sich die Haare nach hinten. Sie umfasste die Haare und zog sie gegen den Widerstand ihrer Halsmuskeln zurück, dabei stieg Blut in ihr Gesicht.

»Ich will ehrlich mit dir sein. – Nach seinem Unfall war es für Peter so, als hätte es dich nie gegeben. Als wäre unsere Beziehung nie unterbrochen gewesen. Zunächst hast du das respektiert. Aber jetzt sehe ich, dass du dich um Assignments bemühst, bei denen du auf Peter triffst. Du brauchst mir nicht zu widersprechen.«

Sondra erhob keinen Einspruch.

»Du suchst seine Nähe. Ich kann nicht vernünftig arbeiten, wenn ich ständig darüber nachdenken muss, ob ich zu der Exfreundin meines Freundes auch rücksichtsvoll genug bin!«

Sondra presste die Lippen aufeinander. Entschlossen, unter keinen Umständen mehr das Wort an die andere zu richten, schrieb sie auf ihrem Notebook – ich konnte die Worte gut entziffern, als ich heranzoomte: *Du musst nicht höflich mit mir sein. Lassen wir die Formalitäten.*

Sondra drehte das Notebook, Burgi beugte sich vor, um den Text zu lesen.

»Ich bin jetzt sehr direkt.«

Burgi sprach mit geschlossenen Augen. Mir kam die Idee, dass Sondra nicht reden konnte, weil ihr Mund zugenäht war, und Burgi die Augen nicht mehr aufmachen konnte, weil ihre Lider zusammengenäht waren.

»Ich möchte, dass du dich aus allen Assignments zurückziehst, auf denen auch Peter ist. Es wäre am besten, wenn du selbst den Antrag stellen würdest, in eine andere Abteilung versetzt zu werden. Deine Abteilung wird immer mit dem Werk hier zu tun haben.«

Sondra schrieb: *Die Leute in meiner Abteilung und die*

auf meinen Assignments sind die einzigen Menschen, die ich kenne. Sonst habe ich keine Freunde.

Burgi hob ihre Hände vor Sondras Gesicht und spreizte die Finger. Ihre Finger scharfe Klingen, die das Gesicht Sondras zerschneiden sollten?

Sondra: *War das eine Drohung? Du hast nicht die Macht, mich zu versetzen.*

Burgi nannte einen Namen aus Philadelphia, den ich noch nie gehört hatte, der Träger dieses Namens werde Sondras Versetzung bewirken, wenn sie, Burgi, ihn darüber informiere, dass eine gedeihliche Zusammenarbeit zwischen ihr und Sondra unmöglich sei. Burgis jetzt durchblutete Lippen eine spöttische Epistel. Sie werde die Dinge in die Wege leiten, wenn Sondra sich nicht von sich aus um ihre Versetzung bemühe.

Sondra hatte angehoben, meinen Namen zu nennen, aber dann ihren Satz nicht beendet. In keinem Gespräch fiel mein Name. Ich habe nie ohne Grund in unserem Total-Recall-System gesurft, andere Menschen interessieren mich zu wenig, ich habe mich nur dann eingeloggt, wenn ich eine bestimmte Person im Auge behalten oder einen bestimmten Vorgang verfolgen wollte. Warum wurde mein Name nie genannt, obwohl ich doch der Werksleiter war? Es war Zufall: Hätte ich andere Besprechungen und andere Mitarbeiter ausgewählt, vielleicht wäre ich dauernd erwähnt worden. Es war kein Zufall: Ich hatte Mitarbeiter aus meiner engeren Umgebung beobachtet, die taten, was ich ihnen angewiesen hatte, und die sich nicht erst auf mich berufen mussten wie diejenigen aus dem weiteren Kreis. Wenn es um Eitelkeit ginge, dann wäre mir wohl früher aufgefallen, dass ich nicht vorkam!

Meine Ziele waren, dass es das Roboterlabor weiter gab, auch nachdem es Cathleen Nebe anscheinend nicht mehr gab, und dass das Werk funktionierte, in dieser Reihenfolge. Dabei spielte es keine Rolle, ob ich wichtig oder unwichtig war. Ich konnte meine Nicht-Nennung auch so interpretieren: Ich hatte die optimalen Abläufe implementiert und dafür gesorgt, dass sie stabil waren, dass sie nicht korrigiert werden mussten. Mein Name hätte dann genannt werden müssen, wenn ich häufig hätte eingreifen müssen. Ich war der perfekte Werksleiter.

In diesen Tagen machte eine Beobachtung der Raumsonde WMAP – Wilkinson Microwave Anisotropy Probe – Furore, die seit einigen Jahren auf dem brennenden Sternenhimmel den Mikrowellenbereich kartierte. Die kosmische Hintergrundstrahlung stammt größtenteils aus der Frühzeit des Universums, als es erst dreihundertfünfundsiebzigtausend Jahre alt war. Mit einer Temperatur von drei Grad über dem absoluten Nullpunkt ist die Strahlung extrem gleichförmig, die Temperaturschwankungen im Bereich von wenigen Hunderttausendstel Grad spiegeln Dichteschwankungen im Urgas wider, aus denen die Schwerkraft im Laufe der Milliarden Jahre Sterne, Galaxien, Galaxienhaufen und Superhaufen geformt hat.

Auf der WMAP-Himmelskarte ergab sich eine Stelle, die kühler und größer war als die üblichen Flecken. Die Temperatur des WMAP Cold Spot im Süden der Himmelssphäre im Sternbild Eridianus lag um ein siebzigmillionstel Grad unter der Durchschnittstemperatur der Hintergrundstrahlung. Die Radiostrahlung war dort ebenfalls schwächer als in der Umgebung, siebenunddreißig statt einundfünfzig Millikelvin.

Drei mögliche Erklärungen kamen in Frage. Der kalte Fleck war eine Textur, eine Art Knoten im Gewebe der Raumzeit, geknüpft aus eingeschlossener Energie der kosmischen Urzeit. Derartige Gebilde könnten bei Phasenübergängen entstehen, wie sie während der Abkühlung des frühen Universums vorkamen, sie ähneln Blasen im Eis. Aufgrund ihrer hohen Energiedichte besitzt eine solche Textur ein enormes Gravitationsfeld, das die Materie in seiner Umgebung anzieht und den vorbeifliegenden Photonen der kosmischen Hintergrundstrahlung Energie raubt. Die Textur musste etwa eine Milliarde Jahre nach dem Urknall entstanden sein.

Nach einer einfacheren Erklärung war der kalte Fleck lediglich das Abbild eines gigantischen Leerraums: keine Sterne, kein Gas, keine dunkle Materie auf einer Länge von etwa acht Milliarden und einer Breite von etwa neunhundert Millionen Lichtjahren. Das war etwa das tausendfache Volumen eines typischen Leerraums zwischen den Galaxiensuperhaufen, niemals zuvor hatte man am Himmel ein Loch dieses Ausmaßes gefunden. Unter bestimmten Umständen kühlt ein solches Superloch die kosmische Hintergrundstrahlung ab. In spöttischer Bewahrungslust merkt sich das Licht die Eigenschaften des Wegs, den es seit seiner Freisetzung durch den Urknall nimmt. Durchquert es einen Galaxienhaufen, gewinnt es beim Eintritt Energie aus dem Gravitationsfeld, die es beim Austritt wieder verliert. Durchfliegen die Photonen einen Leerraum, geben sie als Folge der Expansion des Universums Energie ab. Galaxiensuperhaufen und Superleerräume hinterlassen einen Abdruck in der kosmischen Hintergrundstrahlung.

Meine Lieblingserklärung war eine andere. Sie bestand in unendlicher Schaffenslust. Neben unserem Universum sind weitere aus dem Quantenvakuum entstanden. Der Urknall war nicht der absolute Anfang von allem, ja nicht einmal ein einzigartiges Ereignis, sondern lediglich die Geburt eines Universums unter vielen. Je nach der Stärke der Energieschwankungen im Quantenvakuum und je nachdem, wie sich das Verhältnis von Energie und Gravitation gestaltet, kollabieren die neuen Universen entweder sofort wieder, oder sie werden durch Inflation groß. Natürlich sind die Paralleluniversen viel zu weit entfernt, um sie von der Erde aus beobachten zu können. Aber alle Universen, gleich wie groß der Abstand zwischen ihnen ist, hängen zusammen, denn von Anfang an gab es quantenphysikalische Verschränkungen, die für immer bestehen bleiben. Obwohl die Inflation unsere Region rasch aus der Reichweite der anderen Universen entfernte, stehen die anderen immer noch in Quantenbeziehungen zu unserem Universum. Diese Wechselwirkung führt dazu, dass die Nachbaruniversen gleichsam an unserem Universum ziehen. Wo der Effekt besonders stark ist, wurde die Galaxienbildung unterdrückt, die Folge ist ein gigantischer Leerraum. Aus geometrischen Gründen sollte es noch ein zweites Superloch geben, am nördlichen Himmel.

Plötzlich stand ein blaustrahlender Berg vor uns! Aus Nebeln aufgetaucht, die uns jegliche Orientierung genommen hatten. Dieser Glanz, dieses Anblitzen! Ich dachte, es ist in die Wirklichkeit geplatzt, das Meer mit dem Himmelsstück, und gleich wieder weg, aber es ließ nicht an sich rütteln. Nicht die Spur einer Absicht, das Gleißen durch ruckhaftes Entweichen oder einen entschwebenden Auftritt zu beenden! Wie hatte das Meer – der Gedanke an ein Brausen oder Knattern lag ihm unendlich fern, ins Weite verstreute einsame Reihen von weißen Schaumkrönchen deuteten die Möglichkeit von Wellen nur an – es fertiggebracht, das Himmelsstück in Besitz zu nehmen? Stolz und befriedigt über seine Eroberung räkelte es sich und wollte der Sonne hinter dem Nebel zurufen: Na, altes Mädchen, jetzt staunst du!

Peters Augen waren dunkle Leerstellen für die Spiegelbilder verlorengegangener Augenblicke. Sein Herz hatte unruhig geschlagen während der Fahrt. Ich versuchte, ihn zu ermutigen: Wenn die entschwundenen Augenblicke zu ihm zurückkehren würden – er musste den Befehlen, die sie erteilten, nicht Folge leisten. Seine Erinnerung an die Zeit ohne Vergangenheit konnte jede Zukunft, die unbedingt eine bestimmte Vergangenheit etablieren wollte, nach Geschmack und Laune über den Haufen werfen.

Im Internet war ich auf einen Bericht über einen Arzt gestoßen, der Patienten mit verbotenen Drogen behandelt hatte, um verlorengegangene Erinnerungen wiederherzustellen. Dem Navigationssystem nach hatten wir den vereinbarten Treffpunkt erreicht, eine Fabrikhalle im Schatten einer Brücke, die über einen Meeresarm der Ostsee führte. Die rote Eingangstür der nach der Wende errichteten Halle war verschlossen, wir umrundeten das Gebäude, die Tür neben dem herabgelassenen Rolltor auf der Laderampe war ebenfalls verriegelt. Wir ließen den Wagen stehen und gingen zu Fuß hoch zur Straße und auf die Brücke, um den Berg aus Meer und Himmel weiter zu bestaunen.

Was für ein Flimmern und Flirren auf den Graten des Bergmassivs! Wir mussten die Hände über die Augen halten, um nicht geblendet zu werden. Wie weit reichte der Berg in das Universum hinein? Woher kam der Lichtstaub? War er ein ernstgemeinter Hinweis oder nur die theatermäßige Vorspiegelung von etwas Geheimnisvollem für uns Erdlinge? Unbeteiligt wischten die Autos auf der Brücke dahin, ein solitärer Fußgänger telefonierte mit sich selbst. Nahmen nur wir diese zugleich ragende und klaffende Unendlichkeit wahr? Waren wir alle vielleicht in Wirklichkeit von Nebelmassen umgeben, die sich gegenseitig um die Erde scheuchten? Träumten nur Peter und ich, und würden wir gleich wieder aufwachen aus unserem Traum und Allesvergessenhaben? Das konnte doch kein Traum sein, dieses Angezogenwerden der Blicke von dem Massiv aus Licht, das überall im Universum sichtbar sein musste!

Pausierte die Unruhe, die wir mitgebracht hatten, oder war das eine Täuschung, schwoll sie vielmehr an bis zum gesamten Horizont ringsum? Kam der Arzt mit den unorthodoxen Gedächtnisauffrischungsmethoden absichtsvoll zu spät, damit wir uns diesem Anblick überließen? War die Wettersingularität gar keine, sondern eine Gewohnheit der Fabrikhalle, in der er ordinierte? Sollte die Herrlichkeit des Fernblicks die Kräfte des Patienten gezielt erschöpfen?

Ich schloss die Augen. Wenn ich sie öffnete, würde entweder das Gebirge noch großartiger sein oder die monströse Landschaft würde sich schließlich doch als kraftvolle Einbildung erweisen. Aber die Göttlichkeit des Augenscheins hatte auch mich weit mehr ausgelaugt, als ich es für möglich gehalten hatte. Meine Wahrnehmung war an die Singularität angedockt, ich hatte den Bodenkontakt verloren, mir wurde schwindelig, ich musste mich am Brückengeländer festhalten.

Als Kind war ich in der Lage gewesen, Autos allein am Klang ihrer Motoren zu erkennen. Ich habe das Talent nicht gepflegt, die Motorgeräusche der jetzigen Modelle kann ich nicht auseinanderhalten. Der Wagen, der langsam heranfuhr und neben uns hielt, musste ein Porsche 911 aus den fünfziger Jahren sein. Die prekäre Situation meines vestibulären Systems verdrängend, öffnete ich die Augen, ich lag richtig. Der rote Porsche war ziemlich derangiert, eine Beule an der Fahrertür rostete dekorativ, die Motorhaube ließ sich nicht mehr richtig schließen, quer durch das Glas des linken vorderen Scheinwerfers zog sich ein Sprung, die verchromten Teile waren stumpf und zerkratzt. Der ältere, luftgetrocknete Mann, der der Rarität entstieg und erst Peter und dann mir stumm die Hände schüttelte, war der Reiseführer auf der Zeitreise. Bei seiner Ordination angekommen, hatte er unser leeres Fahrzeug gesehen und daraus geschlossen, dass es sich bei den beiden Gestalten auf der Brücke um die Insassen handeln musste.

In der Mitte der Fabrikhalle lag auf einer hohen, mit einem roten samtartigen Stoff überzogenen Liege, von einer OP-Leuchte angestrahlt, eine junge Frau in einem weißen Arztkittel. Als wir eintraten, sprang sie von der Liege herunter und rannte in eine Ecke der sonst dunklen Halle. Sie war barfuß.

Der Doktor führte uns in die Richtung, in die seine Assistentin entflohen war. Mehrere Lavalampen gingen an, sie leuchteten eine Sitzecke mit zerschlissenen Sofas aus, die von uralten Buchregalen mit senkrecht und waagerecht gestapelten medizinischen Fachbüchern eingefriedet war. Bücherstapel auf dem Boden versahen Dienste als Beistelltische. Auf dem größten Sofa saß mit artig zusammengepressten Knien die Assistentin, sie tat so, als würde sie im Licht der dunkelgrünen Lavalampe hinter ihr das Buch in ihrem Schoß lesen.

Nachdem der Doktor uns geheißen hatte, Platz zu nehmen, schlurfte er zu einer Küchenzeile, die unmotiviert neben einem Bücherregal stand. Er entnahm dem Kühlschrank ein Hähnchen und steckte es in den Mikrowellenherd. Das fertige Hähnchen fixierte er mit einem riesigen Spieß und zerteilte es mit einem noch größeren Messer. Auf schlabberigen Papptellern bot er uns die Stücke an, wir trauten uns nicht abzulehnen. Er reichte Plastikbesteck nach, das schon beim ersten Benutzungsversuch zersprang. Uns blieb nichts anderes übrig, als mit den Fingern zu essen. Der Hausherr nagte seine Keule vergleichsweise elegant ab. Die Helferin hatte nur Stücke ohne Knochen abbekommen, sie hielt den Teller vor den Mund und stopfte das Fleisch hinein. Sie aß so schnell wie ein Hund, der nur überlebt hatte, weil es ihm gelungen war, mehr und schneller als die anderen Welpen von dem knappen und umkämpften Fressen hinunterzuschlingen.

»Ich habe Sie erst am Samstag erwartet.«

Der Doktor blickte auf seine Uhr. »Aber es ist ja Samstag –«

Seine Assistentin hing an seinen Lippen.

»Ich habe meine Praxis noch nicht lange hier …«

Er machte eine fahrige Geste mit der Hand.

»Ich kann Ihnen nichts versprechen.«

Er räusperte sich und blickte zu seiner Assistentin hin, die begab sich in die Mitte der Halle. Erst entfernte sie den roten Überzug von der Liege, dann widmete sie sich der Bevölkerung von medizinischen Geräten um die auf vier schwarzglänzenden Kunststoffsäulen montierte Plexiglasplatte herum. Sie schaltete Bildschirme ein, sortierte Elektroden, zog Spritzen auf und legte sie auf einem Instrumententisch bereit. Dabei hantierte sie mehr oder weniger im Dunkeln, erst zum Schluss schaltete sie die Hallenbeleuchtung ein, die sich in dem glatten Industrieboden unangenehm spiegelte. Der wies keine Gebrauchsspuren auf, seit ihrer Fertigstellung war die Halle offensichtlich niemals benutzt worden.

»Es gibt keine Zeit.«

Die Assistentin hatte ihre Verrichtungen beendet und setzte sich auf die Liege. Ihr Kittel war hochgerutscht, schon vorher hatte sich der Verdacht aufgedrängt, dass sie außer dem Kittel nichts weiter anhatte.

»Die Weltlinien fangen nirgendwo an und hören nirgendwo auf, sie überschneiden sich nicht. Wir können in eine beliebige Region der Vergangenheit oder der Zukunft reisen und von dort auch wieder zurückkehren, genauso wie wir eine Erdgegend aufsuchen. Wir müssen nur eine genügend große Kurve machen. Die Zeit läuft kreisförmig in sich zurück, eine Reise im Raum ist zugleich eine Reise in die Zukunft oder die Vergangenheit.«

Der Doktor leierte seine Sätze provozierend herunter – wollte er deren Inhalt oder sich selbst karikieren?

»Die Zeit verstreicht nicht. Man kann immer in die Vergangenheit zurückgehen, sie ist immer da.«

Er erhob sich und kehrte mit einem Pappbecher Kartoffelsalat von der Küchenzeile zurück. Obwohl er den Mund voll hatte, sprach er deutlicher als vorher.

»Die Zeit ist eine Illusion. Es ist nicht sinnvoll zu fragen, wie oft die Punkte, aus denen ein Kreis besteht, herumgewandert sind. Die Zeit hängt von der Art und Weise ab, wie die Materie in der Welt angeordnet ist. Die Zeit ist nichts anderes als eine Form des Raums.«

Während der Doktor anfing, seine medizinischen Geräte zu programmieren und zu justieren, flüsterte mir Peter zu: »Das ist ein Witz! – Ich mache das nicht!«

Peter hatte die Lücke in seinem Gedächtnis schließen wollen, um Ordnung zu schaffen. Nicht, weil die Lücke wirklich eine für ihn war, weil er etwa damit nicht leben konnte. Er hatte sogar sein Büro aufgeräumt. Dann ergriff der Gedanke von ihm Besitz, dass er mit Sondra die Dinge auf eine andere Weise erlebt haben könnte als mit Burgi. Hatten seine Erfahrungen mit Sondra vielleicht mehr Kraft gehabt, als er es sich nach seinem Blackout vorstellen konnte? War ihm das, was er mit Sondra erlebt hatte, womöglich sogar einmalig und unwiederbringlich erschienen, als er es erlebt hatte?

Jetzt befürchtete Peter, wenn er sich selbst begegnete, würde er etwas tun oder es würde etwas geschehen, das den Lauf der Geschichte veränderte. Er hatte Angst, dass es ihn jählings, von einem Augenblick auf den anderen, nicht mehr geben würde. Unvermittelt wäre das Universum eins ohne ihn.

Ich bin überzeugt: Es ist unmöglich, die Vergangenheit

zu verändern. Solange eine Entscheidung nicht getroffen wurde, ist die Zukunft nicht vorherbestimmt. Ist die Entscheidung gefällt, führt sie zu einer bestimmten Zukunft. Ich glaube nicht daran, dass sich verschiedene Vergangenheiten überlagern. Im Rückblick ist in der Welt alles festgelegt. Wenn man in die Vergangenheit reist, sieht man nur, was mit der Welt vereinbar ist, aus der man kommt. Aber natürlich wäre es ein Irrtum anzunehmen, wir wüssten alles über die Vergangenheit. Die Geschichte kann auf viele Arten und Weisen ablaufen, um zu der Gegenwart zu führen, in der wir uns gerade befinden.

Ich sagte Peter, er solle es machen. Er habe keine Wahl. Natürlich war der Doktor ein Scharlatan, aber wenn einer daran glaubt, dass der andere dazu in der Lage ist, seine verschütteten Erinnerungen wieder an die Oberfläche zu bringen, dann bewirkt der Glaube möglicherweise den Erfolg. Der Doktor war zu einer Bewährungsstrafe verurteilt und mit einem befristeten Berufsverbot belegt worden. Aber aus dem Bericht über ihn ging auch hervor, bei seinen Versuchen hatte niemand wirklich Schaden genommen.

»Ich weiß nichts über Sie.«

Der Doktor war weiter hungrig. Während Peter erzählte, suchte er in der Küchenzeile erneut nach etwas Essbarem, wurde jedoch nicht mehr fündig. Er stellte einige Zwischenfragen, dabei verwechselte er die Namen von Burgi und Sondra, seine Assistentin korrigierte ihn. Es sah so aus, als habe er Schwierigkeiten, sich Dinge zu merken. Schließlich fragte Peter, wie denn die Therapie nun funktioniere. Die Helferin fasste den Doktor am Arm und sagte, er solle erzählen, wie er auf die Idee gekommen sei, aber nicht die lange Version.

Er sei Neurologe und habe sich auf die Behandlung von Patienten mit Schädeltraumata spezialisiert gehabt, bis er eines Tages selbst ein solcher Patient geworden sei. Er hatte an einem Krankenhaus in Frankfurt gearbeitet, auf der Fahrt zu einer Konferenz in München war er am Bibelrieder Kreuz verunglückt. Mit zweihundertfünfzig Stundenkilometern überholte er in der Nacht eine Kolonne von Lastwagen, einer scherte plötzlich aus, es gab keine Möglichkeit mehr zu bremsen. Er verbrachte ein Jahr im Wachkoma, er konnte sich nicht bewegen, nur die Augen öffnen. Das sei überhaupt keine Folter gewesen, im Gegenteil, er habe sich befreit gefühlt. Die Ärzte wussten nicht, ob er bei Bewusstsein war oder nicht, er sollte mit ihnen über die Augenbewegungen kommunizieren. Aber er reagierte nicht auf die Kommunikationsversuche, er wollte, dass sie ihn in Ruhe ließen.

Zwar hatte er keine Erinnerung an den eigentlichen Aufprall, aber im Gegensatz zu anderen Unfallpatienten konnte er sich an den Augenblick unmittelbar vor dem Zusammenstoß erinnern. Die Frage ließ ihn nicht los, ob der Laster geblinkt hatte, als er ausgeschert war oder nicht.

»In der zweihundertzweiundzwanzigsten Nacht nach meinem Unfall – ich hatte mitgezählt – kam mir die rettende Idee: Ich musste in der Zeit zurückreisen. Mit Zeitreisen hatte ich keine Erfahrung. Aber ich wusste, wie man andere Orte aufsuchen kann, ohne sich vom Platz zu bewegen.«

Der Doktor streckte eine Hand aus, seine Assistentin ergriff sie.

»Ich sorgte dafür, dass ein befreundeter Kollege an

mein Krankenbett gerufen wurde, der das Morsealphabet beherrschte. Mit ihm konnte ich kommunizieren, er half mir bei meinem Experiment. Ich probierte eine Reihe von Cocktails aus Medikamenten und Drogen. Mit diesen Dingen habe ich Erfahrung –«

Die Assistentin erläuterte, in der Nacht vor seinem Unfall habe er ebenfalls experimentiert …

»Zeit ist Raum. Es gelang mir, die Raum-Zeit-Stelle aufzusuchen, an der der Unfall stattgefunden hatte – stattfand – stattfinden würde. Von einer Brücke aus sah ich, wie es passierte: Der Sattelschlepper blinkte lange, bevor er die Fahrbahn wechselte, aber nur mit dem linken vorderen Blinker, der linke hintere Blinker war kaputt. Von der Überholspur aus konnte man den linken vorderen Blinker aus der Entfernung nicht sehen. In dem Moment, als der Fahrer ausscherte, befand sich die Zugmaschine weiter links als der Auflieger, ganz kurz war der Blinker sichtbar, aber dann gleich wieder vom Auflieger verdeckt. Unmittelbar danach kam der Aufprall.«

Auch nachdem er sein eigentliches Ziel erreicht hatte, habe er weiter experimentiert, er sei in der Raumzeit umhergereist und habe auch andere Lebensprobleme gelöst, die ihn seit jeher umgetrieben hätten. Erst sei es ihm selbst gar nicht aufgefallen, dass er sich wieder bewegen konnte, dann habe er es den Ärzten verschwiegen. Irgendwann habe er mit dem Versteckspiel Schluss gemacht.

Der Doktor hatte keine schwerwiegenden neurologischen Schäden davongetragen, seine Art, sich zu bewegen, war unbeeinträchtigt, seine Sprechweise passte zu jemandem, der mit Drogen experimentierte. Was mich für ihn einnahm, war die Tatsache, dass er niemals das Wort

Unterbewusstes im Munde führte. Ich hatte befürchtet, er würde versuchen, uns weiszumachen, er könne das individuelle Unbewusste oder sogar ein kollektives Unbewusstes anzapfen.

Bei dem Begriff Weltlinie hatte ich natürlich aufgehorcht, welcher Arzt beschäftigt sich schon mit der allgemeinen Relativitätstheorie. Die Wortwahl hätte auch ein Zufall sein können, aber was der Doktor dann weiter ausgeführt hatte, war keine zufällige Übereinstimmung. Zeitreisen müssen nicht in Sprüngen mit Ent- und Rematerialisierung erfolgen. Tatsächlich beschrieb er nichts anderes als ein Gödel-Universum, ein geschlossenes, stationäres Universum mit negativer kosmologischer Konstante, das rotiert. Seine Zeit läuft kreisförmig in sich selbst zurück, so dass eine Reise im Raum zugleich eine Reise in der Zeit, in die Vergangenheit oder in die Zukunft bedeutet.

Peter bestand darauf, mehr über die Drogen und Medikamente zu erfahren, die der Doktor verwendete. Der biss sich in einer Verlegenheitsgeste auf die Unterlippe, und wir rechneten mit einer ausweichenden Antwort, doch er hielt uns einen zwar schlimm geleierten, aber gespenstisch konzis anmutenden Vortrag, in dem er die chemische Struktur der verwendeten Substanzen und deren Wirkungen auf die menschlichen Nervenzellen beschrieb. Peter fragte – dabei gab er sich möglichst gleichmütig –, ob bei der Behandlung in der Vergangenheit Zwischenfälle eingetreten seien.

»Oh, die Drogen werden Sie nicht umbringen.«

In einer Tasche seines Jacketts hatte der Doktor eine Tüte mit sauren Drops gefunden, die so verschrumpelt aussah, dass der Verdacht nahelag, sie habe sich dort schon wochenlang befunden. Er bot allen aus der Tüte an, wir lehnten ab, die Assistentin wählte einen gelben Drops, der Doktor einen orangefarbenen.

»Aber was Sie an Ihrem Reiseziel erleben – das kann gefährlich sein. Sie begegnen jemandem, der Sie selbst waren, der Sie selbst sein werden. Das kann einen Schock verursachen.«

Die mittlere Massendichte unseres Universums liegt bei zehn hoch minus neunundzwanzig Gramm pro Kubikzentimeter. Setzt man diesen Wert in die Gleichungen für die Energieimpulsdichte des Materiestroms ein, beträgt die Rotationsdauer des Gödel-Universums etwa zweihundert Milliarden Jahre, die Wiederkehrzeit des Lichts zu einer Materieweltlinie etwa sechzig Milliarden Jahre. Der Radius des optischen Horizonts eines Beobachters misst rund zwanzig Milliarden Jahre, das ist etwas mehr als im heute beobachtbaren Teil unseres Universums. Der Doktor wusste, warum er seine Patienten nicht in ein Raumschiff setzte, sondern sie in ihrem Kopf reisen ließ. Wenn man die effektivste Nutzung eines Treibstoffs überhaupt voraussetzt, die vollständige Umwandlung von Materie in Energie, braucht man ungefähr die Masse der Erde, um hundert Jahre in die Vergangenheit zu reisen. Dann würde die Reise aber acht Billionen Jahre dauern. Um die Reisedauer abzukürzen, benötigte man ein Vielfaches dieser Masse. Im Vergleich dazu stellte der Drogen-Cocktail natürlich eine äußerst attraktive Treibstoffvariante dar.

Als Kind habe ich immer gehofft, dass sich das, was ich fühlte, einmal von selbst ordnen würde. Daraus wurde nichts. Alles, was ich als Ordnung betrachte, muss mir Dauer versprechen. Es darf sich nicht gleich wieder verflüchtigen. Das Furchtbare an der Zerstörung ist, dass sie nichts an der Ewigkeit ändert. Die Ewigkeit wird nicht einmal angekratzt. Der Vergleich macht jede Zerstörung, auch die harmloseste und unbedeutendste, so grausam, so unbarmherzig, so restlos, so wirklich. Die Trampelpfade der Menschen und Maschinen.

Die Ewigkeit um das Massiv über der Halle war wundernahe.

Peter schien im Raum zu schweben, die Plexiglasplatte, auf der er jetzt lag, reflektierte das Licht der Strahler nicht. Neben der OP-Lampe war eine Kamera montiert, an seinem Kommandopult inmitten der medizinischen Geräte hatte der Doktor auf einem großen Bildschirm Peters Kopf und Oberkörper unmittelbar vor sich.

»Sie werden sich selbst begegnen. Sie haben die Wahl, ob Sie nur beobachten oder ob Sie etwas tun.«

Der Doktor stellte den Bildschirm langsam heller. Nicht mehr Peter, der Bildschirm selbst hatte jetzt Falten und Furchen. Schließlich waren nur noch Peters Pupillen sichtbar. Ich begab mich zu dem Doktor hin und sah ihm über die Schulter. Ich blickte in das, was von Peters Augen übrig geblieben war, das sah mir in die Augen.

Gödel ist verhungert, weil er Angst hatte, man wolle ihn vergiften, er war nicht dazu bereit, seine Paranoia behandeln zu lassen. Unter seinen nachgelassenen Papieren fand sich eine statistische Analyse der Orientierung von Rotationsachsen ausgesuchter Galaxien. Er hatte versucht, aus dieser Verteilung auf eine mögliche Rotation des Universums insgesamt zu schließen. Bis heute gibt es keine Hinweise auf eine solche kosmische Rotation. Unser Universum ist nicht stationär, es dehnt sich aus und hat keine negative, sondern eine positive kosmologische Konstante. Zeitartige Weltlinien können auch in gleichförmigen endlichen Universen auftreten, deren mittlere Materiedichte nicht konstant ist, die sich ausdehnen. Für diese Universen existieren jedoch keine exakten Lösungen.

Der Doktor zoomte auf verschiedene Stellen von Peters Gesicht. Die Flächen und Konturen des wieder dunkler eingestellten Bildschirms lösten sich auf in unregelmäßige Kreise, Quadrate, Rechtecke, in Striche und Kreuze in den Kreisen und Quadraten. Das Licht verliert sich nicht. Bedeutete das Eingehen ins Licht die Ewigkeit?

DU WARST DAS WUNDERBARE MÄDCHEN ZWEIER WUNDERBARER MENSCHEN

Ich verstehe dich ja, Greta! – Eilig herausgetreten in den frischen Sommermorgen, mit lautem Herzklopfen nach der stillen nächtlichen Autofahrt, das erste Meer deines Lebens, aber dann: Strich durch die Rechnung, kehrt Marsch! – Das schwellende Wasser muss auf dich warten, auf Peter ebenfalls.

Nichts drückt und kneift in der Sonne auf der Wiese, du kannst die Beine weit von dir strecken in dem hölzernen Klappstuhl, Peter desgleichen, trotzdem nicht unbegreiflich, dass du stöhnst und an den Fransen deines Ponys reißt: Ich bin noch so jung! Herrgottnochmal, ein Kind!! Leicht wie ein verschlissener Schmetterlingsflügel lege ich eine Hand auf deinen Arm, aus meinem Mund kommt ein heiter-forderndes Bellen: Du wirst noch früh genug zum Strand kommen! – Balde werdet ihr ins Meer eingehen! – Lustig.

Dein türkisfarbenes Strandensemble – du hattest es in der Anzeige eines Kaufhauses für eine weiß-gelb-gestreifte Hollywoodschaukel gesehen, Tag und Nacht hast du davon geredet, bis deine Mutter mit der Anzeige in das Kaufhaus ging. Dort gab es zwar die Hollywoodschaukel, aber nicht das Strandensemble. Deine Mutter musste mit dem Direktor sprechen. Der hatte das Strandensemble für sein Kaufhaus nicht bestellt, aber ein Kollege in einer anderen Stadt führte es. Der Direktor orderte es nur für dich, Greta. Es war dir zu groß, du wolltest es umtauschen, aber der Direktor war nicht mehr zu sprechen.

Maren, Peters Bahn in Raum und Zeit traf sich nicht mit der Sondras, sondern mit meiner und der unserer Tochter. Aus einem Lautsprecher erzählte der an die Ewigkeit angeschlossene Peter, wie er sich selbst und Greta als Kinder beobachtete.

Nachdem Pfarrer Grenzfurtner Peter in ein deutsches Internat gegeben hatte, kümmerte er sich kaum mehr um ihn. Peter freute sich so, dass ich ihn in die Ferien mitnahm. Von dem Moment an, als mir klar war, dass Peter gerade mit mir und Greta an der Ostsee war, hörte ich ihm nicht mehr zu. Meine eigenen Erinnerungen waren zu lebendig.

Ich habe zwei Blätter mit Würfelansichten gemalt. Schräg von oben sieht man jeweils drei Seiten der Würfel. Die beiden Bilder auf dem ersten Blatt stellen einen Würfel aus verschiedenen Perspektiven dar, den man in Pompeji gefunden hat: Die Verteilung der Punkte auf die Flächen entspricht nicht derjenigen der gewöhnlichen Würfel. Das erste Bild zeigt die Drei oben, in der auf dem Papier senkrechten Diagonale, darunter links die Fünf und rechts die Sechs, mit den auf dem Papier senkrechten Dreierreihen, auf dem zweiten Bild liegt die Zwei oben, in der auf dem Papier waagerechten Diagonale, darunter links die Sechs, mit den auf dem Papier perspektivisch waagerechten Dreierreihen, rechts die Vier. Die Ansichten auf dem zweiten Blatt zeigen die Eins auf der Deckfläche und auf den dem Betrachter zugewandten Flächen die Zwei und die Drei in allen graphisch möglichen Kombinationen.

Greta und Peter sollen sich die beiden Ansichten auf dem ersten Blatt merken und unter den acht Würfelansichten auf dem zweiten Blatt die einzige herausfinden, die zu den beiden Bildern passt, die einzige, die ebenfalls den Pompeji-Würfel abbildet. Ohne die Zeichnung mit den zwei Ansichten des Pompeji-Würfels vor sich zu haben und ohne Bleistift und Papier zu verwenden.

Die Kinder spielen manchmal Würfelspiele, vielleicht haben sie sich den gewöhnlichen Würfel unbewusst eingeprägt. Das würde die Aufgabe zu leicht machen. Deswegen habe ich den Pompeji-Würfel und nicht den gewöhnlichen Würfel gewählt.

Während sie versuchen, die Aufgabe zu lösen, sollen Greta und Peter mir beschreiben, wie sie die Würfelansichten im Geist manipulieren.

Greta, du verbarrikadierst dich in deinem türkisfarbenen Strandensemble gegen den Pompeji-Würfel! Den es in deinem Kopf und in dem von Peter geben soll und sonst nirgends!

Du reißt dir tatsächlich ein paar Haare aus, du denkst, damit kriegst du mich rum. Du kannst dich nicht an deine Mutter wenden, sie ist nicht mitgefahren, weil sie eine Ausstellung ihrer Gobelins in einer Galerie vorbereiten muss. Aber dann wirst du doch vernünftig. Du machst ein kleines, unbedeutendes Gesicht, schiebst den Brustkorb nach vorn und zwickst die Beine zusammen.

»Warum ist der Würfel so wichtig?«

»Der Würfel ist nicht wichtig. Was du dabei denkst, ist wichtig.«

Ich küsse dir die Hand und zwinkere dir zu: Den Scherz mach ich gleich noch mal! – Kicherst du, weinst du, winziges Mädchen?

Du siehst die beiden Würfel – auf dem Papier. Aber das Blatt Papier habe ich dir ja weggenommen. Also müssen die beiden Würfel in deinem Kopf sein. Kann man in den eigenen Kopf hineinblicken?, fragst du dich. Warum siehst du dein Gehirn nicht? Du wartest darauf, dass sich die Würfel auf dem Papier in deinem Kopf von selbst bewegen, so dass du nur hinsehen und hier! rufen musst, wenn das Bild einem der angebotenen Lösungsbilder gleicht. Aber die Würfel tun dir den Gefallen nicht. Du musst sie selber wenden, nicht mehr auf dem Papier in deinem Kopf, sondern losgelöst in deinem Kopf.

Du drehst den linken Würfel so, dass du die Sechs und die Drei, aber nicht mehr die Fünf siehst. Du merkst dir die neue Lage der Sechs und der Drei und drehst den Würfel zurück. Du drehst den Würfel genauso wie vorher und verfolgst die Fünf –

Ein ganz anderer Gedanke. Die beiden Würfel in deinem Kopf sind ja ein und derselbe. Die Sechs ist doppelt vorhanden, sie bildet die Brücke zwischen den beiden Bildern. Die Vier liegt an der Schmalseite der Sechs, also muss sie der Drei gegenüber sein. Die Fünf ist an der Breitseite der Sechs, also liegt die Zwei der Fünf gegenüber. Vier an die Sechs grenzende Bilder werden gezeigt, also muss sich die Eins der Sechs gegenüber befinden.

Du: eine Hoffnungsanwehung: Die Eins, die Vier und

die Fünf sind von allen vier Kanten und allen vier Ecken aus gesehen gleich, die Zwei, die Drei und die Sechs sind nur von zwei Kanten und zwei Ecken aus gesehen gleich. Es kommt darauf an, wie jeweils genau die Zwei, die Drei und die Sechs liegen – kann man nicht ein Programm schreiben?!

Ich: ein Freudenblitz! Greta, du bist ein großer Entwurf! – Schon vor der Schule konntest du rechnen, du wusstest, was ein Programm ist, ich habe dir gezeigt, wie man auf einem Texas-Instruments-Taschenrechner ein einfaches Programm verfasst. Ich erkläre dir, natürlich kann man ein Programm schreiben, aber du kannst es ohne Rechner oder Bleistift und Papier nicht laufen lassen. Sofort würdest du den Überblick verlieren. Aufzeichnen ist nicht erlaubt.

Du sagst: »*Du* erlaubst nicht, dass ich die Würfel in meinem Kopf aufzeichne.«

Der Doktor hatte erklärt, Peters Reise werde nur ein paar Stunden dauern. Die Reisezeit sei zu vernachlässigen, die Zeit am Reiseziel verlaufe parallel zu unserer Zeit. Nachdem Peter in Trance gefallen war, gab der Doktor die Anweisungen an seine Assistentin nur noch stumm. Sich mit dem gekrümmten Zeigefinger über die Lippen fahrend, bediente er die Regler an seinem Kommandopult mit größtmöglicher Einfühlung.

Peter hatte gedacht, dass da irgendwo seine Gefühle für Sondra warteten, die sich mit klopfendem Herzen schlafend stellten vor ihm. Die Vergangenheit mit Sondra eine süß duftende und allseits brummende ewige Seligkeit? Eine goldumrahmte Stereoskop-Ansicht, wenn man nur lange genug draufstierte? Er hatte geglaubt, auf seiner Zeitreise treffe er jemanden, der ihm zuhörte, der ihn verstand. Aber Greta hatte ihn überrumpelt, und mich.

Peter atmete schwer und unruhig. Sein Körper war an der Ostsee und sein Geist ebenfalls. Dabei hätte der in Leipzig sein sollen und dort, wo er sich mit Sondra getroffen hatte. An mir lag es nicht, dass er die falsche Weltlinie genommen hatte, ich hatte ihn ausführlich gebrieft.

Peters Herzfrequenz fiel ab. So weit, dass ein Pfeifton ertönte. Die Assistentin reichte dem Doktor eine Spritze, die er Peter unmittelbar neben dem Brustbein verabreichte. Er erläuterte, das sei Adrenalin. Peters Körper zuckte kurz, sofort ging die Pulsfrequenz nach oben.

Die Arme und Beine des Reisenden zappelten auf dem Plexiglastisch, sein Kopf hatte einmal ein Gesicht und einmal nicht. Wer oder was trat da mit den Füßen und griff ins Nichts, als das zugehörige Herz erst ab- und dann zunahm?

Der Würfel ist da, in deinem Kopf. Eher rechts, eher oben. Du schaust nicht genau hin, solange du die Einzelheiten nicht brauchst.

Dann taucht die Fünf vor dir auf, sie ist durchsichtig. In diesem Moment interessieren dich nur die rechte Kante und die beiden rechten Augen der Fünf, der Rest der Fünf nicht. Zuerst musst du dich zurechtfinden. Etwas, *die Stelle*, hatte auf die Fünf gezeigt. Etwas in dir hatte gewusst, was kommen sollte, danach wusstest auch du es. Sobald klar ist, dass es die Fünf sein soll, erscheint dahinter die Drei.

Mit der Stelle meinte sie die Position im Raum. Als ich sie später nach der Fläche fragte, auf der die Drei abgebildet war, gab sie zurück, es sei nicht Teil der Aufgabe gewesen, genau zu bestimmen, wie groß diese Fläche war, sie habe sich auch nicht dafür interessiert, ob sie überhaupt quadratisch war. Genauso wenig habe es eine Rolle gespielt, ob sie an der Fünf vorbei- oder durch sie hindurchgeblickt hatte.

Die Drei läuft diagonal von links unten nach rechts oben. Andere Würfelflächen sind angedeutet, die obere und die rechte. Die Zwei und die Fünf – Fehler! Der Fünf liegt immer die Zwei gegenüber. Rechts von der Drei die Fünf, links von der Drei die Zwei –

Du lässt die neue Situation auf dich wirken. Die Sechs taucht auf, auf der oberen Fläche. Es ist unklar, wie sie ausgerichtet ist. Du weißt, dass die Lage der Zwei diejenige der Sechs bestimmt, aber du kannst dich nicht mehr an den Winkel erinnern. Da fällt dir ein, dass die Sechs immer mit der Breitseite an die Fünf grenzt, jetzt weißt du genau, wie die Sechs auf der oberen Fläche des Würfels liegt.

Du bemühst dich, die Zwei auf der hinteren Seite zu sehen, aber irgendwie zeigt nur etwas vom rechten unteren Eck der Fläche auf das linke obere. Die Sechs ist lediglich etwas, was oben querliegt, zwischendurch ging sie sogar verloren. Ihre Fläche ist wie eine Glasscheibe, durch die du hindurchblickst.

Danach fragte ich sie, ob sie da überhaupt einen Würfel gesehen hatte, sie sagte nein, nur zwei Gegenstände. Ich fragte: Flächen? Sie wiederholte: Gegenstände, die sie bewegte. Sie hätte keineswegs immer einen Würfel gesehen.

Du konzentrierst dich wieder auf die Sechs, die Zwei ist auf der hinteren Fläche. Du setzt die Drei auf die linke Fläche, in korrekter Lage zur Sechs, das obere Ende der Drei an die vordere Dreierzeile der Sechs. Die Vier liegt an der Schmalseite der Sechs, also muss die Vier rechts sein, fehlt nur noch die Eins, sie muss unten liegen.

Der Würfel ist aufgebaut!!!!

Du drehst ihn so, dass die Eins oben liegt, vorn links ist die Drei, vorn rechts die Zwei, und du zeigst auf die entsprechende Würfelansicht auf dem Blatt mit den vorgeschlagenen Lösungen.

Ich sah ihr an, dass sie gleich auseinanderspringen würde vor Hass auf mich, der ich sie so süßlich eingekesselt hatte. Ich spiegelte mich in ihren Augen: ein intellektueller Vampir, der sich von hirnverbrannten geistigen Freiübungen nährte. Was war die effektivste Form eines Wutausbruchs? Während sie diesen plante, beäugte sie sich selbst, als ob sie immer noch den Würfel aufbaute. Variante eins: von einem Moment zum anderen den Verstand verlieren. Dableiben, in dem Holzstuhl auf der Sommerwiese – neben Peter –, und trotzdem endgültig verschwinden. Sie selbst als leere Stelle, die sie hinterlassen würde. Sie wählte Variante zwei: Zusammenreißen und: »Gib mir Papier, gib mir Bleistift. Nicht für den Würfel.«

An der Rezeption ließ ich mir das Briefpapier des Hotels geben. Während du webtest, Maren, zeichnete Greta oft. Du hast sie angeleitet, aber das wäre nutzlos gewesen, wenn sie kein Talent gehabt hätte. Auf einer Zeichnung habe ich eine große, undurchsichtige Sonnenbrille mit breiten schwarzen Bügeln auf und trage ein weites weißes Hemd. Nie habe ich eine so große Sonnenbrille besessen. Ich habe einen langen weißen Bart und lese mit der schwarzen Brille, ich hatte nie einen Bart. Ich habe die Kapuze eines Anoraks hochgeschlagen und eine Maske unter den Augen, die die Nasenlöcher und den Mund frei lässt, wie ein Eskimo. Greta zeichnete schnell und warf die Zeichnungen achtlos weg, ich sammelte sie auf. Ich habe Anzug und Krawatte an und die Augen geschlossen, der Anzug ist dunkel schraffiert, aber der Rand des Revers weiß gelassen. Die letzte Zeichnung, für die sie am längsten brauchte, zeigt eine große weiße Gestalt von vorn, die die Arme seitlich wegstreckt und die Beine spreizt, der Rumpf ist verdeckt von einer schwarzen Figur mit einem großen Kopf, aber ganz dünnen Armen und Beinen, wahrscheinlich von hinten gesehen.

Ich konstruierte. Immer. Niemals tat ich etwas anderes. Auch wenn ich mich selbst beobachtete. Ich dachte: Da muss es doch etwas geben, was schon vorher da war! Nein, Nach-innen-Sehen kann doch nicht automatisch Konstruieren bedeuten. Ich wollte wissen, wie das ist, wenn jemand anderes nach innen blickt. Der noch nicht gelernt hat zu konstruieren –

War das Innen ein in himmelblaues Geschenkpapier eingepacktes Päckchen mit einer lilafarbenen Schleife, und die Denkprozesse kommen automatisch in Gang, nachdem man die Schleife aufgebunden hat? Gleichfalls nein.

Waren innen und außen vielleicht gleichberechtigt, bedeutete es lediglich einen Spezialfall, wenn jemand nach innen blickte, oder war innen gänzlich Einbildung, und man glaubte dort das zu sehen, was man vorher außen erblickt hatte? – Aber begann ich nicht schon wieder zu konstruieren? – Der Gedanke, man könne das Nach-innen-Schauen zur einzigen Methode machen und die fortentwickeln. Keine Lehre von den Beziehungen zwischen Leib und Seele, nur Seele – sich durch Selbstbeobachtung den Zugang zur Innenwelt erschließen, das Beobachtete vollständig aufzeichnen, sich ein vollständiges Bild der geistigen Vorgänge machen –

Da war etwas innen: ein riesiger Raum. Der Würfel oder alles, was den Würfel ausmachte, die Flächen, die Punkte, die Kanten, die Ecken, war einfach *da*. Man konnte den Würfel manipulieren. Man konnte darüber reden, sich verständigen, was man mit dem Würfel machte. Aber die Flächen, die Linien, die die Punkte zogen, die Ecken, die Kanten waren schon vorher vorhanden in dem unendlichen Raum! Erst kam der Würfel und dann die Sprache!

Mit besitzanzeigender Selbstverständlichkeit hielt Greta fest, wie sich ihre Gedanken in haschendem Ablauf bildeten, deren kapriziösen Exhibitionismus – er erschreckte und amüsierte Greta zu gleichen Teilen –, aber auch deren autistische Fluchten. Wie ihre Gedanken auftrumpften und einander bekämpften, einander auslöschten oder Waffenstillstände schlossen, in Friedensverhandlungen eintraten, sich aussöhnten und sich schließlich sogar miteinander vereinten. Immer unter Weltraumperspektive, und der Weltraum war sie, Greta.

Peter surfte nicht – wie Greta – auf den Brandungswellen

seiner Gedanken. Sein Würfel war unausgesetzt bestrebt, die Konturen zu bewahren, den Einebnungsattacken anderer geometrischer Gedanken beharrlich Widerstand leistend. Einmal rührte er mein Herz: Weil er nicht den Würfel bewegte, sondern versuchte, sich selbst um den Würfel herumzubewegen.

Es ging damals nicht darum, dass sie die Aufgabe schnell oder elegant lösten, sondern darum, dass Greta und Peter sich dabei beobachteten, wie sie die Aufgabe lösten. Sie sollten sich möglichst tief in ihre Hirne bohren, mit mir als Zuschauer.

Greta sah sich nicht nur zu, sie behielt auch den Überblick. Was sie sage, sei nicht mehr das Gleiche wie das, was sie gedacht hatte. Obwohl sie genau das beschreiben wolle. Aber es sei nicht mehr lebendig, sie habe das Gefühl, jemand anderes habe das gedacht –

Oh, wie gewandt Greta mit dem Würfel umging und mit sich selbst! Peter dagegen schwebte wie ein Gefangener des Würfels neben diesem.

Es ist nicht wahr, dass ich eine Schnute geschnitten hätte, während Greta beschrieb, wie sie die Würfelansichten in ihrem Kopf bewegte und veränderte.

Aber ich habe Peter gelobt, und ich habe Greta nicht gelobt. Ich hielt es nicht aus, wie Peter und das Meer einander anglotzten! Der Biedersinn seiner Gedanken war fast dämonisch! Er hatte überhaupt nicht begriffen, was ich von ihm und Greta wollte – ich musste ihn anfeuern. Greta brauchte ich nicht zu beflügeln.

Die Rezeptionistin des Hotels hatte mir einen Plan mitgegeben, auf dem alle Strandkörbe eingezeichnet und nummeriert waren, unseren hatte sie rot umkringelt. Greta und Peter stritten, wer den Plan halten durfte, wie immer gewann Greta, auf dem kürzesten Weg führte sie uns zu unserem Strandkorb.

Die Vorurlauber hatten uns eine hohe und gepflegte Sandburg hinterlassen. Sie befand sich in der zweiten Reihe, Peter und ich klappten den Korb auf und setzten uns hinein. Peter blickte zwischen den beiden Körben vor uns auf das Meer, als würde es sich hinter einer unzerbrechlichen Glasscheibe befinden. Greta umrundete ruhelos unsere Burg.

Greta hatte sich verändert an diesem Vormittag. Ihr Gesicht hatte ein klares Zentrum zwischen den Augen bekommen, aus dem sich alles, die Stirn, die Nase, der Mund, herausgebildet hatte. Wenn sie etwas ansah, dann schien sie es mit ihren Geisteskräften zu fixieren, es konnte sich nicht mehr verändern. War das allein der Effekt des im Nichts schwebenden Pompeji-Würfels, zu dem ich ihre Innenwelt – umkonstruiert hatte? Oder hatte es da noch etwas anderes gegeben außer dem Würfel, über das sie mir nicht berichtet hatte?

Vorher hatten wir auf der Hotelterrasse Kuchen gegessen. Erst drückte Greta den rechten Arm an ihren Brustkorb und fasste nach der linken Schulter, dann tat sie das Gleiche mit dem linken Arm. Als sie die Sandburg umkreiste, legte sie die Arme an den Körper an und ballte abwechselnd die Hände zur Faust und streckte die Finger aus, immer nach hinten. Nachdem sie den Pompeji-Würfel in ihrem Kopf bewegt hatte, wusste sie nicht mehr, was sie mit ihren Händen machen sollte.

Neben dem Hotelstrand erstreckte sich eine Landzunge

ins Meer, am Abhang über dem Wasser ragte ein steinernes Denkmal in die Höhe, das man vom Strand, nicht jedoch vom Hotel aus sehen konnte, ein kleines Wäldchen verdeckte die Sicht. Greta wollte unbedingt wissen, was für ein Denkmal das war. Peter interessierte sich nicht dafür, und ich hatte keine Lust, den bequemen Platz im Strandkorb aufzugeben. Ich erlaubte Greta, zu dem Monument hinzulaufen, unter der Bedingung, dass sie stets in unserem Sichtfeld blieb, mit Peters Hilfe rückte ich den Strandkorb entsprechend zurecht.

Als sie nach etwa zehn Minuten ihr Ziel erreicht hatte, erwartete ich, dass sie uns zuwinken würde. Aber sie dachte nicht an uns. Ohne stehen zu bleiben, genauso schnell, wie sie die Wiese auf der Landzunge überquert hatte, ging sie auf das Denkmal zu und verschwand dahinter. Sofort war ich beunruhigt. Ich sagte mir, sie entziffert eine Inschrift, aber ich glaubte selbst nicht daran.

Ich nahm Peter bei der Hand, und wir eilten hastig zu der Landzunge hin. Der Abhang über dem Wasser war nicht steil, falls Greta ausgerutscht war, konnte ihr nicht viel passiert sein, sie war auch eine gute Schwimmerin. Allerdings bestand die Möglichkeit, dass sie mit dem Kopf gegen einen Stein geprallt und ohnmächtig geworden war. Außer Atem langten wir bei dem Denkmal an, wir rutschten den Abhang hinunter und gingen bis zu den Knien in das flache Meer, weit und breit keine Spur von ihr.

Ich wollte ihr Verschwinden an der Rezeption melden und die Polizei verständigen, um eine Suchaktion zu starten. Aber auf der Hotelterrasse regnete es Konfetti auf uns herab. Unser Zimmer mit Meerblick im zweiten Stock lag genau über dem Hoteleingang, das Konfetti bestand aus Schnipseln von Briefpapier des Hotels, mit Ansichten des Pompeji-Würfels und möglicher anderer Würfel. Peter spurtete in den zweiten Stock, aber er kam gleich wieder mit der Botschaft zurück, dass die Zimmertür und die Balkontür offen standen, das Zimmer jedoch leer war.

Es hatte Greta keine Schwierigkeiten bereitet, hinter dem Denkmal die Böschung hinabzusteigen und sich zunächst im Schutz der Böschung und danach in demjenigen des Wäldchens zum Hotel zurückzubegeben. Auf dem Balkon vor unserem Zimmer hatte sie dann auf uns gewartet.

Ich blieb mit Peter auf der Hotelterrasse sitzen, bis es dämmerte. An dem lauen Abend waren weniger Tische belegt als erwartet, ausschließlich mit Ehepaaren, die ihre Kinder früh ins Bett geschickt hatten. Niemand redete, alle tauschten geschmerzte, gekränkte Blicke. Die einzigen Worte, die fielen, waren »Guten Abend! Guten Abend!«, wenn ein Ehepaar, die Zustimmung der Zurückbleibenden erheischend, sein Schweigen von der Hotelterrasse auf das Zimmer verlagerte.

Dort schalteten die Ehepaare das Licht an und ließen es brennen. Die beiden Arten von Licht passten nicht zusammen, das ungerührte stählerne Grau des immer noch hellen Himmels und das sich schamlos anbiedernde heimelige Gelb in den Fenstern. Aus einem Schornstein des Hotels stieg loser schwärzlicher Rauch auf, die ebenfalls schwärzlichen Wolkenfetzen am Himmel lehnten es jedoch ab, sich mit dem Rauch zu vereinigen.

Als ich die Zimmertür geräuschlos hinter mir schloss, ging die Badezimmertür ebenso lautlos einen Spalt auf, und ein Lichtkeil fiel aus dem Bad in das Zimmer. Wasser tropfte in die gefüllte Badewanne.

Peter und ich legten uns auf unsere Betten. Wir stellten uns tot wie jemand, der aus dem Schlaf hochfährt, weil er einen bedrohlichen Laut gehört hat, und sich nun nicht rührt, betend, kein einziger Muskel möge zucken und die Gefahr vorübergehen.

In völliger Stille, ein Luftzug musste sie bewegt haben, ging die Badezimmertür weiter auf. An der Innenseite war ein mannshoher Spiegel angebracht, in dem Greta sich für mich spiegelte. Sie saß in der Badewanne, die Arme um die angezogenen Beine, der Kopf zwischen den Knien, die Haare zwischen Oberschenkel und Brust geklemmt.

Auf dem Boden neben der Badewanne eine Schulklasse aus Papier. Greta hatte auf jedes Blatt einen Jungen oder ein Mädchen gezeichnet und durch einen Schnitt in der unteren Hälfte ein gefaltetes leeres Blatt gesteckt, so dass die Zeichnungen aufrecht standen. Über jedem Jungen und Mädchen, ich erkannte nur Peter, schwebte eine Gedankenblase mit einer Würfelansicht.

Nicht das Meer, wie zunächst befürchtet, hatte Greta verschluckt, auch nicht die Dunkelheit – der Lichtkeil aus dem Bad stellte ihr ein Alibi aus. Etwas anderes hatte sich Gretas bemächtigt: ungeheuerliche Möglichkeiten, die ihr ihre Nerven nahelegten und die ihr Kopf jetzt ausbrütete. Ich hatte sie in ihr Inneres hineingetrieben, das sie mit weit offenen Lidern beäugte und dem sie gebannt lauschte.

Damals war das Universum still, das Nichts schrie mich noch nicht an. Ich sehe mich, wie ich ohne das allerleiseste Geräusch das Zimmer verlasse. Wie ich auf dem unbeleuchteten Parkplatz den Wagen sofort finde und den Regenmantel herausnehme. Wie ich im Dunkeln forsch auf dem Weg zum Meer ausschreite, den Peter und ich nahmen, nachdem wir Greta dort, wo das Meer die Landzunge umspülte, gesucht hatten. Wie ich mich auf der Geröllhalde bücke und, ohne hinzusehen, alle Taschen meines Mantels mit Steinen fülle. Wie ich dann ins Meer gehe, keiner weiß, warum, nicht du, Maren, nicht Peter, niemand in der Firma. Ich hinterlasse keinen Brief, nicht einmal einen Zettel. Nur Greta wird eine Erklärung haben. Aber ist es die richtige?

Habt ihr euch nicht gewünscht, du, Maren, und alle anderen, dass ich ein einziges Mal auf unvorhersehbare Weise exaltiert reagiere, mit einer entsetzten, entsetzlichen Anteilnahme für etwas oder jemanden, der oder das ein exotisches Schicksal durchleidet? Habt ihr euch nicht alle ausgemalt, wie ich, wenigstens ein einziges Mal, totenblass werde, zu zittern beginne, aufspringe und euch mit wilden Bewegungen wegstoße? Jetzt gehe ich hin und ertränke mich ohne Ankündigung und Erklärung, lasse mich gottverlassen von einem flachen, zahmen Meer verschlucken. Ein Ratespiel für die Zurückbleibenden: Töte ich mich ohne Mitleid mit den anderen, oder gibt es zu viel davon in mir? Ohne Mitleid mit mir selbst, oder bringe ich gerade genug davon auf?

In dem Augenblick, als der Nachtportier mit einem dringenden Fernschreiben auf den Parkplatz lief, spaltete sich die wirkliche Weltlinie von der vorgestellten ab. Weiß heute noch jemand, was ein Fernschreiber ist? Der Nachtportier kam der ausdrücklichen Anweisung, mir das Fernschreiben sofort zu überreichen, entflammt nach, mangels anderer Erlebnisse zählte der Auftrag wohl als ein solches. Der Chief Plant Engineer des Werks in Philadelphia war bei einem Unfall ums Leben gekommen. Obwohl Deutscher, gehörte er einem Verein an, dessen Mitglieder den Amerikanischen Bürgerkrieg nachspielen. Das jeweilige Reenactment des Bürgerkriegs dauert gleichfalls fünf Jahre, sind die Konföderierten geschlagen, beginnt der Krieg von vorn. Die Offiziere dirigieren die Mannschaften nach Befehlen aus Original-Drillbüchern und gemäß historischen Berichten. Der Werksleiter war bei der Kavallerie gewesen, auf diese Weise konnte er reiten, ohne sich selbst ein Pferd zu halten. Er hatte mir einmal erklärt, dass man den Gegner nicht hasse, weil man ihn doch zum Spielen brauche. Er starb in der Schlacht von Cold Harbour, bei der hundertsiebzigtausend Mann gegeneinander antraten und fünfzehntausend fielen. Sein Pferd scheute, als die ersten Kanonen abgefeuert wurden, es warf ihn ab, er prallte auf einen Baumstumpf und brach sich das Rückgrat. Der stellvertretende Werksleiter war gerade zu GE gewechselt, ich sollte dem Chef von D'Wolf America sofort Vorschläge machen, wen ich für geeignet hielt und wer bereit wäre, in einer Nacht- und Nebelaktion die Stelle anzutreten.

Der Nachtportier hatte keine Ahnung, wie der Fernschreiber zu bedienen war. Ich setzte mich davor, tippte das Schreiben selbst ein, in dem ich meine beiden Kandidaten benannte, und sandte es ab.

Als ich meinen nächtlichen Job erledigt hatte, saß Greta auf Peters Bett, vor ihr seine geöffnete Reisetasche, sie hatte Fotografien in der Hand, die sie aufmerksam betrachtete. Die Fotos zeigten Peter als Kleinkind, mit seiner Mutter, mit Pfarrer Grenzfurtner.

Erst nachdem ich minutenlang neben ihr gestanden

hatte, fiel mir auf, dass Greta Peters Sachen angezogen hatte. Ich fragte sie, wo Peter sei, sie gab keine Auskunft. Stumm ging sie ins Bad, ich folgte ihr, vor dem Spiegel putzte sie sich mit Peters Zahnbürste die Zähne und trocknete sich mit seinem Handtuch ab. Dann griff sie nach Peters Schlafanzug und hielt inne. Es war das erste Mal, dass sie mir in die Augen blickte. Gehorsam verließ ich das Bad.

Sonst brauchte sie sehr lange, bis sie für die Nacht fertig war – bei Peter war das eine Angelegenheit von Sekunden. Gerade hatte ich mich auf mein Bett gesetzt, als sie auch schon wieder das Zimmer betrat, in Peters Schlafanzug. Sie legte sich in sein Bett, ich fragte sie erneut nach Peter, sie drehte das Gesicht zur Wand.

Der Gedanke überfiel mich, Greta könne Peter etwas getan haben. Ich eilte zum Balkon hin, die Tatsache, dass die Balkontür klemmte, beruhigte mich. Ich musste Kraft aufwenden, um sie zu öffnen. Die Stühle auf dem Balkon waren leer, die Lampen über dem Hoteleingang und an den Brüstungen der Terrasse spendeten nur schwaches Licht. Minutenlang blieb ich stehen, damit sich meine Augen an die Dunkelheit gewöhnten. In dem Bereich unter dem Balkon konnte ich nichts Verdächtiges entdecken.

Es ist nicht wahr, dass ich Peter angestrahlt hätte, während er sich mit dem Würfel in seinem Kopf abmühte!

Als ich ins Zimmer zurückkehrte, hörte ich Gretas regelmäßige Atemzüge. Sie war eingeschlafen, oder sie wollte, dass ich das glauben sollte.

Während ich unschlüssig vor den Betten der Kinder stand, hörte ich ein Kratzen an der Tür. Ich dachte, der Nachtportier traue sich vielleicht nicht, zu der fortgeschrittenen Stunde laut anzuklopfen. Aber der verweinte Peter stand davor. Er atmete heftig und zitterte. Ich fragte ihn leise, was passiert sei, ich wollte Greta nicht aufwecken. Er gab keine Antwort, sondern ging stumm ins Bad, um sich zum Schlafen fertigzumachen. Er sah, seine Zahnbürste war benutzt, und schreckte zurück. Ich verlangte nicht, dass er sich die Zähne putzte. Da Greta in seinem Bett schlief, führte ich ihn zu ihrem Bett. Ich brachte ihm seine Reisetasche, mit einer angsterfüllten Geste weigerte er sich, sie anzufassen. Er zog Hemd und Hose aus und legte sich in Unterhose und Socken ins Bett. Greta den Rücken zuwendend, schluchzte er ganz leise in das Kissen.

Unhörbar flüsterte ich: »Greta, du bist mein Augenstern« und »Poch, poch, mein Herz klopft an«.

Nach dem Vorgefallenen liege es nahe, Greta zu entlassen. Wenn sie dann vor Gericht gehe, müsse D'Wolf jedoch beweisen, dass der Grund für ihre Entlassung ihre Arbeitsleistung war, das sei in Anbetracht der steilen Karriere Gretas schwierig. Es stehe im Interesse von D'Wolf, mit ihr zusammenzuarbeiten und eine gütliche Einigung zu erzielen. Die Wahrscheinlichkeit, dass der Fall vor Gericht komme, sei ziemlich gering.

Ich kannte den Chief Human Ressources Officer von D'Wolf America noch aus meiner Zeit dort. Als ich ihn ansprach, mailte er mir bereitwillig und sofort seine Notiz zu dem Fall. Ich glaube nicht, dass er irgendetwas verändert hatte, weil ich Gretas Vater war.

Greta hatte ihrem Vorgesetzten gedroht, sie werde D'Wolf America verklagen, falls ihr wegen angeblich aggressiven Verhaltens die Beförderung verwehrt werde. Ihr Arbeitsvertrag unterlag US-Recht. Chapter VII des Civil Rights Act aus dem Jahr 1964 verbietet geschlechtsspezifische Diskriminierung. Arbeitgeber dürfen gegenüber Männern und Frauen keine unterschiedlichen Verhaltenserwartungen hegen. Wenn sie nachweise, dass D'Wolf America aggressives Verhalten bei Männern dulde, bei Frauen jedoch nicht, dann sei ihre Klage begründet. Lege D'Wolf America überzeugend dar, dass aggressive Männer und Frauen gleich behandelt werden, verliere sie den Prozess.

Der Americans With Disabilities Act von 1990 ist das Gesetz gegen Diskriminierung aufgrund von Behinderung. Um den Schutz dieses Gesetzes in Anspruch nehmen zu können, müsse Greta nachweislich behindert sein. Laut der einschlägigen Definition sind Menschen behindert, wenn sie geistige oder körperliche Störungen haben, die sie beim Verrichten von wichtigen Lebenshandlungen erheblich beeinträchtigen, damit sind Aktivitäten wie Sehen, Laufen und manuelle Tätigkeiten gemeint, zu denen Greta natürlich fähig war. Ebenfalls zu den wichtigen Aktivitäten wird Arbeit gezählt. Sie könne um ein geringeres Arbeitspensum ansuchen. Wenn sie die neue Stellenbeschreibung ausfülle, schütze sie der Americans With Disabilities Act, sollte sie weiterhin nach der Einschätzung ihres Vorgesetzten nicht in der Lage sein, ihre Arbeit zu verrichten, habe sie keine Chance.

Welche von beiden würde den Kopf des irrreisenden Peter in ihren Schoß betten? Würde Burgi ihm vergeben, dass er Sondra gesucht hatte, und Sondra, dass er sie nicht gefunden hatte? Welche würde sanftmütig das Gesicht mit den ziselierten Kindheitseindrücken kosen?

Peter hatte sich für die Rückfahrt ans Steuer setzen wollen, das hatte ich natürlich untersagt, schließlich war er Drogen ausgesetzt gewesen, deren genaue Wirkungen und Nachwirkungen wir nicht kannten. Seinen Pulsabfall erwähnte ich erst gar nicht.

Auf der Landstraße kam uns eine Gruppe von Bikern entgegen, jeweils zwei fuhren nebeneinander – die Köpfe zum Meer gewandt, beachteten sie die Mittellinie nicht. Ich fuhr ganz rechts. Alle trugen vorschriftsmäßig Helme und hatten Lederkleidung an, die Männer waren älter, man konnte graue Bärte erkennen. Zwei schlanke Frauen, jeweils auf dem Sozius, hatten ihre Lederjacken nicht zugeknöpft, eine zog sich das T-Shirt bis zum Hals hoch und wandte ihre nackten Brüste unter dem Gejohle der hinter ihr Fahrenden dem Meer und der reinstallierten Sonne zu.

Auf dem Parkplatz vor der Halle des Doktors war ein Baum eingegangen, mitten im Sommer verlor er sein Laub. Der Wind hatte die Blätter auf unseren Wagen geweht, über den Scheibenwischern waren einige hängen geblieben. Ich hatte die Wischer nicht betätigt, weil ich beim Anfahren die Mails auf meinem Telefon gecheckt hatte. Mehrere der Biker rauchten, das waren wohl Joints. Einer schnippte seinen Stumpen im Vorbeifahren in unsere Richtung, er landete auf dem Laub an den Scheibenwischern. Zuerst dachte ich, etwas spiegele sich in der

Windschutzscheibe, ehe ich begriff, dass das tatsächlich ein Feuer war. Als ich schließlich die Scheibenwischer einschaltete, waren deren Gummis bereits angeschmolzen, das Laub, die Asche und die Gummireste verteilten sich so auf der Scheibe, dass ich überhaupt nichts mehr sehen konnte. Natürlich betätigte ich die Waschanlage, die wusch zwar den Staub und das verbrannte Laub weg, aber die Gummireste behinderten die Sicht weiter erheblich.

Ich musste die Scheibe säubern, wagte aber nicht, auf der unübersichtlichen Straße anzuhalten. Die rote Ampel im nächsten Ort kam mir recht. Ich wollte die Tür aufmachen, als sich eine Hand auf die Türscheibe legte. Von einem selbstgestrickten roten Wollhandschuh waren die Fingerspitzen abgeschnitten, über der Hand das Gesicht einer alten Frau mit einer Mütze aus der gleichen roten Wolle. Ihren stieren Blick auf mich gerichtet, hielt sie mit der anderen Hand einen gelben Müllbeutel voller Dosen hoch. Ich verriegelte die Tür und blickte gezwungen geradeaus.

Die alte Frau versuchte, die Wagentür zu öffnen. Als die Ampel auf Grün schaltete, trat ich nicht auf das Gaspedal, in der Furcht, sie zu verletzen. Doch die Wagen hinter mir hupten sofort und anhaltend. Schließlich fuhr ich äußerst langsam an. Der Alten stieß nichts zu, aber der Müllsack entglitt ihr, die Dosen rollten auf die Fahrbahn. Im Rückspiegel konnte ich sehen, wie sie sogleich daranging, ihre Dosen wieder einzusammeln, sie kümmerte sich nicht um den Verkehr, ein Fahrzeug bremste quietschend.

Alle weiteren Ampeln im Ort standen auf Grün. Schließlich entschloss ich mich, vorschriftswidrig in der breiten

Kurve der Autobahnauffahrt anzuhalten. Die Personen- und Lieferwagen hinter mir konnten bequem passieren und hupten nicht.

Die Auffahrt führte über eine Anhöhe, man konnte den nächsten Autobahnabschnitt gut einsehen. Gerade war ich ausgestiegen und wollte beginnen, die Gummireste von der Scheibe zu kratzen, als ein scharfes, klirrendes Geräusch ertönte, das sich deutlich von der Lärmwalze der Autobahn abhob. Ich blickte auf und sah ein paar hundert Meter nach der Einfahrt einen Holzlaster, der riesige Baumstämme geladen hatte, die auf die Fahrbahn herabfielen. Mehrere Metallketten wirbelten in der Luft. Hinter dem Holzlaster waren keine Fahrzeuge, oder sie hatten es geschafft, rechtzeitig auf die Überholspur zu wechseln. Die Stämme rollten über die Fahrbahn auf die Standspur und dann die Böschung hinunter, keiner traf ein Fahrzeug. Jetzt brauste jedoch ein Motorradfahrer in schwarzer Lederkleidung und schwarzem Helm heran, der die Situation nicht erfasste und die Stämme zu spät bemerkte. Zwar kollidierte er nicht mit den Stämmen, aber beim Bremsen verlor er die Gewalt über sein Motorrad. Das Motorrad drehte sich, während es noch vorwärts fuhr, schließlich legte es sich auf die Seite, das Motorrad und der Fahrer schlitterten nebeneinander weiter, beide kamen auf dem Standstreifen zur Ruhe. Der Fahrer erhob sich unverzüglich, machte weit ausholende Bewegungen mit den Armen und schüttelte erst das eine und dann das andere Bein. Darauf ging er, nicht einmal humpelnd, zu seinem Motorrad, die Lederkleidung hatte ihn vor schlimmeren Verletzungen bewahrt.

Wenn ich nicht angehalten hätte, um die Scheibe zu

säubern, Peter und ich, wir wären genau in dem Augenblick in die Autobahn eingefahren, in dem die Ketten gerissen waren und der Holzlaster die Baumstämme verloren hatte. Wir wären direkt in die Baumstämme hineingefahren.

Ich wandte mich auch an Gretas Vorgesetzten. Er sandte mir eine Voice mail.

Ich war mir sicher, dass aus Greta ein Star werden würde. Schon in ihrem ersten Semester schickte sie mir eine Bewerbung für eine Praktikumsstelle, die sehr selbstbewusst war. Aber sie hielt, was sie versprochen hatte, sie war den anderen Praktikanten weit voraus, sowohl was ihr Wissen betraf als auch in ihrer Art, die Dinge anzugehen. Nach nur zwei Jahren machte sie den Bachelor und brauchte auch nur ein Jahr für den Master – aber das wissen Sie ja. Was Sie vielleicht nicht wissen: In der Bewerbung gab sie als Beruf ihres Vaters Ingenieur an und als Tätigkeit ihrer Mutter Künstlerin. Mit keinem Wort erwähnte sie, dass Sie schon seit fast dreißig Jahren bei D'Wolf arbeiteten und Werksleiter sind.

Ich habe sie aufgefordert, sich nach dem Ende ihres Studiums auf eine Stelle im Marketing zu bewerben, das tat sie, und ich nahm sie sofort. Sie hat die Erwartungen mehr als erfüllt, ich habe nie einen MBA ohne technische oder naturwissenschaftliche Ausbildung gehabt, der die technischen Aufgabenstellungen schneller begriffen hätte als sie. Das Marketing von D'Wolf America war immer zu deutsch: zu dicke, unübersichtliche Kataloge, ausufernde technische Beschreibungen. Sie sorgte dafür, dass in den

Katalogen zum ersten Mal überhaupt Fallbeispiele vorkamen, abgefasst in der Sprache der Anwender, nicht im Geist der DIN-Technik. Natürlich war sie Mitglied im Kandor Club, unsere Abteilung erhielt ständig Anfragen aus anderen Bereichen, die sich für ihre Personalakte interessierten.

Es fing damit an, dass sie in Madrid einen Vortrag hielt und den Prado besuchte. Dort vertiefte sie sich in ein Bild, das ›Las Hilanderas‹, die Spinnerinnen, heißt. Vorn spinnen mehrere lebensgroß gemalte Frauen in einer Teppichwerkstatt Garn und winden es auf. Dahinter stehen, wie in einer Guckkastenbühne, drei Frauen, die einen Teppich betrachten. Auf diesem sind zwei weitere Frauengestalten abgebildet, eine davon trägt einen Helm, mit einer Drohgebärde bewegt sie sich auf die andere zu. Ich habe mir das Bild später angesehen, als ich ebenfalls in Madrid zu tun hatte. Es ist in einer Art Fleckentechnik gemalt, aus der Nähe betrachtet, sind die Konturen und Formen der Gegenstände nahezu aufgelöst. Greta schrieb mir, die Hilanderas seien wohl das älteste Arbeiter- oder Fabrikstück, das es auf der Welt gebe. Der Maler habe drei Hofdamen in die Teppichwerkstatt begleitet. Während sie sich über eine gerade fertiggestellte Arbeit unterhielten, habe er sich zurückgezogen und auf seinem Skizzenblock die Szene festgehalten. Ich dachte mir nichts bei ihrer Mail – warum sollte sich Greta nicht nachts auf dem Hotelzimmer, wenn sie allein und ihr langweilig war, mit einem Bild aus dem Prado beschäftigen?

Die nächsten Stationen ihrer Dienstreise waren Lissabon und Paris, jeden Tag sandte sie mir jetzt eine andere Deutung des Gemäldes. Während einer Budget-Konfe-

renz – Greta wusste, dass ich zu dieser Zeit in einem Meeting war – erhielt ich eine Mail auf meinem Blackberry, in der sie mir erklärte, der Inhalt der Hintergrundszene stelle Ovids Bericht über den Wettstreit zwischen Pallas und Arachne in den ›Metamorphosen‹ dar. An die Einzelheiten erinnere ich mich wirklich nicht mehr. Nur daran, dass die beiden Frauengestalten auf dem Teppich ganz hinten Pallas Athene und Arachne in dem Augenblick darstellen, in dem die zornige Göttin im Begriff ist, die sterbliche Wettbewerberin zu züchtigen.

Zunächst hatte ich nicht vor, Gretas Mail während der Sitzung zu lesen, irgendetwas brachte mich dann doch dazu. Mit dem Ergebnis, dass ich einen wichtigen Diskussionsbeitrag nicht mitbekam und bei meiner nächsten Wortmeldung keine gute Figur machte. Noch aus der Konferenz schickte ich Greta eine ungehaltene Mail, ich wisse jetzt alles über das Gemälde und wolle keine weiteren Erläuterungen mehr. Unmittelbar danach ging ich eine Woche in Urlaub.

Nach meinem Urlaub war ihr Schreibtisch mit aufgeschlagenen Kunstbüchern bedeckt und ihr Bildschirm von Stapeln von Kunstlexika eingerahmt. Überrascht fragte ich sie, woran sie arbeite. Ungehalten gab sie zurück, natürlich an einer neuen Marketing-Kampagne. Völlig ernsthaft erklärte sie mir: Früher hätten die Götter über die Menschen geherrscht, heute entscheide die Technik über das Leben der Menschen. Anstelle der Launen der Götter bestimmten die Auswirkungen der Technik die Schicksale der Menschen. Es würden allgemeine Gesetze existieren, die das Entstehen und Vergehen von Formen, deren Dauer und Veränderungen regieren. Diesen Gesetzen sei sie auf der Spur. Wenn D'Wolf sich dieser Gesetze bediene, sei die Firma unschlagbar.

Hier dachte ich noch, o. k., sie hat aus ihren unkonventionellen Ideen immer etwas gemacht. Aber dann fing sie wieder mit Ovid an. Das beste Buch zum Thema seien die ›Metamorphosen‹. Sie versuche, möglichst viele Darstellungen der ›Metamorphosen‹ in der Kunst zusammenzutragen, um daraus Anregungen zu gewinnen. Ich sagte, mich interessierten Fakten und Zahlen. Greta ergänzte: »Und kein weicher Quatsch.«

An diesem Punkt konnte ich mich nicht mehr beherrschen und sagte: »Seien Sie nicht so ätzend.«

Da fragte Greta triumphierend: »Haben Sie ›ätzend‹ gesagt?«

Ich wollte sie beruhigen und fragte, ob ich ihr helfen könne. Darauf brach sie in lautes Gelächter aus.

Sie sagte: »Vielleicht bin ich ätzend, aber dafür habe ich Phantasie! Ich würde mich umbringen, wenn ich so phantasielos wäre wie Sie! Ihnen wird nie irgendetwas einfallen!«

Ich sagte, sie verhalte sich respektlos, wenn sie sich weiterhin so benehme, dann werde sie bei D'Wolf nichts mehr werden. Wie aus der Pistole geschossen gab sie zurück, ob mir klar sei, dass sie mich verklagen könne.

Sie sagte: »Wäre ich ein Mann, könnte ich meine Meinung sagen, und keiner würde sich erlauben, mir so plump zu drohen.«

Die Autobahn war gesperrt, wir wurden auf eine Landstraße umgeleitet. Das Navigationssystem schlug vor, für den Rest der Fahrt auf der Landstraße zu bleiben. Zwar neu geteert, war die Straße schmal und kurvig, ohne Bankett. Die unmittelbar neben der Straße hochwachsenden Bäume beugten sich über uns, man hatte das Gefühl, durch einen Tunnel zu fahren. Immer wieder führte die Straße über im Dämmerlicht liegende Brücken, die kleine Gewässer überwanden, und jedes Mal näherten wir uns hoffnungsvoll dem Ende des Tunnels, aber der Sternenhimmel beschien uns nur kurz, ehe uns der nächste Tunnel verschluckte.

Mein Blick war zu lange auf dem Bildschirm des Navigationssystems verweilt, ständig prüfte ich, wie viele Kilometer es noch bis nach Hause waren, wie lange wir noch brauchen würden. Peter schrie auf, mitten auf der Straße stand ein Mädchen oder eine junge Frau in einem weißen Kleid. Es war gar nicht daran zu denken, zu bremsen, im letzten Moment konnte ich ausweichen. Ich schaffte es, auf der Fahrbahn zu bleiben, wären die Räder auf die Grasnarbe gekommen, das Fahrzeug wäre ins Schleudern geraten und gegen einen Baum geprallt.

Im Rückspiegel konnte ich erkennen, dass uns das Mädchen nachblickte. Es gehörte zu einem Camper, der in einer Wegeinmündung parkte, ein Holzstapel hatte uns die Sicht versperrt. Das Mädchen blieb auf der Straße stehen, bis es aus meinem Blickfeld geriet.

Greta hatte eine Narbe in der Form eines auf den Kopf gestellten Ypsilons auf der rechten Backe. Du warst mit ihr auf den Spielplatz gegangen, Maren, während du dich mit einer anderen Mutter unterhieltest, war Greta weggelaufen.

Du suchtest die Umgebung ab und fandest sie auf einem Trümmergrundstück, sie war durch ein Loch im Zaun eingedrungen. Du riefst sie zurück, aber sie wollte nicht gehorchen und kletterte an der anderen Seite über den stacheldrahtbewehrten Zaun. Dabei blieb sie hängen und schlitzte sich die Backe auf.

Ich wusste nicht mehr, wie Greta aussah. Ihr Bild war weg. Alle ihre Bilder. Als Baby, als Kleinkind, als Mädchen, als junge Frau. Verzweifelt bemühte ich mich, Gretas Gesicht vor meinem inneren Auge heraufzubeschwören, aber es gelang mir nicht. Ich sah immer nur die Narbe, das umgekehrte Y auf ihrer weißen Haut.

Drei Jahre nach der Fusion von D'Wolf Japan mit Toji waren der Umsatz von D'Wolf Japan um sieben und der Ebit um zehn Prozentpunkte gefallen.

Ein schwarzer Leichenwagen mit einem Holzaufbau, dessen geschwungenes, goldverziertes Dach sich bis weit über die Kühlerhaube erstreckte, fuhr rückwärts an das Krematorium heran. Vier Männer in dunkelblauen Anzügen schoben den stoffverkleideten Sarg auf einem Rollwagen mit dünnen Füßen in die offene Halle hinein. Zwei Männer in schwarzen Anzügen öffneten die Türflügel in der Klinkerwand der Halle, das steinverkleidete Innere eines Ofens wurde sichtbar. Auf einem Schrein neben der Tür brannte eine Kerze vor einer Farbfotografie des CEO von D'Wolf Japan mit einem schwarzen Band über der rechten oberen und der linken unteren Ecke.

Ein Shinto-Priester in einem beigefarbenen Umhang und Hunderte von Trauergästen verfolgten, wie die Männer in den blauen Anzügen den Sarg in die Öffnung schoben. Als die zwei Männer in den schwarzen Anzügen die Türen schlossen, neigte die gesamte Trauergemeinde stumm die Köpfe.

Die beiden Männer schoben den Schrein, der Rollen besaß, vor die Tür, er ähnelte dem mit Stoff verkleideten Holzgehäuse eines alten Lautsprechers. Außer der Kerze leisteten noch eine grüne Keramikschale, ein Obelisk aus Holz und ein kleines Kästchen, eine Lackarbeit, dem Foto des CEO Gesellschaft. Das schwarze Trauerband um das Foto hatte einen weißen Streifen in der Mitte.

Peter erzählte, er habe einmal einem Begräbnis in Japan beigewohnt. Man hatte die Türen des Ofens nicht richtig verriegelt, eine sei genau in dem Moment aufgegangen, als sich der Stoff um den Sarg entzündet habe. Der Luftzug habe den brennenden Stoff nach oben gewirbelt, ehe er zu Asche zerstäubt sei. In Japan würden die Toten im Sarg auf Rosen gebettet.

Der Freitod des CEO von D'Wolf Japan hatte großes Aufsehen erregt. In früheren Zeiten hatten sich die Führer großer Unternehmen bei schlechten Ergebnissen regelmäßig selbst entleibt, die Tradition war eigentlich abgebrochen. D'Wolf hätte lieber aus anderen Gründen im Rampenlicht gestanden.

Peter spulte die Aufzeichnung des Begräbnisses zurück, um Burgi und Sondra unter den Trauergästen zu suchen. Der makellos weiße Kamin des Krematoriums war bestimmt dreißig Meter hoch, die verzinkte Kappe und die ebenfalls verzinkte Revisionsleiter am Kamin glänzten in der Sonne. Wir sahen den Film noch einmal in voller Länge an, konnten aber keine von beiden aufspüren. Kurz bevor der Sarg zum dritten Mal in den Ofen geschoben wurde, diesmal in Slomo, gab ich Peter das Kommando, das Bild anzuhalten. Am Eingang der Halle fand sich ein Schrein der gleichen Art wie derjenige, den die beiden Männer vor die Ofentüren geschoben hatten, auf ihm ein altes Transistorradio, ein weißes Telefon mit Wählscheibe und ein schwarzer Aschenbecher, in dem eine Zigarette brannte. Die hochsteigende Rauchfahne konnte sich unmöglich allein der Zigarette verdanken, in dem Aschenbecher musste sich noch anderes Material entzündet haben. Neben dem Schrein stand Burgi mit weit offenem Mund und geschlossenen Augen. Es wirkte, als wolle sie den Rauch aus dem Aschenbecher inhalieren. Die grellroten Lippen und die dunkelblau geschminkten Lider über den stark getuschten Wimpern konnten nicht von den Augenringen ablenken. Vorher war mir nie aufgefallen, dass Burgi besonders unter dem Jetlag litt.

Schließlich entdeckten wir auch Sondra. Plötzlich konnten wir gar nicht mehr nachvollziehen, dass wir sie übersehen hatten, sie stand unmittelbar neben dem Shinto-Priester. In dem Augenblick, in dem die Männer den Sarg von dem Rollwagen in die Öffnung schoben, warf sie den Kopf zurück und bändigte ihre von einem Luftzug erfassten Haare mit einer türkisfarbenen Klammer. War es draußen windig und hatte ein Windstoß die Halle erreicht, oder war das der Effekt des Gebläses in dem Kamin über dem Ofen, das den Rauch absaugen sollte?

Zwei völlig verschiedene Storys erklärten das schlechte Ergebnis von D'Wolf Japan. Nach Story eins waren D'Wolf

Japan und Toji einfach nicht zusammengewachsen, es existierte kein einheitlicher Marktauftritt. Während die Konkurrenz einen einzigen Vertriebsbeauftragten entsandte, gaben sich bei den Kunden immer noch ein Toji-Mann und einer, der schon seit jeher bei D'Wolf gewesen war, die Klinke in die Hand, das Marketing für die Produkte war nach wie vor das D'Wolf- oder das Toji-Marketing. Gemäß Story zwei war der Alleinschuldige die Stromschienenfertigung bei Toji. Die Firma war einstmals der größte Anbieter für Stromschienen im gesamten asiatischen Raum gewesen, dank günstiger Fertigungsmöglichkeiten hatten die Konkurrenten aus Korea und China jedoch die Vormachtstellung gebrochen. Zum Zeitpunkt, als D'Wolf Toji übernahm, war ein Programm implementiert, das die Schließung fast aller japanischen Werke und die Verlagerung der Produktion nach China vorsah. Doch die Investitionen für die neuen Werke und die Umstellungskosten waren viel höher als geplant, zugleich verringerte sich die Lieferfähigkeit dramatisch, Kunden sprangen ab. Der Vorstand von D'Wolf erzählte Story zwei, Toji sollte im Handstreich ausgegliedert und verkauft werden.

D'Wolf trennte sich selten von Unternehmensteilen, man unterhielt keine spezialisierte Einheit dafür. Nach Toji wurde das anders. Die Ausgliederung von Toji stand zunächst lediglich auf dem Papier, für mehrere Bereiche war noch nicht entschieden, ob sie bei D'Wolf bleiben oder Toji zugeschlagen werden sollten. Es gab keine vernünftige Exit-Story, weder für die Mitarbeiter noch für die Kaufinteressenten. Das Einzige, was es gab, war ein japanischer Finanzinvestor, der es eilig hatte. Kein Wunder, denn der Preis, den D'Wolf verlangte, war ein Scherz, der

Vorstand wollte einfach nur ein Problem loswerden. Ich wurde aufgefordert, zwei Mitarbeiter nach Japan zu schicken, die bestätigen sollten, dass die Fabriken von Toji nichts wert waren. Die entsprechenden riesigen Dateien waren von einer japanischen Wirtschaftsprüfungsgesellschaft vorbereitet worden, meine Mitarbeiter sollten Stichproben machen, wobei ausdrücklich betont wurde, es sei nicht nötig, sich dafür vor Ort zu begeben. Ich hatte Burgi und Sondra gesandt.

Der Hauptsitz von D'Wolf Japan ist ein besonders hässliches Entlein unter den Wolkenkratzern Tokios. Die Geschossdecken sind einfallslos an den tragenden Säulen aufgereiht und lieblos nach außen verglast. In dem ganzen Gebäude gibt es nicht eine einzige größere massive Wand, die Räume sind lediglich durch Glasscheiben abgeteilt. Überall herrscht drangvolle Enge, in den Empfangsbereichen kann man sich vor dem Tresen gerade umdrehen, in den Besprechungsräumen muss man die Beine unter die Tischplatten zwängen, weil man die Stühle nicht weit genug nach hinten rücken kann. Die Leute arbeiten an kleinsten Schreibtischen, zwei, die sich gegenübersitzen, können nicht gleichzeitig telefonieren. Die meisten versuchen, sich durch Akten- und Papierstapel abzuschirmen, es ist rätselhaft, wie sie auf der verbleibenden Arbeitsfläche überhaupt noch hantieren können.

Die Japaner hatten die Idee des Total-Recall-Systems begeistert aufgegriffen. Die Kameras sind nicht etwa schamhaft in Bildschirmen oder anderen Einrichtungselementen integriert, sondern offen sichtbar an der Decke angebracht. Mit Ausnahme der Toiletten existiert kein Ort in dem gesamten Wolkenkratzer, der nicht überwacht wird, selbst in dem nach europäischen Maßstäben lächerlich kleinen Büro des CEO ist eine Kamera vor dem Schreibtisch montiert. Das Büro war allerdings verwaist, nach dem Freitod des alten Chefs hatte sich der binnen vierundzwanzig Stunden ernannte neue Chef geweigert, das Büro seines Vorgängers zu beziehen, er dachte wohl, es bringe Unglück. Man hatte das alte Chefbüro völlig leergeräumt, weder auf dem Schreibtisch noch in dem offenen Regal war auch nur ein einziger Gegenstand übrig geblieben. In der Mitte des Schreibtisches stand die gleiche Fotografie in der gleichen Größe mit dem gleichen Rahmen und dem gleichen Trauerflor, die wir schon bei der Begräbniszeremonie gesehen hatten. Den Besuchern, die nicht mehr kamen, der Kamera zugewandt.

Ist es das, was von einem Chef übrig bleibt? Sein Bild mit schwarzem Band? Auf seinem leeren Schreibtisch in seinem leeren Büro? Nur wenn er mitten im Dienst aus dem Leben scheidet. Wer abwartet, bis er pensioniert ist, bekommt kein Trauerbild in der Firma und schon gar kein leeres Büro.

Burgi und Sondra saßen sich in einem kleinen Besprechungsraum Stunden gegenüber, ohne ein Wort zu wechseln. Auf ihren Bildschirmen holten sie sich Informationen über die Positionen, die sie prüften, und machten sich handschriftliche Notizen. Burgi schrieb häufig und viel, Sondra hielt nur Stichworte fest.

An dem Wolkenkratzer waren auch Außenkameras angebracht. Er war unmittelbar an einem Kanal gebaut, auf dessen anderer Seite eine Bahnlinie verlief, eine zweite Bahnlinie führte auf einer Brücke schräg über den Kanal in einen Tunnel unter der ersten. Flussaufwärts überspannte eine Straßenbrücke schräg, aber in die entgegengesetzte Richtung zeigend, den Kanal und die obere Bahnlinie. Die Eisenbahnbrücke der unteren Bahnlinie war leicht nach oben, die Straßenbrücke leicht nach unten geneigt, als wollten sich die Eisenbahnlinie und die Straße hinter den Hochhäusern jenseits des Kanals treffen.

Vor dem Gebäude fand ein Fotoshooting statt, rote Teppiche waren so ausgelegt, dass sie japanische Schriftzeichen ergaben, die Treppe war mit weißen Rosen bestreut, vier Models posierten in historischen Gewändern. Mitarbeiter und Besucher durften den Haupteingang nicht benutzen, sondern mussten sich durch einen schmalen Nebeneingang zwängen. Peter fand heraus, das Fotoshooting war Teil einer Kampagne für D'Wolf Japan. Als wir auf die Models zoomten, stellten wir fest, es gab nur eine Japanerin – das Model mit dem roten Regenschirm war eine Blondine, dasjenige mit der Zigarettenspitze eine dunkelhaarige südliche Schönheit, das Model im Hintergrund eine Schwarze.

Fast hätten wir nicht mitbekommen, wie die Schweigefolter, die sich Burgi und Sondra auferlegt hatten, ein jähes Ende fand. Ein sehr junger und sehr gutaussehender Japaner in einem stark auf Taille geschnittenen Anzug, der ihn wohl größer machen sollte, forderte die beiden im Kasernenhofton auf, ihm zu folgen. Peter hatte bei der Schaltung der Kamerabilder Schwierigkeiten, sich in dem Gebäude zu orientieren. Wir fanden die beiden erst wieder, als sie in dem völlig überfüllten Besprechungsraum in einer Ecke des Wolkenkratzers Platz genommen hatten. Sie saßen zwischen zwei besonders dicken Japanern, die sich über ihre schmalen Stühle hinaus ausbreiteten und

Burgi und Sondra fast zu erdrücken schienen. Ein anderer junger Japaner präsentierte, derjenige, der die beiden abgeholt hatte, bediente den Computer und den Beamer. Der Präsentierende sprach Englisch, irrwitzig schnell kommentierte er endlose Zahlenreihen. Er handhabte den Laserzeiger, als würde er ein Videospiel spielen, niemals musste er eine Zeile, eine Spalte oder eine Zahl suchen, er verfehlte sein Ziel nicht und schoss nicht über es hinaus. Es gab keinerlei Zwischenfragen, nichts und niemand unterbrach den Vortragenden.

D'Wolf hatte für den Verkauf von Toji eine japanische Bank eingeschaltet. Während die Investmentbanker den Vertretern des kaufwilligen Finanzinvestors die Ausgliederungsbilanz erläuterten, traten Bildstörungen auf. Weiße Schleier zogen durch das Bild. Sie hatten zwei Ziele: Burgi und Sondra. Meist war nur eine in einen weißen Nebel gehüllt, manchmal jedoch alle beide.

Der Investmentbanker war mittlerweile bei den Fabriken angelangt. Unvermittelt stockte sein Redefluss, und er blickte Burgi an. Jetzt konzentrierte sich der weiße Nebel auf ihr Gesicht, bewusst sparte er ihre Haare, die Augen mit den Augenbrauen und ihre stummen Lippen aus, es war, als ob Burgi eine Maske trage. Darauf fixierte der Vortragende Sondra. Ihre Konturen verschwammen, aber es war noch zu sehen, dass sie den Kopf zur Seite wandte und demonstrativ in eine andere Richtung blickte.

Die Stille währte minutenlang und wurde dann nicht vom Präsentierenden, sondern von dem Japaner unterbrochen, der Burgi und Sondra abgeholt hatte. Im gleichen Kommandoton wie vorher wies er die beiden an, mit ihm den Raum zu verlassen. Er ließ sich einen Besprechungsraum auf einer anderen Etage geben, dort redete er auf die beiden ein, ebenso ohne Punkt und Komma wie zuvor sein Kollege. Der hatte ausgeführt, Burgi und Sondra hätten sich alle Fabriken angesehen, alle Positionen der Anlagenverzeichnisse überprüft, mit den Fabrikverantwortlichen diskutiert und Gutachten sowohl über den Fortführungs- als auch über den Zerschlagungswert der Anlagen erstellt.

Sondra war bereit zu bestätigen, dass die Werte in der Ausgliederungsbilanz auf diese Weise ermittelt worden waren. Die Ausgliederungsbilanz sei ein Fake, die Verhandlungen seien eine Farce, aber der Vorstand wünsche es so. Burgi wollte die Bewertung unterschreiben, aber auf keinen Fall beglaubigen, dass die Bewertung auf diese Weise zustande gekommen sei.

Aus Versehen wischte Burgi den Papierstapel mit ihren Aufzeichnungen vom Tisch, kniend sammelte sie die Papiere ein. Als sie fertig war, blieb sie auf den Knien. Niemals werde sie bescheinigen, dass ihre Überprüfung anders als stichprobenartig gewesen sei und dass sie die Fabriken in Augenschein genommen habe. Darauf verließ der junge Japaner kommentarlos den Raum. Peter schaltete zu dem anderen Besprechungsraum zurück, der Präsentierende unterbrach offiziell die Hauptbesprechung.

Inzwischen hatte es draußen zu regnen begonnen, der Eingang des Bürogebäudes lag an einer sehr belebten Straße, noch nie in meinem Leben hatte ich so viele Menschen mit Regenschirmen gesehen. Die meisten blau oder grau, dazwischen gelbe und rote Farbtupfer. Die Regenschirme schienen ein einziger Organismus zu sein, der sich insgesamt und in sich bewegte.

Vor der Glastür des Besprechungsraums, in dem Burgi jetzt allein war, zögerte ein älterer Japaner einzutreten. Er legte die Hand auf die Klinke, zog sie jedoch wieder zurück und wandte sich um. Als er erneut nach der Klinke fasste, war deutlich zu erkennen, wie seine Hand zitterte. Er drückte die Klinke herunter und zauderte erneut, ehe er die Tür öffnete. Mit staksigen, ungelenken Schritten trat er ein, eine schmale schwarze Ledermappe zum Schutz vor sich haltend.

Immer wieder hatten Schleier auf den Kamerabildern Burgi und Sondra verdeckt. Jetzt half uns die Störung auszumachen, wohin sich der Japaner orientiert hatte. Während er sich unter Verbeugungen vorstellte, nahmen wir im Hintergrund einen weißen Fleck wahr. Peter schaltete auf die Kamera am Empfang des Stockwerks, dort lehnte die von weißem Nebel eingehüllte, aber dennoch deutlich erkennbare Sondra am Tresen.

Der Japaner, fand Peter heraus, bekleidete eine viel höhere Position im Controlling von D'Wolf Japan, als sein Auftreten vermuten ließ. Er machte keine Anstalten, Platz zu nehmen. Routiniert überreichte er seine Visitenkarte. Für das Weitere fehlte ihm die Übung. Mit der linken Hand presste er die Aktentasche gegen seinen Körper, während er sie mit der rechten öffnete und einen schmalen Ordner herauszog, fast wäre ihm dabei die Aktentasche heruntergefallen. Seine Aktentasche war genauso schmal wie meine. Schuldbewusst den Kopf einziehend, wandte er sich um und blickte durch die Glasscheibe hindurch zum Empfangstresen, in Sondras Richtung. Bei dem Bemühen, das Entgleiten der Aktentasche zu verhindern, waren ihm die für einen älteren Japaner ungewöhnlich langen Haare ins Gesicht gefallen. Er machte ein paar lächerliche Bewegungen mit dem Kopf, aber die Haare hatten sich regelrecht zwischen Augenbrauen und Brille verklemmt. Ihm blieb nichts anderes übrig, als die Aktentasche doch fahrenzulassen, immerhin gelang es ihm, ihren Weg mit seinem Oberschenkel so zu beeinflussen, dass sie auf dem Stuhl neben ihm landete. Mit der freien Hand strich er sich die Haare aus dem Gesicht, in seiner Nervosität verrückte er dabei die Brille, die ihm beinahe ebenfalls herabgefallen wäre. Burgi verschränkte die Arme vor dem Körper, diese Geste der Selbstsicherheit stand im Gegensatz zu ihrem erkennbar unsicheren Blick.

Ganz langsam hob der Japaner die rechte Hand mit dem Ordner. Sein Arm zitterte vehement. Es war, als ob er eine Pistole in der Hand hielte und gegen seinen Willen gezwungen wurde, auf jemanden zu zielen. Er murmelte etwas auf Japanisch, es wirkte wie eine Entschuldigung, dabei blickte er an Burgi vorbei nach draußen in den jetzt stärkeren Regen.

Sondra verfolgte, dass der Japaner bei Burgi keine Fortschritte machte, mit einer ungeduldigen Geste drehte sie sich um und gab dem Mädchen hinter dem Tresen eine Anweisung. Unmittelbar darauf war der Klang eines Mobiltelefons zu hören, hastig fasste sich der Japaner an eine Tasche seines Jacketts. Jedoch nahm er das Telefon nicht heraus, er wusste, wer ihn anrief.

Der Japaner stolperte vorwärts, mit der einen Hand hielt er sich an der Tischkante fest, mit der anderen stieß er Burgi den Aktenordner vor die Brust. Eine peinliche Szene, denn er berührte mit dem Ordner durch ihre Bluse hindurch ihre Brüste. In scharfem Ton fragte sie ihn, was das solle. Er warf den Ordner auf den Tisch, nahm seine sehr starke Brille ab – ohne sie war er wohl fast blind –, rieb sich die Augen und begann zu erklären. Sein Englisch war gut, aber er machte ständig mitten im Satz Pause, wie um ein Schluchzen zu unterdrücken.

Der Ordner enthielt einen Auszug aus dem Gutachten, das D'Wolf seinerzeit anlässlich des Kaufs von Toji angefertigt hatte: Burgis Beitrag. Sie hatte, Peter wusste davon nichts, eine Stellungnahme zum Qualitätswesen von Toji abgegeben, das sie als vorbildlich einstufte. Die neuen Fabriken hatten Qualitätsprobleme, die einfach nicht zu beheben waren. Der Japaner keuchte, er solle ihr sagen, wenn der Deal mit dem Finanzinvestor scheitere, werde sie persönlich zur Verantwortung gezogen. Er wiederholte mehrfach, erbärmlich stotternd, das Wort Responsibility.

Burgi erbat sich Bedenkzeit, sie wollte den Japaner in einer Stunde im selben Besprechungsraum wieder treffen. Sofort rief er Sondra an, doch konnten wir ihre Reaktion nicht verfolgen – als sie das Telefon ans Ohr führte, hüllte sie auf dem Bildschirm dichter Nebel ein.

Darauf spielte Peter ein Videospiel. Die Aufgabe war, die Figur Burgi nicht aus den Augen zu verlieren. Ziellos irrte sie durch das Bürogebäude. Niemand nahm daran Anstoß, dass sie die immer gleich überfüllten und vollgepackten Großraumbüros durchwanderte. Auf allen Stockwerken gab es zwischen den Eingängen zu den Damen- und den Herrentoiletten eine nicht beschriftete Tür. Jedes Mal betätigte Burgi die Klinke, fand die Tür jedoch stets verschlossen. Sie suchte nach einem Raum, der nicht einsehbar war, einen Ort, an dem sie sich den unendlich vielen fremden Blicken entziehen konnte. Und meinen.

Die Bedenkzeit war schon fast verstrichen, als Burgi vor einer Tür stand, an deren Klinke eine kleine Puppe hing. Ein Mädchen mit stangendürren Beinen, ein Fuß in einem weißen Tennisschuh, das andere Bein weiß umwickelt, ein Gipsbein. Der Kopf des Mädchens übergroß, die schwarzen Zöpfe reichten bis zum Saum des kurzen ärmellosen Kleidchens mit einem Vorhangmuster aus orangefarbenen, grünen und violetten geometrischen Elementen auf weißem Grund. Die Haut der Puppe sehr dunkel, die Augen leer, die Stelle des Munds vertrat ein zweites Gesicht, zwei mächtige weiße Zahnreihen unter stechenden silberfarbenen Augen in einem grellroten Antlitz.

Peter und ich sahen uns an, beide hätten wir darauf gewettet, dass der Spieledesigner diese Tür nicht verschlossen hatte, und wir lagen richtig.

Ohne sich umzublicken, ob sie jemand beobachtete, trat Burgi in den Raum und schloss die Tür hinter sich. Natürlich gab es auch in diesem Raum eine Kamera. Allerdings dauerte es eine Zeitlang, bis Peter sie angesteuert hatte. Der Raum enthielt nicht, wie ich vermutet hatte, die Ausrüstung der Putzkolonne. In Blechregalen stapelten sich Plastikmodelle eines Erkundungsfahrzeugs mit sechs ausgestellten, sehr breiten Rädern, von dessen Korpus mehrere Greifarme weggingen und auf dem ein Kameramast montiert war. Auf dem Boden lagen gerahmte Poster, die alle dasselbe Motiv zeigten: den Olympus Mons auf dem Mars.

Nie sah ich in Los Angeles den Tag. Inmitten von lärmenden Rauchergruppen – die Männer hatten nichtangezündete Zigaretten im Mund, die Frauen wühlten in ihren Handtaschen nach Zigarettenpackung und Feuerzeug – fuhr ich an Dutzenden von Stockwerken vorbei in die Tiefe, um dem großen Patentkrieg im Tagungszentrum des Hotels zu entfliehen.

Es kam mir so vor, als bewegten sich die Gebäude, nicht die Taxis, die mich zu den späten Dinners Downtown brachten. Sie kamen ganz nahe an den Wagen heran, um sich dann wieder weit zu entfernen. Wie Bilder in einer Flüssigkeit mit Strömungen unterschiedlicher Viskosität, die die Lichtstrahlen unterschiedlich brechen. Der sternenlose Nachthimmel schluckte das Licht der Straßenbeleuchtung, damit sich das schwache Licht aus den Fenstern der Gebäude ausbreiten konnte. Die Menschen waren nur aufgestellte Schwarz-Weiß-Bilder. Gab es doch Farben an einem Menschen, gehörten sie nicht zu ihm: Der Mensch war schon fort, aber die Farbe noch dort, wo er eben gewesen war. Manche der Schlieren am Himmel waren so weiß wie Blitze, aber die Blitze blieben still und unbeweglich.

Meine Augen blickten auf den Bildschirm mit Burgi zwischen den übrig gebliebenen Gimmicks der Kampagne für das Projekt Mars, aber in Gedanken war ich zurück in Los Angeles, in der Woche vor der Einweihung des neuen Werks in Leipzig.

Das Neue muss verwaltet werden. Besonders, wenn es gar nicht so neu ist. In der klassischen Elektrotechnik gibt es keine grundstürzenden Innovationen mehr. Die Firmen halten Machtpositionen und sind in erster Linie darauf bedacht, diese nicht einzubüßen.

Alle Einheiten von D'Wolf haben immer so viele Patente wie möglich angemeldet, auch für Produkte, die sie gar nicht herstellen, und für Verfahren, die sie nie anwenden, um die Konkurrenz bei der Produktentwicklung zu behindern. Über alle Bereiche hinweg summierten sich die entsprechenden Ausgaben zu einer dreistelligen Millionensumme, die dem Einkaufsvorstand ein Dorn im Auge war. Wettbewerber ähnlicher Größe wissen, dass sie mit großer Wahrscheinlichkeit Patente verletzen. Allein die Menge macht es schwierig herauszufinden, welche Schutzrechte genau betroffen sind. Um den Kontrollaufwand zu begrenzen, schließen die Firmen Patentaustauschverträge ab. In solchen Verträgen sind Hunderte von Schutzrechten berücksichtigt, wer weniger hat, muss Ausgleichszahlungen leisten. Die beim Finanzvorstand angesiedelte Unternehmensplanung argumentierte, D'Wolf müsse handlungsfähig bleiben. Wenn eine Firma für alles Patente anmeldet und die andere gar keines, dann hat diese keinen Handlungsspielraum mehr. Der Einkaufsvorstand konterte, die technischen Produkte würden immer austauschbarer, Lösungen, die echte Exklusivität versprechen, immer wichtiger, deshalb sei es weniger sinnvoll, Patente zu teilen. Etwa die Hälfte der Bereiche war für die bisherige Patentpolitik, die andere Hälfte dagegen. Aus der Sachfrage war ein Machtkampf zwischen dem Einkaufs- und dem Finanzvorstand geworden.

Unser Bereichsleiter wollte es sich weder mit dem Finanzvorstand noch mit dem Einkaufsvorstand verderben, er schickte mich mit einem Kompromiss vor. Lediglich sieben Komma acht Prozent aller Patente unseres Bereichs lassen sich erfolgreich verwerten. Ich schlug vor, die wichtigsten Patente grundsätzlich nach drei Jahren zur Lizenzvergabe freizugeben. Ob ein neues Produkt ein Verkaufsschlager wird, zeigt sich etwa ein Jahr nach der Markteinführung, dann versuchen die Wettbewerber, mit Alternativlösungen die Patente zu umgehen. Das kostet sie Zeit, ein Jahr für die Produktentwicklung sowie ein weiteres für die Markteinführung, und Geld. Die Konkurrenten haben die Option, abzuwarten und zu einem angemessenen Preis eine Lizenz zu erwerben. In den drei Jahren, bis es so weit ist, kann D'Wolf höhere Preise für die Produkte verlangen und die nächste Generation vorbereiten. Mit keiner Faser meines Wesens nahm ich Anteil am Ausgang der Auseinandersetzung. Denn die Erfindungen, die wir im Roboterlabor machten, gingen nicht in die Patentstatistik ein und würden es nie tun.

Nach einer der späten Verabredungen legte ich mich im Hotel in die Badewanne, mit dem Körper und dem Kopf unter Wasser, nur mein Gesicht sah heraus. Vorher hatte ich das Licht ausgeschaltet. Es gelang mir, so sacht zu atmen, dass die Wasseroberfläche völlig unbewegt blieb. Obwohl ich die Augen ganz weit aufmachte, kam kein Wasser hinein.

Ich hörte Stimmen aus der ganzen Stadt.

»Die Gobelins sind interessant.«

Maren, du hattest mich gebeten, Abbildungen deiner Gobelins, altmodische Ektachrome, die du selbst aufgenommen hattest, bei einer Galerie vorbeizubringen, die auf Zeichnungen spezialisiert war.

Ich konnte den Termin nicht unterbringen. Ich hatte die Ektas durch einen Kurier an die Galerie geschickt und mit der Galeristin lediglich telefoniert. Es war die Stimme der Galeristin.

»Vergiss es! Vergiss mich!«

Pfarrer Grenzfurtner moderierte die Patentkonferenz. Zu wem sprach er?

»Ich liebe dich, aber –«

Peter war im Werk unabkömmlich, Burgi begleitete mich, Peters Stimme kam aus einem Telefon.

»Auch wenn er –« Jetzt hatte ich mich doch bewegt. Das Plätschergeräusch übertönte die Frauenstimme. »Er denkt an mich.«

Gretas Stimme.

Jemand summte eine Melodie, ›You Can't Hurry Love‹ von den Supremes. Ich kannte den Text, ganz leise sang ich mit und war enttäuscht, als das Lied abbrach. Dann spielte jemand die Melodie auf einem Klavier weiter. Da lächelte ich und schluckte Wasser.

Ich schlief nicht ein in der Badewanne, mein Kopf wäre heruntergesackt und unter Wasser gekommen, ich wäre aufgewacht. Aber ich verbrachte Stunden in einem Dämmerzustand. Als jemand meinen Namen rief, erwachte ich aus der Trance. Ich war nicht sicher, ob ich wirklich etwas gehört hatte. Ich schreckte hoch und glaubte einen Augenblick, Greta stehe neben der Badewanne. Ihre Haare waren nass, sie zog sich ein kurzes weißes T-Shirt über. Natürlich war da niemand. Außer mir und dem Handtuchständer mit dem weißen Handtuch neben der Badewanne.

In einer Konferenzpause hatte mir Pfarrer Grenzfurtner von seinem Besuch bei Greta berichtet. Er hatte sein Telefon, seine Schlüssel und seinen Kugelschreiber abgeben, den Gürtel ablegen und die Schnürsenkel herausziehen müssen. Die Brille und die Armbanduhr durfte er ebenfalls nicht mitnehmen. Die Klinikangestellte hatte ihn gefragt, ob er Medikamente oder Gift dabeihabe. Sie passierte mit ihm mehrere gepanzerte Türen, die durch Zahlencodes gesichert waren. Er erkundigte sich, wie lange Greta voraussichtlich weggeschlossen bleiben werde. Die Klinikangestellte blickte ihn erstaunt an und sagte, man habe sie nicht eingewiesen, sie sei aus freien Stücken hier. Er fragte sie, ob Greta gefährlich sei, sie antwortete nein. Greta halte ihre Besucher für gefährlich.

Pfarrer Grenzfurtner hörte ein surrendes Geräusch und blickte nach oben, eine bewegliche Kamera über der Tür zu Gretas Zimmer war auf sein Gesicht gerichtet. Seine Begleiterin erklärte, es habe Besucher gegeben, die sich ebenfalls angemeldet hätten, die Greta jedoch nicht empfangen habe. Unangemeldete Besucher lasse sie niemals vor.

Die Wände, der Fußboden und die Decke des doppelt mannshohen Raums mit quadratischem Grundriss waren mit abwaschbaren weißen Polsterlamellen verkleidet. Die hoch oben eingelassenen Fenster lagen so tief in den Wänden, dass man sie von unten aus nicht sehen konnte. Es gab nur ein einziges Möbel: eine weißgepolsterte Liege. Ein durchsichtiges aufblasbares Waschbecken und eine Toilette aus demselben Material bildeten die Infrastruktur. An der dem Eingang gegenüberliegenden Wand eine Collage aus Zeitungsausschnitten, Personenfotos, deren Hintergrund weggeschnitten war, herausgerissenen Buchseiten und Computerausdrucken. Die Tür schloss sich geräuschlos, natürlich wies auch sie eine Polsterverkleidung auf. Der Raum machte es unmöglich, jemand anderen oder sich selbst zu verletzen, mit einem Werkzeug, das nicht der eigene Körper war.

Pfarrer Grenzfurtner lief um den Besprechungstisch herum, er sprach in ein Megaphon, das er auf mich richtete. Manchmal legte er es auf den Tisch und ging vorgebeugt, die Arme hoch hinter dem Rücken verschränkt, mit schweren Schritten, als ob er bis zur Hüfte durch ein Gewässer watete. Es gab gar kein Megaphon, er stand überhaupt nicht von dem Besprechungstisch auf, aber er besitzt dieses einmalige Talent, den Eindruck zu erzeugen, er bewege sich ständig, während er spricht. Er beschrieb seinen Besuch bei Greta so anschaulich, dass er mich glauben machte, ich sei selbst dort gewesen.

Greta hatte ihre Haare in den Kragen des langärmeligen weißen Sweaters gestopft, sie krallte ihre Hände in die weite weiche Hose und zog sie über den Oberschenkeln zusammen. Sie trug flache Turnschuhe ohne Schnürsenkel und keine Socken.

Pfarrer Grenzfurtner sagte, er freue sich, sie wiederzusehen. Sie nahm es gar nicht zur Kenntnis, sondern ging zu dem Waschbecken und wusch sich die Hände, als ob sie ihm zur Begrüßung die Hand gegeben hätte und eine Ansteckung fürchtete. Danach wandte sie ihm den Rücken zu, die Arme an den Körper angelegt, die Hände abgespreizt.

Pfarrer Grenzfurtner fragte, was er nun machen solle.

»Du musst auf die Zeichen achten.«

Er verstand nicht.

»Hast du etwas bemerkt, was seltsam oder unheimlich war? – Oder außergewöhnlich ironisch?«

Natürlich wusste Pfarrer Grenzfurtner nicht, was er sagen sollte.

»Auf solche Dinge musst du achten.«

Greta schien zufrieden, als ob sie ein gutes Werk getan hätte.

»Es kann dein Leben retten, wenn du die Zeichen erkennst«, belehrte sie ihn.

Danach sprach sie nicht mehr mit ihm. Bevor er ging, warf Pfarrer Grenzfurtner noch einen Blick auf die Fotos und Texte an der Wand. Die Bilder ganz unten stachen heraus, sie zeigten einen dünnen, viel zu schnell gewachsenen Jungen in einem am Bauch gerafften Abendkleid mit einem Blumenmuster, der obere Teil des Ausschnitts und die Schultern waren von einem durchsichtigen Chiffonteil bedeckt. An der Stelle, an der das Kleid gerafft war, prangten eine riesige schwarze und eine riesige weiße Stoffrose. Der Junge trug ein breites Brillantcollier, ein Brillantarmband und einen Ring mit einem sehr großen Brillanten, keins der Teile sah nach Strass aus. Er hatte rot angemalte Lippen und war um die Augen herum geschminkt, auch seine Fingernägel waren rot lackiert.

Nur wenige Tage später ging Greta wieder ins Büro.

Du hattest den Flug zu ihr nach Philadelphia gebucht. Erst verschobst du ihn, dann hast du ihn storniert, Maren.

Ein Galerist aus Hamburg besuchte dich, um deine Gobelins im Original zu besichtigen. Abbildungen von Gobelins zeigen nur, was die Gobelins abbilden, sie können keinen Eindruck der stofflichen Eigenschaften vermitteln. Es sei alles o. k., hatte Greta geschrieben, und dass sie so viel abzuarbeiten habe.

Maren, du hättest trotzdem fliegen sollen.

Von einer juristischen Auseinandersetzung war nicht mehr die Rede. Die offizielle, von ihrem Vorgesetzten autorisierte Version lautete, Greta sei überarbeitet gewesen und habe ein Medikament genommen, das sie nicht vertragen hatte. Alle hielten sich an diese Lesart. Ihr Vorgesetzter korrigierte ihre Personalakte und entfernte alles, was nicht mit der offiziellen Version vereinbar war.

Ich muss dir von dem alten Mann erzählen.

Der Junge im Abendkleid an der Wand bei Greta war kein Unisex-Model aus der Ukraine oder Weißrussland.

Ich rede gar nicht oder zu spät. – Ich weiß, Maren.

Greta erwähnte den alten Mann mir gegenüber nie auch nur mit einem Wort. Aber sie vertraute sich Pfarrer Grenzfurtner an, als sie ihren Dienst wiederaufnahm.

Sie hatte ihn in der Lobby des Waldorf Astoria in New York kennengelernt. Er war Ingenieur wie ich. Wenn man aus Deutschland kommt, studiert man Ingenieurwissenschaften nicht in den USA, das ist lächerlich. Aber er hatte sich mit seinem Vater, Teilhaber einer Familienfirma, zerstritten und war nach Amerika ausgerissen. Sein Studium finanzierte er sich selber. Danach kehrte er zurück und machte aus der Familienfirma, die am Rand des Abgrunds stand, eine Weltfirma. In den USA hatte er vor allem das Verkaufen gelernt. Er hielt nie die Mehrheit an der Firma, die anderen Familienmitglieder drängten ihn hinaus. Mit Hilfe der Belegschaft, die ihn unterstützte, bekam er wieder einen Fuß in die Tür, schließlich verkaufte die Familie die Firma, das war die einzige Möglichkeit, den ewigen Streit zu beenden.

Pfarrer Grenzfurtner hatte einmal einen Beitrag über den alten Mann in einer Fernsehsendung gesehen, in der Nacht auf dem Hotelzimmer. Im Interview hatte der Mann gesagt, er habe seinen sechzigsten Geburtstag, das war vor zehn Jahren, allein im Baur au Lac in Zürich verbracht, »aus steuerlichen wie aus persönlichen Gründen«. Pfarrer Grenzfurtner erinnerte sich genau an den Wortlaut. Greta erzählte, sein Abendessen habe aus einem Becher Joghurt bestanden, den er auf dem Zimmer zu sich nahm, danach habe er sich ins Bett gelegt und sich die Decke über den Kopf gezogen, aber er konnte nicht schlafen. Nach einer halben Flasche Johnnie Walker Blue Label konnte er. Greta insistierte, er sei kein Trinker. Die Firma war gegen seinen Willen an den Hauptkonkurrenten verkauft worden. Seine letzte Frau, die dritte, war seine Nachbarin im Baur au Lac, sie hatte sich dort nach dem Tod ihres Mannes eingemietet.

Als er vierzehn war, hätten alle gesagt, er sehe seiner Stiefmutter so ähnlich. Wenn sie mehrere Tage abwesend war, zog er ihre Kleider an und ließ sich von einer Hausangestellten fotografieren. Er war nicht homosexuell. Die Fotos an der Wand bei Greta waren ursprünglich Schwarz-Weiß-Aufnahmen gewesen, die Farben das

Ergebnis von Bildbearbeitung, erklärte Greta Pfarrer Grenzfurtner. Alle Fotos und Texte an der Wand hatten etwas mit dem alten Mann zu tun.

Ich habe mich nicht getraut, Pfarrer Grenzfurtner nach den Einzelheiten der Fotos zu fragen, die den alten Mann mit Greta zeigten. Lehnte sie den Kopf an seine Schulter, legte er den Arm um ihre Hüften?

Während des Interviews in der Fernsehsendung hatte der alte Mann öfter durch die Nase geröchelt, so Pfarrer Grenzfurtner. Greta brauchte sich doch nur zu schütteln, und er wäre wie ein Frosch von ihr abgefallen!

Verglich sie ihr Geschick und ihren Kummer mit seinem Schicksal und seinem Leiden? Oder redeten beide um ihre Enttäuschung herum, verwiesen aber nur umso deutlicher auf sie?

Der alte Mann war in Santa Barbara zu einer Pool party eingeladen gewesen. Wie sich später herausstellte, hatten die Techniker der Firma, die den Pool wartete, einen Fehler begangen. Die Absaugpumpe war defekt gewesen, am Morgen vor der Party war sie ausgetauscht worden. Die Techniker hatten ein Modell eingebaut, das für große Schwimmbäder und Sportstätten gedacht und dessen Leistung für den kleinen Pool viel zu hoch war. Mehrere Frauen entledigten sich ihrer Bikinioberteile, eins fiel ins Wasser und wurde sofort zu einem Ablauf am Boden des Pools hingezogen. Der alte, aber nicht unsportliche Mann sprang ins Wasser, um nach dem Teil zu tauchen. Er geriet in den Sog, der so stark war, dass er nicht mehr auftauchen konnte. Sofort schaltete der Gastgeber die Pumpe ab, doch die Gäste konnten den alten Mann nur noch leblos bergen. Er war gar nicht so lange unter Wasser gewesen, aber als Folge der Anstrengung, dem Sog zu entkommen, hatte er einen Herzinfarkt oder einen Gehirnschlag erlitten. Einem anwesenden Arzt gelang es, sein Herz wieder zum Schlagen zu bringen, man konnte ihn jedoch nicht mehr zu Bewusstsein erwecken. Seither lag er im Koma in einer Klinik in Los Angeles. Seine Frau hatte ein Haus im Valley gekauft, um ihrem Mann nahe zu sein.

Zur gleichen Zeit und am gleichen Ort wie die Patentkonferenz fand auch die Jahrestagung des Kandor Clubs statt. Bevor ich Greta traf, testete ich noch einige Kandidaten. Ich fragte die Ingenieure und Ingenieurinnen über Schleifen-Quantengravitation aus, das ist eine Raumzeit-Theorie, die versucht, die allgemeine Relativitätstheorie und die Quantenmechanik zu vereinigen. Jedes Volumen wird durch Schleifen erzeugt. Der Raum ist eine Art Gitterwerk aus Schleifen, entfernt man die Schleifen, gibt es keinen Raum mehr. In der Relativitätstheorie ist das Tuch der Raumzeit gewissermaßen aus Gummi, in der Schleifen-Quantengravitation ist es gewoben. Natürlich ging es nicht darum, Wissen zu testen. Je weniger ein Kandidat oder eine Kandidatin wusste, desto interessanter war, wie er oder sie sich aus der Affäre zu ziehen versuchte.

Nach Abschluss der Interviews hatte ich noch ein Abendessen mit dem CEO von D'Wolf America und seinen wichtigsten Managern. Als ich das Hotel für die Verabredung mit Greta verließ, traf ich in der Lobby die weiblichen Prüflinge wieder, die allesamt einen souveränen Eindruck gemacht hatten. Sie hatten nicht mehr damit gerechnet, um diese Zeit noch jemanden von der Firma zu treffen, sie lagen mehr auf den großen Sofas des

Eingangsbereichs, als sie darauf saßen, sie schienen völlig erschöpft. Einige hatten ihren Kopf auf dem Schoß einer Kollegin. Keine sprach. Die Beleuchtung in der Lobby erzeugte den Eindruck, als hätten alle die gleichen dunkelroten Kleider an. Mehrere trugen schwarze Stiefel, die bis zu den Knien gingen. Sie sahen aus wie Klone, die die ihnen gestellte Aufgabe nicht gelöst hatten und um die man sich nicht mehr kümmerte.

Gott will etwas. Das kann heißen: Er schafft es aus der Fülle seiner Existenz, und er liebt es.

Dass Gott etwas will, kann aber auch bedeuten: Er hasst und verwirft es. Er will es nicht, indem er es gelten lässt, sondern indem er es als das behandelt, wovon er seine Schöpfung befreien und erlösen will. Das Verneinte kann ja nicht ohne ihn sein, es ist ebenfalls durch ihn. Was seinem Willen entzogen wäre, könnte nur das reine Nichts sein.

In allem und durch alles geschieht Gottes Wille. Wir können versuchen zu hassen, was Gott liebt, versuchen zu lieben, was er hasst. Doch ist es unmöglich, sich zwischen dem göttlichen Ja und dem göttlichen Nein hindurchzuschlängeln, in einem Kompromiss zwischen Gehorsam oder Ungehorsam Zuflucht zu finden. Immer treten wir ein in den Bereich der göttlichen Verneinung und Verwerfung, in den Bereich des Todes –

Für das göttliche Wesen ist ein Widerspruch zu sich selbst unmöglich. Ein Gott, der mit sich selbst streitet, kann nur ein falscher Gott sein. Es charakterisiert die

Kreatur, dass in ihr ein Widerspruch zu Gott und damit auch ein Widerspruch zu sich selbst möglich ist. Immer kann die Kreatur sich selbst aufheben, immer kann die Kreatur verlorengehen.

Würde Pfarrer Grenzfurtner später predigen.

»Hat es weh getan?«

Greta kicherte.

»Hat es weh getan, Professor Kuckuck? – Es muss doch weh getan haben!«

Greta verschluckte sich, um dann loszuprusten.

»Es ist schließlich Nagellackentferner!«

Ich fand mich auf den Knien wieder und wusste nicht, wie ich auf den Boden gekommen war.

»Es tut mir so leid …«

Greta konnte sich kaum halten vor Lachen.

Mein erster Fehler war, dass ich nicht sofort nach der Mineralwasserflasche auf dem Tisch griff und mir den restlichen Inhalt ins Gesicht schüttete, um die Augen zu spülen. Mein zweiter Fehler bestand darin, dass ich nicht nach unten, sondern nach oben blickte. Bis auf die indirekte Beleuchtung lag der Raum im Dunkeln. Es war eine diesige Nacht, der Dunst und das Kunstlicht hatten sich zu einer gleichförmigen Masse vereinigt, die sich auf alle Gebäude des Flughafens legte. Ich wollte wissen, ob ich noch sehen konnte oder ob ich von einem Moment auf den anderen völlig blind geworden war. Draußen waren die Konturen verschwommen, ein ungeeigneter Test, also blickte ich ebenso folgerichtig wie fehlgeleitet zur Decke des Raums. Die indirekte Beleuchtung an den Deckenrändern zeichnete eine hellblaue Kontur vor dem simulierten dunkelblauen Sternenhimmel. Erleichtert darüber, dass ich nicht blind war, beging ich den dritten Fehler, ich rieb mir die Augen. Dadurch förderte ich das Eindringen der schädlichen Substanz in die Hornhaut.

Ich wusste nicht, warum Greta mich Professor Kuckuck nannte. Später erinnerte ich mich: dein Lieblingsbuch, Maren. Felix Krull, der Sohn eines gescheiterten deutschen Sektfabrikanten, versieht Aufwärterdienste in einem Pariser Grand Hotel. Hübsch, mit tadellosen Manieren und vorzüglichem Geschmack ausgestattet, hat er das Vertrauen eines jungen Marquis gewonnen und tritt, sich vereinbarungsgemäß für diesen ausgebend, eine Weltreise an, die die Eltern des Marquis ihrem Stammhalter verordnet haben, um ihn von seiner gänzlich unstandesgemäßen Geliebten loszueisen. Im Nachtzug nach Lissabon, dem Ausgangspunkt der Schiffspassage, trifft der falsche Marquis den echten Professor Kuckuck, den deutschen Direktor des paläontologischen Museums in Lissabon, der ihm die Entstehung des Universums und das Auftauchen des Lebens erklärt.

Hatte mich Greta schon vorher einmal in deiner Gegenwart als Professor Kuckuck bezeichnet, Maren?

Greta erhob sich, mit der rechten Hand strich sie mir kurz über den Rücken, wie man einen flüchtigen Bekannten tröstet, für den unerwartetes Mitleid in einem hochgestiegen ist, welches man aber auf keinen Fall weiter kultivieren möchte.

Dann ließ sie sich ebenfalls auf die Knie nieder und machte eine Pantomime, wie ich meinen Oberkörper und meinen Kopf wild schüttelte, wie ich nach oben blickte, wie ich meine Augen rieb.

»Es ist nicht schön, dir zuzusehen!«

Ihr Ton war derjenige, in dem man mit einem ungezogenen Kind spricht.

»Es ist schrecklich.«

Auf ihren Wunsch hatten wir uns im leeren LAX Theme Building getroffen. Das Gebäude aus den sechziger Jahren ist an zwei sich überkreuzenden halbkreisförmigen Rahmen aufgehängt und sieht aus wie eine fliegende Untertasse. Es wurde gerade renoviert und umgerüstet, wir fühlten uns, als wären wir mit unserem Raumschiff gestrandet, inmitten einer fremdartigen Zivilisation, die jedoch keine Notiz von uns nahm. Unmittelbar nach ihrer Auszeit hatte Greta mit großem Einsatz eine Studie verfertigt, die aufzeigte, dass D'Wolf mit einer Offensive von Hybridangeboten ein Wachstum weit über dem des Marktes erzielen konnte, bei einer sehr günstigen Kostenposition. Der Marketingvorstand hatte sie eingeladen, nach der Präsentation war sie die Verantwortliche für das firmenweite Projekt Mars.

Ich hatte eine kleine Präsentation vorbereitet, eine Typisierung der verschiedenen Anwendungsmöglichkeiten der POWERWOLF W 8–2000, und setzte mich neben sie. In vielen Bereichen gab es Standardlösungen, in einigen war die Anzahl der möglichen Lösungen sehr nahe um die Standardlösungen gruppiert, während auf manchen Feldern der Gedanke der Standardlösung überhaupt nicht weiterführte. Wir wollten Rundum-Sorglos-Pakete und flexible Pakete anbieten, für die Felder dazwischen stellte sich die Frage, ob wir Pakete aus einer Hand oder solche mit Zusatznutzen schnürten.

»Ich möchte bei den Valles Marinieris landen. Am Rand der Senke Ophir Chasma«, sagte Greta unvermittelt. Sie war meinem Vortrag mit einer Schnute gefolgt, die ihn unzweifelhaft als Vexation qualifizierte. Mit keinem Wort war sie auf meine Vorschläge eingegangen.

Die Valles Marinieris bildeten den Grand Canyon des Mars, auf der Erde würde der Graben von Gibraltar bis Moskau reichen. Ophir Chasma ist zehn Kilometer tief. Auf dem Mars sehen die Gräben nicht anders aus als die großen Täler, der Beobachter muss immer erst überlegen, ob er selbst ein Riese oder ein Zwerg ist.

»Die Gegend hat etwas Festliches – aber auch etwas Verhextes. Die Felsen sind so scharfkantig. Als wären sie sandgestrahlt. Ist da einst Wasser geflossen? – Der Staub ist wie hingesiebt – um mir die Angst vor den scharfen Felskanten zu nehmen!«

Niemand konnte ihre Fingernägel übersehen. Sie waren doppelt so lang wie natürlich, sie hatte sie abwechselnd mattschwarz und silbergrau lackiert, den linken Daumen schwarz, den rechten silberfarben. Wenn sie eine Hand auf den Tisch legte und die Finger nicht spreizte, oder wenn sie einen Gegenstand umfasste, und die Finger blieben zusammen, dann erzeugten das Schwarz und das Silbergrau der Fingernägel einen merkwürdigen Eindruck von Tiefe. Sie versprachen, wenn man sie nur lange genug anblickte, würde man in dem Schwarz, in dem Silbergrau etwas anderes erblicken.

»Wenn ich aus der Raumkapsel steige, wird mein Herz

stillstehen. – Wie wird es sein, wenn ich durch den unberührten Sand stapfe, werde ich rutschen, werde ich einsinken? – Jedes noch so leichte Betreten eine bedeutungsvolle Spur, und was für eine Aussicht! Sonnenauf- und Erduntergänge mehrfach am Tag! Über dem einmal geschwungenen, einmal gezackten Saum der Täler, über dem Faltenwurf der Felsformationen die rettende Erde weg und wieder da, die lebensspendende Sonne wieder da und weg. Der Raumanzug erzengelhaft funkelnd, dann ganz schnell vampirisch entfärbt. Die Höhen nicht nur rot, rosig, hagebuttenfarben, wie unterschiedlich die Steine im direkten und im indirekten Licht. Doch, es gibt auch andere Farben auf dem Mars, weil Staub- und Eispartikel das Licht vielfach streuen. Mit jedem Schritt, den ich mache, verändern sich Gestalt und Masse der Formationen um mich. Der Planet changiert permanent. Ist er es noch?

Die Berge, die Felsen, die Gräben, die Täler, jederzeit können sie verschwinden in Sandstürmen. Dust devils. Kann man dazu Staubteufel sagen? – Klingt spießig. Aus großer Entfernung sehen die Spuren der Dust devils aus wie Tuschestriche, meistens sehr feine, aber manchmal, als ob die Feder geschmiert hätte. Wie ist es im Zentrum eines Dust devils? Stürmt, braust, rotiert, taumelt man da mit? – Es muss laut sein – natürlich nicht draußen, in der Atmosphäre, die fast keine ist, sondern drinnen, im Raumanzug, auf den die Partikel prallen.«

Verlegen hatte ich meine Hände sinken lassen. Fahrig griff ich in die Spalte zwischen zwei Polstern, dort ertastete ich etwas Kleines, Flaches. Mit Daumen und Zeigefinger beförderte ich es unauffällig zu Tage, es war ein künstlicher schwarzer Fingernagel, er sah genauso aus wie einer von Gretas Fingernägeln.

Als Kind habe ich geschrien, wenn meine Mutter mir die Nägel schnitt. Sie erklärte mir, dass Nägel leblos sind und dass man beim Schneiden nichts spürt, aber das stimmte nicht. Sie probierte verschiedene Arten von Scheren und Nagelclips aus. Die Nagelclips waren auch noch laut, es war jedes Mal wie eine Explosion. Mit der Schere verteilte sich der Schmerz in der Zeit. Es tat weniger weh, wenn die Krümmung der Schere dem Nagel folgte, und nicht, wie eigentlich gedacht, vom Nagel weg ging.

An Gretas Fingern fehlte kein Nagel. Entweder hatte sie den aufgefundenen Fingernagel bei einem früheren Besuch hier verloren, oder es war passiert, bevor ich eingetroffen war, und sie hatte einen Reservenagel aufgebracht.

»Ohne einen Laut will ich mich im Gegenlicht wiegen, nicht mehr eng gepresst von den Verhältnissen, nicht mehr gestaucht von anderen Menschen. Keine Möglichkeit zum Krachschlagen. Kein Volltanken mit dem Radau der Existenz, um genau dafür fit zu sein. Der Planet wispert Lautlosigkeit. Als Zeichen äußerster Zutraulichkeit zu dem Planeten will ich mich auf der Stelle hinlegen und in Schlaf fallen! Nicht nur der Staub, auch die Steine sind federbetthaft verlockend. Der Planet ersucht um Anhalten des Gefühls. Der Planet selbst ist das Gleichgewicht, ich bin nur – was? – ein Gefäß ohne Seelenregungen, ohne Gedanken. – Wenn ich durch die Luft springe, die keine ist, durchaus nicht schwerelos, aber famos leichter, werde ich vor mich hinlächeln. Kein Geduldsfaden mehr, der reißen könnte.«

Greta war aufgestanden, während sie sprach, und ging in dem nur schwach beleuchteten Raum umher. Plötzlich schnellten ihre Hände aus dem Nichts. Ihre Nägel scharfe Klingen – nicht auf einem Bildschirm, sondern unmittelbar neben meinem Gesicht.

Ich erschrak und wollte die Hand schützend vor mich halten, aber ich konnte Daumen und Zeigefinger nicht voneinander lösen. Ich hatte den Fundfingernagel so stark zwischen meinen Fingern gepresst, dass der Daumen an der Unterseite mittels des erwärmten Klebers und der Zeigefinger an der Oberseite durch den Lack mit dem künstlichen Fingernagel verklebt waren.

Aus einem Reflex heraus, um sie von dem abzubringen, was sie gar nicht vorhatte, um meine Angst zu beschwichtigen, nur um etwas zu sagen, fragte ich Greta, welche Formation den Valles Marinieris auf der anderen Seite des Planeten gegenüberliege.

Während ein abgelenkter Lichtstrahl wie ein Blitz über ihr Gesicht fuhr – ich verstand gar nicht, woher er kam und wie er seinen Weg durch den Nebel gefunden hatte, die einzigen bewegten Lichtquellen waren die Positionslichter der startenden und landenden Flugzeuge –, murmelte sie, den Valles Marineris gegenüber liege Syrtis Major Planum. Sie hielt die Hände vor sich, spreizte die Finger und führte sie zusammen, so dass ihre Hände fast eine Kugel bildeten. Dabei presste sie die Finger so stark gegeneinander, dass mehrere Nägel abfielen.

»Frage mich! – Direkt gegenüberliegen ist viel zu einfach. Frag mich! – Frag mich nach einhundertzwanzig Grad Ost und fünfzig Grad Nord – Utopia Planitia – nach einhundertachtzig Grad Ost und fünfzig Grad Nord – Arcadia Planitia – Ich kenne jede Formation! Ich weiß genau, wo sie liegt! – Frag mich, ob ich den Mars drehe! In meinem Kopf! Oder ob ich mich um den Mars drehe!«

Aus ihrer Handtasche nahm sie ein Set heraus, das mattschwarze und silbergrau lackierte Reservenägel, Nagellackentferner und Klebstoff enthielt. Während sie ihre bloßliegenden natürlichen Nägel sorgfältig reinigte, setzte ich mich neben sie. Erst bestrich sie die natürlichen und dann die Unterseite der künstlichen Nägel mit Kleber. Völlig ruhig, ihre Hände zitterten nicht, positionierte sie die künstlichen auf die natürlichen Nägel. Nur kurz presste sie jeweils mit Daumen und Zeigefinger der anderen Hand den gerade aufgeklebten künstlichen Nagel auf den Untergrund. Sie nahm die Hände hoch, spreizte die Finger und betrachtete die Nägel, es war kein Unterschied zwischen den neu aufgebrachten und den anderen Nägeln zu sehen. Mit einem zufriedenen Gesichtsausdruck griff sie nach dem Fläschchen mit dem Nagellackentferner, sie hatte es nicht wieder verschlossen, und goss mir den Inhalt ins Gesicht.

Die Aufgabe bestand darin, eine Beute zu einer Lichtquelle zu transportieren. Wir wählten als Beute einen Plastikkaktus, mit seinem nach außen heruntergezogenen Rand bot der Topf einen idealen Angriffspunkt für die Greifarme. Drei S-bots hatten fünfzehn Sekunden Zeit, den Kaktus so nahe wie möglich zu der zweihundertfünfzig Zentimeter entfernten Lichtquelle hin zu bewegen. Natürlich musste darauf geachtet werden, die S-bots und die Beute in der Ausgangsstellung derart anzuordnen, dass die Lichtquelle nicht verdeckt wurde.

Einer der drei S-bots war blind. Natürlich hätten wir ihn so programmieren können, dass die Laser-Scanner und die Kamera außer Funktion gesetzt waren oder der entsprechende Input für die Selbststeuerung des S-bots nicht berücksichtigt wurde. Man hätte auch einfach die Laser-Scanner und die Kamera mit Isolierband überkleben können. Aber ich wollte die Augen des S-bots nicht beschädigen, sondern ihm eine Maske aufsetzen, durch die er nicht hindurchblicken konnte. Was sich wegen der rotierenden Greifarme gar nicht so einfach gestaltete, es war nicht möglich, dem S-bot mit einer zusammenhängenden Maske die Sicht zu nehmen. Ich experimentierte mit Papier, Schere, Klebeband und Klebstoff, um eine zweiteilige Maske zu basteln. Über den Turm mit der Kamera stülpte ich einen Papierkegel, der auf der Verankerung des flexiblen Greifarms befestigt war und mit ihm rotierte, den Korpus mit den Laser-Scannern umhüllte ich mit einem unterhalb des starren Greifarms fixierten Band, in das ich völlig überflüssigerweise dort Löcher schnitt, wo es keine Laser-Scanner bedeckte.

Das Gewicht der Beute war so gewählt, dass ein S-bot allein sie nicht bewegen konnte. Wie vorherzusehen, verschlechterte der blinde S-bot die Leistung der drei S-bots drastisch. Während bei den Kontrollversuchen die drei S-bots mit ihrer Beute das Ziel fast durchwegs in der vorgeschriebenen Zeit erreicht hatten, kamen die beiden sehenden S-bots mit der Behinderung des blinden S-bots nicht weit. Die Ergebnisse änderten sich jedoch eindrucksvoll, als wir bei allen drei S-bots ein neuronales

Netzwerk zuschalteten. Wir hatten mit beliebigen Gewichtungen der Inputwerte begonnen und durch zufällige Variation diejenige Gewichtung ermittelt, bei der sich die S-bots so schnell und so gerade wie möglich bewegten. Mit dem neuronalen Netzwerk waren die Ergebnisse fast so gut wie diejenigen der drei nicht-blinden S-bots.

Am Ende der letzten Versuchsreihe ereignete sich ein Zwischenfall: Der obere Teil der ziemlich beanspruchten weißen Maske des blinden S-bots war gerissen und heruntergekippt, ich hatte es nicht sofort bemerkt, der Greifarm klemmte. Obwohl nur noch wenige Versuche auf dem Programm standen, baute ich einen neuen Papierkegel und ersetzte auch gleich das ebenfalls mitgenommene Band um den Korpus. Aber der S-bot mochte die neue Maske nicht, oder er wollte nicht mehr, so wirkte es jedenfalls. Anstatt wie bisher darauf zu warten, dass sich ein sehender S-bot zuerst mit dem flexiblen Greifarm an dem Plastiktopf einhakte und sich mit dem blinden S-bot über den starren Greifarm verband, fuhr der blinde S-bot auf die Beute zu und vollführte mit dem flexiblen Greifarm hastige, ruckartige Bewegungen. Es wirkte, als ob ein geblendeter Gladiator, der seinen Gegner trotzdem orten konnte, versuchte, diesen mit seinem Schwert zu treffen.

Ich konnte den Anblick nicht ertragen und hielt einen Schweißbrenner vor den blinden Roboter. Er verging in einem Feuerstoß, der auch den Plastikkaktus im Plastiktopf zur Hälfte verbrannte.

Am Morgen hatte ich eine E-Mail des Nachfolgers von Cathleen Nebe bekommen. Im ersten Moment hatte ich gedacht, sie selbst habe mir wieder geschrieben, aber die Mail bezog sich auf einen Vorgang, der schon zwei Jahre zurücklag, und kam nicht von Cathleen Nebes Account, der Nachfolger beglaubigte sich mit der Kopie. Zwei Jahre lang hatte ich alle Operationen so durchgeführt, wie es mit Cathleen Nebe vereinbart gewesen war. Das Budget für das Roboterlabor war nicht nur weiter genehmigt, sondern im Verhältnis zu anderen Positionen leicht überproportional erhöht worden. Der Nachfolger hieß Chris Raubal, im Intranet von D'Wolf fand ich heraus, er arbeitete ebenfalls bei der Unternehmensplanung, allerdings war er in der Hierarchie niedriger angesiedelt als Cathleen Nebe. Er teilte lediglich mit, er sei am Mittwoch der nächsten Woche um zwanzig Uhr in einem Berliner Restaurant, er schrieb nicht einmal, dass er mich erwarte.

Ingenieur wie ich, war er auch mein Geburtsjahrgang. Im Intranet fand ich jedoch nur das völlig nichtssagende Schwarz-Weiß-Portrait eines Vierzigjährigen. Er wurde in einigen Artikeln der Wirtschaftspresse erwähnt, jeweils im Zusammenhang mit dem Kauf von Unternehmen. Bei Google kam nur ein Foto in Frage. Es zeigte einen Mann, der eine Säulenhalle betrat, das von außen hereinscheinende Licht machte es unmöglich, seine Gesichtszüge zu erkennen. Der korrekt gekleidete Mann war mittelgroß, sein Anzug eng geschnitten, er trug eine schmale Krawatte. Seine altmodische dünne Aktentasche hielt er nicht am Griff, sondern umfasste sie unten. Er hatte abstehende Ohren, die im Durchlicht rötlich leuchteten.

Der zu große Kopf eines Menschen schob sich langsam aus dem linken Seitenfenster. Eine gerade, ebene Staubpiste reichte bis zum Horizont, rechts und links davon Steppe. Dann gelangten die Schultern und der Oberkörper ins Freie. Der Mann – es musste ein Mann sein – mit dem schwarzen Helm richtete sich erst auf, als er schon fast bis zu den Hüften aus dem fahrenden schwarzen Sportwagen mit den vor Staub völlig undurchsichtigen Scheiben heraus war. Er hielt sich am Dach oder an einem Griff oberhalb des Seitenfensters im Wageninneren fest, es war nicht zu erkennen. Für einen Augenblick wirkte es so, als stehe er auf dem Sitz, mit nach hinten gestrecktem Becken und vorgebeugtem Oberkörper. Direkt über ihm erschien jetzt eine fahle Sonne in der Windschutzscheibe des hinterherfahrenden Wagens, der Kameramann konnte nur durch die Scheibe hindurch aufnehmen, hätte er die Kamera aus dem Wagenfenster gehalten oder auf dem Dach installiert, das Objektiv wäre sofort verschmutzt gewesen.

Bevor der Mann das Dach des Sportwagens erklomm, lagerte sein Gewicht für einen Moment prekär zu gleichen Teilen auf seinen Füßen und auf seinen Händen. Der Rahmen des Seitenfensters bot den Füßen einen unzuverlässigen Halt, das glatte Dach den vorgestreckten Händen keinen Angriffspunkt. Der Werbefilm in dem Autohaus war keine Animation, sondern zeigte einen echten Stunt. Der Film lief auch nicht schneller ab. Wäre der Wagen in Wirklichkeit ganz langsam gefahren und hätte sich der Mann entsprechend verzögert bewegt, dann hätte der Wagen nicht so viel Staub aufgewirbelt. Auch nicht, wenn man etwa am Fahrzeugboden Bürsten befestigt hätte, die man von oben nicht sah.

Nachdem er geraume Zeit auf dem Wagendach gekauert hatte, richtete sich der Mann allmählich auf. Stetig lehnte er den Oberkörper weiter nach vorn, als die Beine fast gestreckt waren, befand er sich in der Waagerechten. Äußerst zögerlich nahm er den Oberkörper zurück und verharrte schließlich in leicht vorgebeugter Haltung, die Arme äquilibrierend nach der Seite und nach vorn gestreckt. Aufrecht auf dem Dach des fahrenden Autos zu stehen schien das Allerschwierigste zu sein. Wie kam es nur, dass die Anmutung dieser vollkommenen Körperbeherrschung eine der absoluten Hilflosigkeit war?

Nur als Kind interessierten mich Autos. Peter hatte mir von seiner Absicht erzählt, ein Cabrio zu kaufen, und mich gebeten, ihn zu begleiten. Er hatte nicht erwähnt, dass Burgi und Sondra auf ihn warteten. Burgi hatte sich niedlich gemacht. Allein, ihre Künste bewirkten nichts mehr. Ich wurde Zeuge ihrer Niederlage, die sich in Japan angebahnt hatte.

Nachdem Burgi in dem fensterlosen Raum bei D'Wolf Japan lange in die Betrachtung des Olympus Mons versunken gewesen war, hatte sie sich widerwillig und zögernd zu der Etage zurückbegeben, auf der sie mit dem älteren Japaner verabredet gewesen war. Kommentarlos ließ sie ihn wissen, sie werde den Text unterschreiben wie von ihr verlangt. Er dankte ihr, jetzt unerregt. Burgi verließ den Raum, ohne ihn eines Blickes zu würdigen. Am Empfangstresen der Etage klappte Sondra gerade ihr Telefon zusammen – kaum dass Burgi dem Japaner den Rücken zugedreht hatte, rief er sofort Sondra an. Burgi wollte an Sondra vorbei zum Lift gehen, aber die stieß sich vom Tresen ab und versperrte Burgi den Weg.

Der Satz, den Sondra zu Burgi sagte, hob sich überdeutlich von der japanischen Geräuschkulisse ab, die mein Büro erfüllte.

»Lass die Finger von Peter.«

Nach dem Ende der großen Besprechung gingen Burgi und Sondra getrennte Wege. Sondra blieb noch länger in Tokio, Burgi ließ sich gleich zum Flughafen fahren. In der Tiefgarage des Wolkenkratzers zündete sie sich eine Zigarette an. Weder vorher noch nachher habe ich sie je rauchen sehen. Der Zigarettenrauch hatte sofort Feueralarm und die Sprinkleranlage in der Tiefgarage ausgelöst und Burgi völlig durchnässt.

Die Menschen wissen, dass die Gefühle, die ich gegenüber ihnen zeige, nicht echt sind. Es ist keineswegs meine Absicht, sie das nicht merken zu lassen. Sie sollen einen falschen Schluss daraus ziehen, das ist mein Ziel. Sie sollen glauben: Ich möchte gern Gefühle haben, einfachheitshalber solche wie sie, aber es gelingt mir nicht.

Ich manipuliere die Leute, Maren, darin bin ich gut. – Keiner kommt auf den Gedanken, niemand traut mir das zu!

Menschen mit meinen Defekten sind üblicherweise nicht fähig, andere Menschen gezielt zu beeinflussen, sie zu lenken. Sie sind zu sehr mit sich selbst beschäftigt und damit, ihre Unzulänglichkeiten zu kaschieren und durch komplizierte Konstruktionen auszugleichen. Ich bin auch sehr mit mir selbst befasst, aber meine Kapazität ist größer, sie reicht auch noch für anderes. Ich verberge, ich verdecke, ich enthülle nur das, was ich preisgeben muss, um die Reaktion auszulösen, die ich erreichen will.

Ich lüge.
Ich bin zu Atrozitäten fähig.

Burgi hatte nie eine Gefahr für das Roboterlabor bedeutet. Aber Sondra. Ich habe Burgi strikt untersagt, in Japan nachzugeben, und ich habe zugleich Sondra angewiesen, jegliches Zugeständnis zu machen. Der ältere Japaner mit den langen Haaren hatte einmal im alten Werk hospitiert, ich habe ihn und Sondra zusammengespannt. Ich wollte, dass Sondra gegen Burgi gewinnt. Ich wusste, dann würde Peter zu Sondra zurückkehren. Sondra sollte mir dankbar sein und jeglichen Gedanken fallenlassen, zusammen mit Peter meine Kreise zu stören.

Ich kann Vertriebsmitarbeiter von D'Wolf ertragen, aber nicht die von anderen Firmen und für andere Produkte. Der Autoverkäufer entblödete sich nicht, Sondra zu fragen, ob sie und Peter verheiratet seien. Sie nahmen die Frage in eher affirmierender als dementierender Weise nicht zur Kenntnis. Im Eingangsbereich des Autohauses hing eine große Urkunde mit Portraitfoto, die den Mann als Verkäufer des Jahres auszeichnete. Während sich Peter hinter das Steuer des roten Cabrios setzte und Sondra auf dem Beifahrersitz Platz nahm, sich jedoch zu ihm hinüberlehnte, säuselte der Verkäufer ihnen die günstigen Finanzierungskonditionen seines Hauses zu. Wenn sie tatsächlich frisch verheiratet seien, genauer gesagt, innerhalb der letzten drei Monate geheiratet hätten und die Heiratsurkunde vorbeibringen würden, dann gebe es noch einen zusätzlichen Rabatt von drei Prozent. Stolz fügte er hinzu, das sei seine Idee gewesen, kein anderes

Autohaus biete einen solchen Rabatt an. Ich wartete nur darauf, dass er Sondra fragen würde, bei welcher Gelegenheit Peter ihr den Heiratsantrag gemacht hatte.

Wenn man Cabrios verkaufen will, dann gibt es dafür keinen besseren Ort als den zwölfeckigen gläsernen Pavillon an der Bundesstraße nach Halle, dessen Scheiben allesamt heruntergefahren werden können. An einem Tag wie diesem weht dem potentiellen Cabriofahrer der Wind ins Gesicht, auch wenn das Fahrzeug, in dem er sitzt, stillsteht. Bei hochgefahrenen Scheiben pflanzt die höhere Temperatur im Glashaus gleichfalls den Gedanken des offenen Fahrens bei dem potentiellen Käufer ein. Die Dépendance musste gerade eröffnet worden sein, der Pavillon erhob sich inmitten von planierter roter Erde. Schon seit einiger Zeit hatte es nicht mehr geregnet, der Boden war trocken und rissig. Die Furchen bildeten ein schwarzes Netz, dessen Abschnitte trotz der Unregelmäßigkeit der Linienführung annähernd gleich groß waren.

Burgi stand vor einem schwarzen Cabrio, der böige heiße Wind bauschte ihre Haare auf. Sie waren hell, von dunklen Strähnen durchzogen, oder dunkel, von hellen Strähnen durchzogen, es war das Gleiche. Sie hatte die Lippen dunkel geschminkt, man konnte nicht angeben, in welcher Farbe, man traute sich nicht, Rot zu vermuten. Ihre Haltung irritierte sogar den Autoverkäufer. Die Beine gespreizt, das Becken leicht zurückgenommen und die Arme nach hinten gestreckt, als ob sie vor dem offenen Wagen zurückschreckte.

Starre Braut des Schmerzes, konnte sie sich nicht durchringen, in das Cabrio einzusteigen. Sie nahm die Beine zusammen, wippte unsicher hin und her, sie rieb sich mit dem Rist des rechten Fußes an der linken Wade, sie fasste sich an den rechten Oberschenkel, schob den Rock leicht hoch, das Gegenteil einer lasziven Geste.

Weil es dem schwarzen Sportwagen auf dem Bildschirm nicht gelang, sich dem Horizont zu nähern, stieg der Mann wieder in den Wagen zurück. Er beugte sich ganz weit nach vorn und ging in die Knie, drehte sich und stieg auf den Rahmen des Seitenfensters. Mit den Händen hielt er sich auf dem Dach fest – der Beobachter verstand nicht wie –, während er die Beine durch das offene Fenster schob. Entschlossen oder unentschlossen lange blieb sein Oberkörper in der Waagerechten, bevor er in dem fahrenden Auto verschwand. Der Schwarzbehelmte war untrennbar verbunden mit der endlosen Straße, mit dem Horizont, den er nie erreichen würde, mit dem schwarzen Wagen und mit dem Staub, den dieser aufwirbelte.

When a user does finally »get it«, the bits and pieces do not then suddenly coalesce; that's not the way our memory works. Most of the bits and pieces, with nothing to hang themselves on, will have drifted off forever. The user must now re-read the entire manual, finally tying the bits and pieces in place on their new-found framework. Manual writers will not themselves »get it« when they first start hammering on a new application. Manual writers must be introspective. They must be aware of the eureka effect that signals an incoming concept. They must then write that concept down and present it early enough to their readers so that the readers don't have to go through the same struggle. This is the very essence of manual writing.

Ich habe auf die Zeichen geachtet. Ich habe viele Dinge an Greta bemerkt, die seltsam oder unheimlich waren. Natürlich auch ironisch. Ich sah, dass sie Botschaften sandte, aber ich verstand sie nicht. Ich habe alles gehabt, nur kein Aha-Erlebnis. Wenn ich die Zeichen erkannt hätte –

Es sind doch alles Zeichen! Ich sehe nichts als Zeichen! Aber ich verstehe die Zeichen nur dort, wo ich die Kontrolle habe.

Ich hatte kein Manual für den Umgang mit dem Gedanken an deinen Tod, Maren, und ich hatte kein Manual für den Umgang mit Gretas Leben.

Was habe ich falsch gemacht? – Was fehlte ihr? – Was hat sie falsch gemacht? – Was fehlt mir?

Die Eins: Ihr Kopf in einem Glaskasten, um sie herum ist alles dunkel, sie schreit und hämmert von außen mit den Fäusten gegen das Glas. Erzählte sie später, viel später. Die Zwei: Sie steht aufrecht in einem Schacht, dessen Wände parallel geneigt sind und sich aufeinander zu bewegen. Die Drei: ein Stahlseil um ihren Hals, wenn sie die Hände um das Seil krallt und es von sich wegzieht, dann bekommt jemand anderes keine Luft mehr. Sie hing am selben Seil wie die Leute in der Firma, davon war sie nicht abzubringen. Ich habe versucht, ihr den Unterschied zwischen Familie und Firma zu erklären: Die Familie besteht aus solchen Menschen, die man nicht austauschen kann. Die Firma kann man wechseln, wenn man kann. Sie sagte, niemals würde ich die Firma wechseln. Die Vier, die Fünf, die Sechs – alles Albträume.

Bei dem Würfel ging es damals nicht darum, etwas richtig zu machen. Sie sollte ihr eigenes Denken beobachten und es dadurch stärken. Ich habe ihre Eigenwilligkeit und ihr Durchsetzungsvermögen bewundert! Aber ich habe ihr das nie gesagt.

Ich musste das Sprechen zweimal lernen: zunächst das Sprechen und darauf das Sprechen mit anderen. Erst als Heranwachsendem wurde mir klar, dass wir nicht nur reden, um etwas zu sagen, wir reden auch, weil jemand anderer etwas gesagt hat. Das später Gesagte hängt von dem früher Gesagten ab, nicht von uns. Ich hatte gedacht, die anderen Menschen müssten doch genau das Gleiche denken wie ich selbst, und vorausgesetzt, die anderen sagten genau das, was sie dachten. Aber die Menschen logen.

Ich hatte auch Angst. Vor einem dunklen, übermächtigen Sog, der alle Dinge erfassen würde, die für mich wichtig waren, und der sich meines ganzen Lebens bemächtigen würde. Wenn ich ausspräche, was ich wirklich fühlte, würde Friedfertigkeit über mich kommen, Milde, Vergeben. Vor nichts fürchtete ich mich mehr als vor einem solchen Sich-Fügen in alle Zustände. Allein der Gedanke –

Greta ist in der Firma an Grenzen gestoßen. Habe ich ihr ein Denken eröffnet, dessen Folgerungen und Folgen weder für ihre Umwelt noch für sie selbst tragbar waren? War diese Welt zu klein für ihr Denken, für ihr Vorstellungsvermögen?

Für mich ist diese Welt auch zu klein, deswegen habe ich ein Labor auf einem anderen Planeten, und ich mache

Ausflüge ins Universum. Ich verstoße gegen die Regeln. Ich bin böse. Doch ich hasse niemanden. Ich verfolge nur meine Ziele. Greta hasste mich, sie rächte sich an mir – wofür? Dass ich nicht mehr zustande gebracht habe, als Werksleiter zu werden? Aber die S-bots! Dass ich die Welt nicht besser für sie eingerichtet habe? Aber ich bin doch kein Gott!

Autos, Schiffe, Fabriken, Kraftwerke schwebten schwerelos im Raum, dazwischen unsere Steuerungen. Das Hologramm neben mir war das neueste Werbemittel, es sollte in allen Niederlassungen von D'Wolf dort eingesetzt werden, wo Mitarbeiter Kontakt mit Kunden hatten, aber auch bei ausgewählten Partnern. Ich war der Produzent der Steuerungen, also zeigte das Hologramm vornehmlich diese. Nachdem die anderen Gegenstände eine Zeitlang im Vordergrund gegaukelt hatten, zogen sie sich in den Hintergrund zurück, verschwanden, und neue Gegenstände heischten nach Aufmerksamkeit. Das zweite Hologramm zeigte Bilder in vergoldeten oder versilberten Holzrahmen, sie wiesen Abstufungen und Verzierungen auf. In den Rahmen Produkte von D'Wolf, Diagramme und technische Beschreibungen sowie Anwendungen. Die meisten Vortragenden bei dem Meeting in unserem Berliner Hauptquartier hatten das zweite Hologramm gewählt. Es gibt eine Gemeinsamkeit zwischen Ingenieuren und Kaufleuten: Alle haben sie keinen Geschmack. Ich bin der einzige Ingenieur, der das merkt.

Das Programm hieß Granularity, war ein Kind der Unternehmensplanung und unser Bereich der Pilot. In einer feinkörniger gewordenen Welt kann man Marktsegmente immer präziser abgrenzen. Das ist keineswegs nur eine Aufgabe für das Marketing, sondern vor allem eine für die Produktentwicklung, deswegen hielt ich als Ingenieur den zentralen Vortrag. Es ging darum, mit Hilfe der verfügbaren Datenmengen herauszufinden, wo die besten Wachstumschancen bestanden, und dann die Strukturen exakt den Teilmärkten anzupassen.

Was hält D'Wolf eigentlich zusammen? Die Frage wird regelmäßig gestellt, damit der, der sie vorbringt, sie jeweils mit sich selbst beantworten kann. Der Vorstandsvorsitzende mit Leadership, der Finanzvorstand mit der Investitionspolitik, die Unternehmensplanung mit der Strategie, der Personalvorstand mit den Auswahlkriterien für die Mitarbeiter. Ich stehe nicht hoch genug in der Hierarchie, um die Frage mit mir selbst zu beantworten. Die Produkte und Dienstleistungen von D'Wolf üben eine bestimmte Schwerkraft aus, sie ziehen sich gegenseitig an. Auch wenn wir immer mehr Dienstleistungen verkaufen, wir bleiben eine Hardware-Firma.

Aber die Schwerkraft der Produkte reicht nicht mehr aus, um D'Wolf vor dem Auseinanderbrechen zu bewahren, das wird mir jedes Mal klar, wenn ich das Hauptquartier besuche, deswegen halte ich mich so ungern dort auf. Der Leader ist keiner. Die Nachhaltigkeit der Finanzinvestitionen ist in erster Linie eine Folge des Mangels an Phantasie. Die Auswahlkriterien für die Mitarbeiter und die Strategien der Unternehmensplanung gehen vor allem mit der Mode.

Es muss noch etwas geben, was D'Wolf zusammenhält. D'Wolf expandiert schneller als nach der letzten Version des Langfristplans vorgesehen. Die Aufkäufe und die Fusionen haben zugenommen, siehe Toji, die Wiederverkäufe ebenfalls, siehe auch Toji. Wenn das Etwas stark genug ist, wird D'Wolf immer weiter expandieren. Wenn nicht, kommt die Expansion zu einem Ende, D'Wolf zerfällt in Einzelteile. Aber auch im Fall der weiteren Expansion werden sich die Teile voneinander entfernen. In der Vergangenheit haben sie sich aneinander gerieben, in der Gegenwart berühren sie sich noch. In der Zukunft werden sie einander überhaupt nur noch auf Charts wahrnehmen. Sie werden einsam und kalt sein. Wie ich jetzt schon.

Ich hatte den Finanzvorstand länger nicht gesehen, er musste krank sein. Sein schmaler blonder Haarkranz war verschwunden, sein Kopf völlig kahl. Die Backen glänzten rötlich und standen aus dem sonst eingefallenen Gesicht hervor. Seine Augen ohne Augenbrauen quollen aus den Höhlen. In der Jugend Gewichtheber, hatte er einen Stiernacken besessen, jetzt war der Hals der eines alten Mannes, die beiden vorderen Sehnen hingen herunter. Sein Gesicht, seine Hände so weiß wie das Hemd mit dem viel zu weiten Kragen. Er hatte alle Zeit der Welt. Für das Meeting waren eineinhalb Stunden angesetzt, er erklärte es kurzerhand zur Open-end-Veranstaltung und fragte mich stellvertretend für alle, ob das Probleme mache.

Chris Raubal, Cathleen Nebes Nachfolger, war nicht zu dem vereinbarten Zeitpunkt in dem Berliner Restaurant gewesen. Ohne sein Nichterscheinen zu erklären, hatte er mir gemailt, er sei am Tag des Kick-off für Granularity ebenfalls im Hauptquartier, er werde mir eine SMS mit den Koordinaten des Besprechungsraums schicken, in dem er mich treffen wolle.

Ich hatte das Telefon auf stumm und Vibration gestellt und gerade mit meinem Vortrag begonnen, als ich eine SMS erhielt. Ich platzierte das Telefon neben das Manuskript und las, was Chris Raubal geschrieben hatte. Zwei Zahlen: die Uhrzeit, eine Viertelstunde nach dem offiziellen Ende des Meetings, und die Koordinaten des Besprechungsraums. Niemals würde ich es schaffen.

Es war, als ob eine Eisenkette um meinen Fuß gelegt wäre. Ich konnte die Kette nicht durchsägen, ich hätte mir das Bein absägen müssen, um mich zu befreien. Der Finanzvorstand würde mir nicht verzeihen, ich war in einem Alter, das es leichtmachte, meinen Posten neu zu besetzen. Ich schrieb Chris Raubal *Open end mit CFO* und hoffte, er würde einen späteren Termin vorschlagen, zu dem ich mich vielleicht doch noch einfinden konnte. Ich spekulierte darauf, dass Open end bei Vorständen nicht immer heißt, was es verspricht, oft ist das Ende dann doch nicht offen, sondern sehr abrupt.

Wir trugen vor, als wären wir ein perfekt eingespieltes Team. Ich blieb am Rednerpult, der Finanzvorstand ging zwischen den Stuhlreihen auf und ab wie ein Conférencier. Ich, der Praktiker, spielte den Theoretiker. Wir hatten das Verhältnis des Unternehmenswerts zu den drei Hauptquellen des Wachstums untersucht, Fusionen und Übernahmen, Marktanteilsgewinne sowie Marktdynamik. Wir hatten herausgefunden, eine Leistung im obersten Quartil bei einer der drei Wachstumskomponenten schaffte wesentlich mehr Wert als eine durchschnittliche Leistung in allen dreien. Die beste Korrelation mit dem Unternehmenswert lieferte das Netto-Wachstumsrating, die Zahl der Komponenten mit einem Ergebnis im obersten Quartil abzüglich der Komponenten im untersten.

Es war ein Fehler gewesen, den neuen Anzug anzuziehen, den ich noch nie getragen hatte. Wollte ich mich für Chris Raubal schick machen? Die Taschen waren zugenäht gewesen, ich hatte sie einfach aufgerissen und nicht daran gedacht, die Reste der Kunststofffäden zu entfernen. Wie Rasierklingen hatten sie in meine Finger eingeschnitten, als ich das Telefon herauszog. Der Stoff des Anzugs war so hart. Ständig hatte ich das Gefühl, als ob jemand Haken in mein Fleisch schlug und wieder herauszog.

Der Finanzvorstand, der Theoretiker, gab den Praktiker. Ein Unternehmensbereich habe ein Netto-Wachstumsrating von null. Die Ergebnisse in zwei von fünf Regionen seien gut, eine weitere stehe hervorragend dar, die beiden übrigen Regionen zeigten nur ein geringes Wachstum. Die im Durchschnitt gute Bewertung des Bereichs verdecke die tatsächliche Verteilung der Leistung.

Wie kam es, dass fast alle Dinge, die sich während der Einlassung des Finanzvorstands in dem Hologramm darboten, spitz waren? Ein Fernsehturm mit riesiger Antenne, ein Designerstuhl mit schlanken, geschwungenen Stuhlbeinen aus Aluminium, ein altmodisches Transistorradio mit herausgezogener Antenne. Ein Pencil protector mit einem Kugelschreiber, beide trugen das Firmenlogo von D'Wolf, ein Werbegeschenk aus den fünfziger Jahren. Ein Zirkel und tatsächlich eine Spritze. Jeder

der Gegenstände schwebte auf mich zu und verletzte mich.

Der Finanzvorstand fuhr fort, wenn man die Daten nach Geschäftseinheiten aufsplitte, zeigten sich zusätzliche Unterschiede. Von sechzehn Einheiten schnitten fünf schwach und eine hervorragend ab, die restlichen zehn seien als gut einzustufen. Er beschrieb, wie man die Analyse bis hinunter zu mehreren hundert Zellen weitertreiben konnte, um mögliche Muster hinsichtlich der Region oder der Art des Geschäfts zu erkennen.

Plötzlich schwebte vor den Fenstern des Konferenzsaals ein Rettungshubschrauber, der Pilot suchte nach einer Landemöglichkeit auf der Straße. An diesem Tag war Berlin durch eine Großdemonstration lahmgelegt, für ein Rettungsfahrzeug gab es kein Durchkommen, deswegen hatte man den Hubschrauber geschickt. Der ganze Saal war in das flackernde Rot der Positionslichter des Hubschraubers getaucht. Hologramme reflektieren kein Licht, auf einmal sahen die Gegenstände der Hologramme völlig echt aus, und die Zuhörer und wir Vortragende wirkten wie Projektionen.

Der Pilot zog den Hubschrauber mit einer derart ruckhaften Bewegung nach oben, dass wir für einen Augenblick befürchteten, er werde in die Fensterfront fliegen. Die Frauen unter den Zuhörern hielten an sich, aber mehrere Männer stießen Schreie der Überraschung und des Schreckens aus. Danach nahm ich die Zuhörer und auch den Finanzvorstand nur noch als rot umrandete Konturen wahr, die mit blauen und violetten Spiralen ausgefüllt waren.

Wie kam ich in die durchsichtige Aufzugkabine, die gerade hochfuhr, obwohl ich im selben Augenblick aus dem Konferenzsaal auf die Galerie hinaustrat?

Sagte ich: »Das eigentlich Verrückte ist Folgendes …« Oder: »Es ist aber in Wirklichkeit gar nicht so tragisch –«

Sagte ich das auf der Galerie oder in der Aufzugkabine?

Das Berliner Hauptquartier von D'Wolf ist nach der Vorgabe gebaut, dass es in allen Räumen Tageslicht geben muss und die künstliche Beleuchtung am Arbeitsplatz so gering wie möglich gehalten wird. Ein großer glasüberdachter Innenhof bildet die Mitte des Hochhauses, auf jedem Stockwerk gehen die Büros und die Besprechungsräume von einer umlaufenden Galerie ab. Die Liftkabinen sind durchsichtige, geräuschlose Kapseln.

Der Mann in der Aufzugkabine sah Haar für Haar – straff nach hinten gekämmt –, Falte für Falte, Muskel für Muskel – vermutet –, grauweißes Barthaar für grauweißes Barthaar – kein Ingenieur mehr ohne Dreitage-Bart –, Auge für Auge – sowohl in der Lage, warm zu strahlen als auch spitz zu stechen, und zwar übergangslos –, blauer Anzug für –, blau-weiß gestreiftes Hemd für –, blau-rot gestreifte Krawatte für –, Aktenmappe für – aus wie ich. Das Schmierentheater meiner, seiner abstehenden Ohren.

Ich murmelte: »Ich nehme es zur Kenntnis.« Und: »Ich will mir nicht zu nahe treten, aber ich passe einfach nicht hierher.«

Chris Raubal war der gleiche Jahrgang und genauso lange bei D'Wolf wie ich. Sah er genauso aus und kleidete er sich genauso wie ich – der ganze Mann ein frivoles Zitat –, oder hatte ich mein Spiegelbild in der Liftkabine gesehen?

Obwohl ich zum Flughafen musste, blieb ich einfach am Geländer stehen und verfolgte die Liftkabine, wie sie hochkletterte, wie sie herabsauste, wie sie wieder hochstieg.

ICH DACHTE IMMER, DASS NUR ICH DARAN SCHULD WAR, WENN ANDERE WÜTEND WAREN. ICH HABE IMMER GEGLAUBT, ES WAR ALLEIN MEINE SCHULD, WENN DU NICHT GEREDET HAST. ERST VIEL SPÄTER IST MIR KLARGEWORDEN, DASS ANDERE MENSCHEN AUCH AUS ANDEREN GRÜNDEN WÜTEND SEIN KÖNNEN.

ICH HABE NIE VERSTANDEN, DASS DU MIT MIR NICHT ZUFRIEDEN WARST, ABER MIT DEINEM LEBEN SCHON –

SETZE DICH NICHT NEBEN MICH. AUF KEINEN FALL. ICH SCHREIE DANN WIE WILD.

VIELLEICHT KAM ALLES, WEIL DU DICH IN LOS ANGELES NEBEN MICH GESETZT HAST …

DU WEISST NICHT, WIE MAN LIEBT! DU WEISST NICHT, WIE MAN HASST. DU MUSST LERNEN, WIE MAN LIEBT! DU HAST NICHT DIE LEISESTE AHNUNG, WAS ICH MEINE. DU WEISST ES BIS HEUTE NICHT. DU HAST KEINE SEELE!!

ICH HABE IMMER GEDACHT, ES IST DIR EGAL, OB ICH LACHE ODER WEINE. ABER KANNST DU ES ÜBERHAUPT AUSEINANDERHALTEN, OB JEMAND LACHT ODER WEINT?

WEISST DU VON DIR SELBER, OB DU LACHST ODER WEINST?

MAN KANN GAR NICHT WISSEN, OB MAN SELBST LACHT ODER WEINT. DAZU MUSS MAN SICH BEOBACHTEN. ABER WENN MAN DAMIT BESCHÄFTIGT IST, SICH ZU BEOBACHTEN, HAT MAN KEINE ZEIT MEHR, ZU LACHEN ODER ZU WEINEN –

ICH BIN EBEN DOCH DEINE TOCHTER –

DU MACHST DIR DOCH AUCH SO VIELE GEDANKEN ÜBER SO VIELE DINGE, DIE NIEMALS EINTRETEN? ODER NICHT?

HAST DU AUCH DIESEN SCHMERZ IM KOPF, WENN SICH EIN GEGENSTAND NICHT AN SEINEM PLATZ BEFINDET, WENN EIN WORT FALSCH GESCHRIEBEN IST, WENN STAUB AUF DEN BILDERRAHMEN IST?

OFT DENKE ICH, DASS ICH EIN BESTIMMTES GEFÜHL FÜHLEN SOLLTE, ABER ES GELINGT MIR NICHT. ICH KANN DAS GEFÜHL BESCHREIBEN. JEMAND ANDEREM, MIR SELBER, ABER ICH FÜHLE ES NICHT. ES IST EINFACH NICHT DA.

ICH HABE ES MIT VERSTÄRKERN PROBIERT. ICH HABE MICH IN BILDER VERTIEFT, DIE MIT DEM GEFÜHL ZU TUN HATTEN, ICH HABE MUSIK GEHÖRT. ABER WENN ICH IN MICH HINEINSEHE UND IN MICH HINEINHORCHE, IST DA NICHTS. DA WAR NIE ETWAS! ICH HABE NUR GESAGT, DASS DA ETWAS IST, WEIL DU ES HÖREN WOLLTEST! DER WÜRFEL WAR NIE DA!

DA IST NICHTS! NICHTS!! NICHTS!!! NICHTS!!!!

Ich wollte im Flugzeug arbeiten, aber ich konnte die Unterlagen jeweils nur sekundenlang aufschlagen. Die Kälte aus der zu scharf eingestellten Klimaanlage überkroch alle Gegenstände. Mit dem Sitz, mit dem Boden kam mein Körper nicht in Kontakt, er war ja durch Kleidung und Schuhe geschützt, aber die Ordner musste ich anfassen, dabei berührte ich mit den Unterarmen die Lehnen. Die Brille wurde zur Eisklammer auf meiner Nase. Meine Gelenke, meine Gliedmaßen wurden steif, nicht einmal zucken konnte ich mehr, mein Körper würde ein Eisblock werden.

Es würde ein leichtes und völlig unblutiges Unterfangen darstellen, meinen Kopf in Scheiben zu schneiden. Ein letzter Moment der zappelig flatterhaften Gegenwart wäre konserviert, in ihm das Ganze der Vergangenheit, ein für alle Mal abgeschnitten von der Zukunft. Eine endgültige Version meiner sämtlichen Seelenunter- und Aufbauten und allen zugehörigen Schnitzwerks, nichts würde sich mehr zu anderen Formen aufranken. Welcher hochmögende Gedankenhimmel, der Gerechte und Ungerechte gleichermaßen beschützt, würde sich über den Bildern wölben? Wer oder was explizierte, interpretierte die verwindungssteifen Seelenskulpturen und -ornamente? Welcher stolz schwellende Hahnenkamm welches triumphierenden Beobachters würde sich zwischen sie und den entrückten Himmel schieben?

Die Patentkonferenz in Los Angeles hatte unmittelbar vor der Einweihung des neuen Werks in Leipzig stattgefunden. Seither hatte ich von Greta nichts mehr gehört und gesehen. Ich vermutete, dass du mit ihr in Verbindung warst, Maren, aber zu deinem Begräbnis meldete sie sich nicht. Peter hatte Pfarrer Grenzfurtner von seiner Zeitreise berichtet. Der beschwor mich darauf, Greta zu schreiben.

Die Diesigkeit tat meinen Augen nicht gut. Die schwarzen Wolken, aus denen ich gekommen war – ein infernalisches Gewitter hatte sich von Bogotá bis Medellín erstreckt oder das Flugzeug begleitet, ich hatte schon befürchtet, wir würden gar nicht in der Lage sein, in Medellín zu landen –, waren einer überall anwesenden Gräue gewichen. Zehn Schwimmbecken. Verbunden durch Wege und Rampen aus Beton, gesäumt von zu niedrigen Gefängnismauern. Wer sollte hier eingesperrt werden? Die Macchia oder die Menschen? Schlanke Lichtmasten mit trotzig großen Leuchten streckten sich gen Himmel, Stuhlbeine mit blauen Sitzschalen dehnten sich ridikül. Ein Mann musste auf die Schultern eines andern steigen und derjenige, der auf einem der Kampfrichterstühle Platz nehmen wollte, auf die Schultern des zweiten. Gestelle für Strahler wucherten wundersam, Sprungbretter, Anzeigetafeln, Parabol- und Teleskopantennen reckten sich kühn und träumten von berstenden Lüften. Keine Menschenseele, nur weiße Bauhelme. Waren da Menschen drunter, oder schwebten die Helme einfach so über dem Beton? Ich sah schlecht und empfand schlecht, der Flug mit Zwischenstopps hatte dreißig Stunden und drei Minuten gedauert. Nach Langstreckenflügen fühle ich mich immer besonders alt, und mein Leben ist ein zäher Brei.

Ich versuchte, mir Greta zu vergegenwärtigen. Aber ich erinnerte mich nur noch an Einzelheiten, die sich nicht zu einem Ganzen fügten: an die blauen Adern auf der Rückseite ihrer Oberarme, die zu den Ellbogen hin immer blauer wurden. An die verbrannte rote Gesichtshaut: Als Kind wollte sie nie im Schatten bleiben, immer suchte sie die Sonne, auch später weigerte sie sich, Sonnenschutzmittel zu verwenden. An das Weiße in ihren Augen, das beständig glänzte. Es war, als ob ihre Augen aus Glas waren, ihr hoher, schmaler Mund schien aus einem harten, polierten Material geformt zu sein.

Die mit Lippenstift gezeichneten Umrisse einer Bikinihose und eines Oberteils auf ihrem nackten Körper, als ich sie einmal als Zehnjährige ungewollt im Bad überraschte –

Ich wusste nicht mehr, wie das Projekt hieß. Einfach Water Sports Complex? Für die südamerikanischen Spiele, Juegos Suramericanos. D'Wolf pflegt eine Tradition, die gesamte elektrische und elektronische Ausrüstung für Sportstätten zu liefern. Ein Prestigeprojekt ausgerechnet in Medellín, wer denkt an Sport, wenn der Name der Stadt fällt. Gretas neue Kampagne hieß Live, einfach Live. Sie sollte aufzeigen, dass die Produkte von

D'Wolf in alle Bereiche des Lebens eingehen, die wirklich wichtig sind. Sport war wichtig, auch wenn er in Medellín stattfand.

Die Abflugzeit des Virgin-Flugs, den ich ursprünglich gebucht hatte, war dreizehn Uhr zehn gewesen, ich hätte zweimal umsteigen müssen, in Heathrow und JFK, und wäre um dreizehn Uhr sechsunddreißig in Medellín angekommen. Wir waren um fünfzehn Uhr verabredet. Als ich irgendwann nicht mehr der Aufzugkabine nachblickte, in der ich Chris Raubal gesehen hatte, buchte ich den Flug um.

Ich hatte Glück, ich erwischte den letzten freien Platz in einem Air-France-Flug, der um achtzehn Uhr fünfunddreißig abging, ich stieg in Charles de Gaulle um und dann noch einmal in Bogotá. Sofort schrieb ich Greta eine SMS mit dem veränderten Ankunftstermin um siebzehn Uhr fünf. Ich dachte mir nichts dabei, als ich keine Antwort erhielt. Nach dem Stattgehabten wäre mir das eher als Kommunikationsexzess erschienen.

Es hatte kein Glück bedeutet, noch am selben Tag den nächsten Flug zu ergattern. Wenn ich die Reise um ein paar Tage verschoben hätte, dann hätte ich ihr keine SMS, sondern eine E-Mail geschrieben, die wäre bestimmt angekommen. Ich erhielt Gretas SMS mit den Großbuchstaben auf dem Flughafen in Bogotá, ich betrachtete sie als Gesprächsvorbereitung. Auf den Gedanken, dass sie meine SMS nicht erhalten hatte, kam ich nicht.

Warum habe ich dann daran gedacht, wieder eine Expedition ins Universum zu unternehmen? Zum Sternbild Centaurus. In einer Entfernung von zwei Komma fünf Milliarden Lichtjahren streben Millionen über den ganzen

Himmel verteilter Galaxien mit siebenhundert bis tausend Kilometern pro Sekunde in diese Richtung. Ferne Galaxienhaufen müssten sich eigentlich langsamer und vor allem uneinheitlich bewegen. Was zieht die Galaxien an? Die Quelle der Schwerkraft muss sich jenseits des Ereignishorizonts befinden, der gut fünfundvierzig Milliarden Lichtjahre entfernt ist. Im beobachtbaren All gibt es keine solche gigantische Materieansammlung, nach dem Standardmodell darf sie auch nicht entstanden sein. Die Inflation, die überlichtschnelle Ausdehnung des Weltraums in den ersten Sekundenbruchteilen nach dem Urknall, hat das beobachtbare Universum geglättet und flach gemacht.

Ist das Universum doch nicht gleichförmig? Möglicherweise war das sehr frühe Universum extrem ungleichförmig, und etliche seiner Polaritäten konnten nicht von der Inflation ausgebügelt werden. Ist die Milchstraße mitsamt ihrem Umkreis untypisch, eine Region unterdurchschnittlicher Materiedichte, befinden wir uns in einer großen Höhle des Alls? Die Gravitationskonstante könnte sich im Zeitablauf ändern, oder die Schwerkraft nimmt nicht umgekehrt proportional zum Quadrat des Abstands ab, sondern stärker. Dadurch würde die Annahme einer dunklen Materie überflüssig. Die dunkle Strömung könnte auch auf den Einfluss anderer Universen zurückgehen. Sind sie genau wie unseres aus einem Quantenvakuum hervorgegangen, dann bleiben die anderen Universen durch quantenphysikalische Verschränkungen mit unserem verbunden.

Die Milchstraße, unser Nachbar, der Andromedanebel, und etwa drei Dutzend benachbarte Zwerggalaxien bewegen sich mit sechshundert Kilometern pro Sekunde gegenüber der kosmischen Hintergrundstrahlung. Wir steuern in Richtung eines knapp zweihundert Millionen Lichtjahre entfernten Galaxiensuperhaufens, der deswegen großer Attraktor heißt, sowie eines versetzt dahinterliegenden, noch massereicheren Superhaufens, Shapley Supercluster, der sechshundertfünfzig Millionen Lichtjahre von uns entfernt ist. Alle Galaxien im Umkreis von etwa fünfhundert Millionen Lichtjahren bewegen sich mit etwa vierhundert Kilometern pro Sekunde zum Sternbild Vela neben Centaurus. Wir zielen also ungefähr in dieselbe Richtung wie der dunkle Fluss, nur etwa halb so schnell.

Selbst wenn uns das All in großem Maßstab gleichförmig erscheint wie ein Ozean, der sich gelassen von Horizont zu Horizont erstreckt, die dunkle Strömung zeigt, dass der Eindruck täuscht. Man schwimmt im scheinbar ruhigen Meer und entdeckt irgendwann, dass man abtreibt.

Eine stechende Sonne brach durch, um mir Greta zu zeigen.

Als ich sie in der Kabine des Krans neben dem Fünfzig-Meter-Becken sah, sagte ich laut zu mir selbst: »Ich klatsche drei Mal in die Hände, und Greta ist nicht mehr auf dem Kran, sondern auf der Tribüne.«

Ich führte die Hände zusammen, als ob ich klatschte. Aber ich machte kein Geräusch.

Ich atmete nicht mehr.

Als Greta mich sah, rief sie mich an.

Warum ich ihr nicht Bescheid gegeben hätte, dass ich so viel später komme.

Wann hatte Greta den Plan gefasst? Während sie auf mich wartete? Oder schon vorher? Wenn ich den ursprünglich gebuchten Flug genommen oder sie meine SMS erhalten hätte, wäre sie dann auch die Leiter zu der Krankabine hochgeklettert?

Das Blau des Beckens vor mir blendete mich unerträglich. Ich sehnte mich zurück nach der Gräue. Sie hatte sich auf alles gelegt wie eine unverbindliche Welttrübnis, sie hatte alles abgemildert, und alles war weich gewesen.

Niemand brauche sich mehr Sorgen um sie zu machen. Wenn sie etwas beschäftige und sie bekomme Signale, dass die anderen das nicht so interessiere wie sie selbst, schicke sie keine unerwünschten E-Mails mehr durch die Gegend, sie halte keine Vorträge mehr, sie sei nicht mehr ätzend zu ihrem Vorgesetzten, und sie habe nur noch technische Kataloge auf ihrem Schreibtisch. Sie habe probiert, an etwas anderes zu denken, das sei die falsche Methode gewesen. Stundenlang unbeweglich in der Badewanne zu sitzen sei ganz falsch gewesen. Die richtige Methode bestehe darin, sich woanders hinzubegeben.

Aus dem Büro in einen Besprechungsraum, aus dem Hotelzimmer in die Lobby, im Flugzeug wenigstens auf den Gang zwischen den Sitzen, sie sei auch schon im Kino während des Films und im Theater während der Aufführung aufgestanden und auf die Straße gelaufen. Sofort lasse es nach, das Gefühl der Wichtigkeit dessen, an das sie gerade gedacht habe –

Irgendwann habe ich wieder zu atmen begonnen.

Niemand war Zeuge unserer Causerie. Der Wind rutschte darauf aus. Mit träger Sorge hörte ich Greta und mir selbst zu. Was war los? Was war das jetzt? So flüchtige Empfindungen konnte ich nicht in vernünftige Sätze übertragen. Meine Gedanken zerfielen. – Sie winkte mir zu! – Ich musste mich entscheiden! Zum letzten Mal hatte ich Boden unter den Füßen, danach würde es schwierig werden!

Sie legte die Arme ganz eng an den Körper und neigte den Kopf nach vorn. Sie öffnete den Mund wie eine Schwimmerin, die beim Brustschwimmen den Kopf kurz über der Wasseroberfläche hat, um zu atmen. Die Adern an ihrem Hals traten hervor und die an ihrem Bizeps – ich sah es, als wäre ich neben ihr gestanden. Erst blickte sie geradeaus, dann nach unten, dann wieder geradeaus. Während sie sich, der Körper weiter kerzengerade, die Beine etwas auseinander, fallen ließ, zog sie die Arme nach vorn. In dem Augenblick, in dem sie waagerecht in der Luft lag, schien es, als ob sie Flügel hätte, aber sie hatte keine.

Dann war ihre Haltung tadellos wie die eines Klippenspringers, der darauf sehen muss, mit den gestreckten Fingern, den gestreckten Händen, den gestreckten Armen, dem gestreckten Körper in einem Winkel von genau neunzig Grad auf die Wasseroberfläche zu treffen.

Selbst wenn die weißen Helme das Wettkampfbecken mit Wasser gefüllt hätten, es wäre niemals tief genug gewesen.